魔鬼辭典
The Devil's Dictionary

華麗新裝版

安布羅斯・比爾斯◎著

Ambrose Bierce

遠足文化

編按：
1. 本書以原創形式呈現，可能包含對某些性別、族群或文化的負面描述。請讀者斟酌閱讀，或採取批判思考的角度來看待本書內容，以理解其歷史背景與文化差異。
2. 本書中若干人名、詩名、地名不可考或可能出自作者虛構，不過在本書中，虛構或許與真實同義。另書中注釋除特別註明外，皆為譯注，特此說明。

作者序

厭世辭典最早在1881年刊於週報報端,並持續以零散的方式延續至1906年。該年,此系列多數文章後被集結為《憤世小辭典》(*The Cynic's Word Book*)一書,對此我作為作者既無力違抗編輯聖意,也無福消受。此刻該書出版者為文道:

「之前出於對老報社的虔誠信仰,作者默默承受了這尷尬的書名,畢竟報社可說是這些文章的老東家,毫無疑問地,此書一出版就讓全國模仿者躍躍欲試,書市突然湧入一堆『憤世』書籍──憤世小集、憤世大全、憤世點點點……這些書多半相當愚蠢,其中有些還傻氣逼人,它們讓人對憤世一詞生厭,未來若有任何人選憤世兩字作為書名,恐怕只會令人反胃。」

此外,全國各地都有喜歡耍嘴皮的幽默家把本書字句掛在嘴邊,他們讓書裡的解釋、奇聞趣事、金句變成大眾日常口語的一環。當然這種小事不足掛齒,不過若是被人指指點點誤會此書有抄襲疑慮的話,可就不是小事了。本書作者希望無愧讀者們的期待──那群喜好乾澀烈酒勝過甜膩酒味、選擇理性勝過感性、欣賞智慧勝過幽默感以及熱愛道地的英文而非街頭俚語的人們。

本書的另外一個特色是旁徵博引了許多聰穎詩人的美妙字句,期望這點不會給各位帶來困擾。其中一位最頻繁引用的詩人為飽讀詩書、極具創造力的神父葛斯拉斯加・賈波・S・J(Father Gassalasca Jape, S.J.,文中縮寫為G.J.),他可說是徹底符合名字縮寫的意涵啊[1]。賈波神父親切的鼓勵與協助讓本書作者感懷在心。

A.B.

---

[1] 編注:S.J. 或許讓人聯想到 silly joke,笑話。另外,神父葛斯拉斯加・賈波名字中的賈波(Jape)一字,恰好也有戲言之意。

屈辱	abasement	48
鹿砦	abatis	48
退位	abdication	48
腹部	abdomen	48
能力	ability	49
變態	abnormal	49
原住民	aboriginies	49
阿布拉卡達布拉	abracadabra	49
拋棄	abridge	51
驟然	abrupt	51
遁逃	abscond	51
缺席	absent	51
缺席者	absentee	52
專制的	absolute	52
自制者	abstainer	52
荒謬	absurdity	52
學苑	academe	52
大學	academy	53
意外	accident	53
共犯	accomplice	53
和睦	accord	53
手風琴	accordion	53
責任	accountability	53
控訴	accuse	54
無頭無腦的	acephalous	54
成就	achivement	54
承認	acknowledge	54
熟人	acquaintance	54
實際上	actually	54

目次

諺語	adage	54
硬石	adamant	55
蝰蛇	adder	55
追隨者	adherent	55
政府	administration	55
艦隊司令	admiral	55
讚賞	admiration	55
訓誡	admonition	55
傾慕	adore	56
忠告	advice	56
訂婚	affianced	56
痛苦	affiliction	56
非洲人	African	56
老年	age	56
煽動者	agitator	57
目標	aim	57
空氣	air	57
總督	alderman	57
異己	alien	57
阿拉	Allah	57
忠誠	allegiance	58
同盟	alliance	58
短吻鱷魚	alligator	58
孤獨的	alone	58
祭壇	altar	59
雙手靈巧的	ambidextrous	59
野心	ambition	59
大赦	amnesty	59
施油禮	anoint	59

反感	antipathy	60
警句	aphorism	60
道歉	apologize	60
變節者	apostate	60
藥劑師	apothecary	60
申訴	appeal	61
食慾	appetite	61
掌聲	applause	61
四月愚人	April fool	61
大主教	archbishop	61
建築師	architect	61
熱情	ardor	62
政治舞台	arena	62
貴族	aristocracy	62
甲冑	armor	62
整飭	arrayed	62
逮捕	arrest	62
砒霜	arsenic	63
藝術	art	63
笨拙	artlessness	63
誹謗	asperse	64
驢子	ass	64
拍賣商	auctioneer	64
澳洲	Australia	65
阿佛納斯小湖	Avernus	65

B

太陽神	Baal	66
嬰兒	baby	66
酒神	Bacchus	67
背部	back	67
誓言	backbite	67
誘餌	bait	67
洗禮	baptism	67
氣壓計	barometer	68
兵營	barrack	68
蛇怪	basilisk	68
杖刑	bastinado	68
沐浴	bath	68
戰鬥	battle	69
鬍子	beard	69
美貌	beauty	69
交友	befriend	69
乞討	beg	69
乞討者	beggar	70
行為	behavior	70
美女	belladonna	71
本篤	Benedictines	71
捐助者	benefactor	71
貝勒尼基的頭髮	Berenice's hair	71
重婚	bigamy	71
老頑固	bigot	72
爛話	billingsgate	72
出生	birth	72
惡徒	blackguard	72
無韻詩	blank-verse	72

盜屍者	body-snatcher	73
擔保人	bondsman	73
無聊之徒	bore	73
植物學	botany	73
寬吻海豚	bottle-nosed	74
邊界	boundary	74
慷慨	bounty	74
梵	Brahma	74
大腦	brain	75
白蘭地	brandy	75
新娘	bride	75
野獸	brute	75

C

麥加黑石	Caaba	76
甘藍	cabbage	76
災難	calamity	76
冷血的	callous	76
誹謗者	calumnus	77
駱駝	camel	77
食人魔	cannibal	77
大砲	cannon	77
牧師法衣	canonicals	77
首都	capital	77
死刑	capital punishment	77
卡梅萊特	Carmelite	78
食肉的	carnivorous	79
笛卡兒派	Cartesian	79
貓	cat	79
吹毛求疵者	caviler	79
公墓	cemetery	80
人馬	Centaur	80
刻耳柏洛斯	Cerberus	80
童年	childhood	80
基督徒	Christian	81
馬戲團	circus	81
千里眼	clairvoyant	81
單簧管	clarionet	82
牧師	clergyman	82
克麗歐	Clio	82
鐘	clock	82
吝嗇的	close-fisted	82
修道院士	coenobite	83

舒適	comfort	83
讚揚	commendation	83
商業	commerce	83
聯邦	commonwealth	83
妥協	compromise	84
強迫	compulsion	84
哀悼	condole	84
密友	confidant/confidante	84
祝賀	congratulation	85
國會	congress	85
行家	connoisseur	85
保守派	conservative	85
慰藉	consolation	85
領事	consul	85
協商	consult	85
輕蔑	contempt	86
辯論	controversy	86
修女院	convent	86
對話	conversation	86
加冕	coronation	87
下士	corporal	87
公司	corporation	87
海盜	corsair	87
法庭上的傻瓜	court fool	87
懦夫	coward	87
小龍蝦	crayfish	88
債主	creditor	88
克雷莫納	Cremona	88
評論家	critic	88

十字架	cross	89
對誰有好處？	cui bono	89
奸詐	cunning	89
邱比特	Cupid	90
好奇心	curiousity	90
詛咒	curse	90
憤世嫉俗者	cynic	90

D

該死	damn	91
跳舞	dance	91
危險	danger	91
勇敢	daring	91
審查僧職的教廷官員	datary	92
黎明	dawn	92
一天	day	92
死亡的	dead	92
縱慾者	debauchee	92
債務	debt	93
十誡	decalogue	93
決定	decide	94
誹謗	defame	95
無自保能力的	defenceless	95
退化的	degenerate	95
墮落	degradation	95
恐象	Deinotherium	95
午飯	dejeuner	95
代表團	delegation	96
謹慎	deliberation	96
大洪水	Deluge	96
幻覺	delusion	96
牙醫	dentist	96
依賴的	dependent	96
代理人	deputy	97
命運	destiny	97
診斷	diagnosis	97
橫隔膜	diaphragm	97
日記	diary	98

獨裁者	dictator	98
辭典	dictionary	98
死亡	die	99
消化	digestion	99
外交	diplomacy	99
糾正	disabuse	99
區別	discriminate	99
討論	discussion	99
不服從	disobedience	100
反抗	disobey	100
掩飾	dissemble	100
距離	distance	100
苦難	distress	100
占卜	divination	100
狗	dog	101
龍騎士	dragoon	101
戲劇家	dramatist	101
巫師	Druids	101
鴨嘴獸	duck-bill	102
決鬥	duel	102
傻瓜	dullard	102
職責	duty	103

E

吃	eat	104
偷聽	eavesdrop	104
古怪	eccentricity	104
經濟	economy	104
美味的	edible	105
編輯	editor	105
教育	education	106
結果	effect	106
利己主義者	egoist	106
驅逐	ejection	106
選民	elector	106
電	electricity	107
輓歌	elegy	107
雄辯	eloquence	107
樂土	elysium	108
解放	emancipation	108
防腐	embalm	108
激動	emotion	108
奉承者	encomiast	108
終點	end	109
足夠	enough	109
娛樂	entertainment	109
熱情	enthusiasm	109
信封	envelope	110
嫉妒	envy	110
肩章	epaulet	110
美食家	epicure	110
警句	epigram	110
墓誌銘	epitaph	111

學問	erudition	*111*
深奧	esoteric	*111*
民族學	ethnology	*111*
聖餐	eucharist	*112*
頌辭	eulogy	*112*
福音派教徒	evangelist	*112*
永恆	everlasting	*112*
例外	exception	*112*
過量	excess	*113*
逐出教會	excommunication	*113*
行政官員	executive	*113*
勸誡	exhort	*114*
流亡者	exile	*114*
存在	existence	*115*
經驗	experience	*115*
勸導	expostulation	*115*
滅絕	extinction	*115*

F

精靈	fairy	116
信心	faith	116
著名	famous	117
時尚	fashion	117
盛宴	feast	118
重罪犯	felon	118
女性	female	118
小謊言	fib	119
浮躁	fickleness	120
小提琴	fiddle	120
忠誠	fidelity	120
金融	finance	120
旗幟	flag	120
肉體	flesh	120
翻轉	flop	121
蠅糞污點	fly-speck	121
愚人	folly	122
笨蛋	fool	122
武力	force	123
食指	forefinger	123
宿命	foreordination	123
健忘	forgetfulness	123
叉子	fork	124
貧民上訴	forma pauperis	124
教會領地權	frankalmoigne	124
強盜	freebooter	124
自由	freedom	125
共濟會	freemasons	126
眾叛親離的	friendless	126

友誼	friendship	*126*
青蛙	frog	*127*
煎鍋	frying pan	*127*
葬禮	funeral	*128*
未來	future	*128*

G

絞刑架	gallows	*129*
石像鬼	gargoyle	*129*
吊襪帶	garther	*129*
慷慨	generous	*129*
家譜	genealogy	*130*
附庸風雅的	genteel	*130*
地理學家	geographer	*130*
地質學	geology	*131*
鬼	ghost	*131*
食屍鬼	ghoul	*132*
饕餮	glutton	*132*
地精	gnome	*133*
靈知派	Gnostics	*133*
角馬	gnu	*133*
好的	good	*133*
鵝	goose	*134*
女妖哥根	Gorgon	*134*
痛風	gout	*134*
美惠三女神	Graces	*134*
文法	grammar	*134*
葡萄	grape	*135*
霰彈	grapeshot	*135*
墳墓	grave	*135*
萬有引力	gravitation	*136*
偉大的	great	*136*
斷頭台	guillotine	*137*
火藥	gunpowder	*137*

H

人身保護令	Habeas Corpus	138
嗜好	habit	138
哈迪斯	Hades	138
巫婆	hag	139
一半	half	139
光暈	halo	139
手	hand	139
手帕	handkerchief	140
劊子手	hangman	140
幸福	happiness	140
奇談怪論	harangue	140
港口	harbor	140
和聲教派	harmonist	140
哈許	hash	141
手斧	hatchet	141
怨恨	hatred	141
人頭稅	head-money	141
靈柩	hearse	142
心臟	heart	143
熱	heat	143
異教徒	heathen	144
天堂	heaven	144
希伯來人	Hebrew	144
賢內助	helpmate	145
大麻	hemp	145
隱士	hermit	145
她的	hers	145
冬眠	hibernate	146
鷹馬	hippogriff	146

歷史學者	historian	*146*
歷史	history	*146*
豬	hog	*147*
順勢醫療論者	homeopathist	*147*
順勢療法	homeopathy	*147*
他殺	homicide	*147*
佈道術	homiletics	*148*
可敬的	honorable	*148*
希望	hope	*148*
好客	hospitality	*149*
敵意	hostility	*149*
天堂女神	Houri	*149*
房屋	house	*149*
無家可歸的	houseless	*149*
陋室	hovel	*150*
人類	humanity	*150*
幽默家	humorist	*150*
颶風	hurricane	*151*
倉促	hurry	*151*
先生	husband	*151*
雜種	hybrid	*151*
九頭蛇	hydra	*151*
鬣狗	hyena	*151*
疑病症	hypochondriasis	*152*
偽善者	hypocrite	*152*

I

膿水	ichor	153
反偶像崇拜者	iconoclast	153
白痴	idiot	154
懶惰	idleness	154
笨蛋	ignoramus	154
光明會	illuminati	154
卓越的	illustrious	154
想像	imagination	155
低能	imbecility	155
移民	immigrant	155
自傲的	immodest	155
不朽	immortality	156
釘刑	impale	156
不偏袒的	impartial	156
頑固	impenitence	157
不虔誠	impiety	157
按手禮	imposition	157
冒名者	impostor	157
極無可能之事	improbability	157
無遠見	improvidence	158
無罪	impunity	158
不被承認的	inadmissbible	158
不祥地	inauspiciously	159
收入	income	160
不相容性	incompatibility	160
不可共存的	incompossible	161
夢魘	incubus	161
在職者	incumbent	161
優柔寡斷	indesicion	162

不在乎的	indifferent	*162*
消化不良	indigestion	*162*
輕率	indiscretion	*163*
不明智的	inexpedient	*163*
幼兒期	infancy	*163*
祭品	inferiae	*163*
異教徒	infidel	*164*
影響	influence	*164*
墮落後拯救論者	infralapsarian	*165*
忘恩負義者	ingrate	*166*
傷害	injury	*166*
不公正行為	injustice	*166*
墨水	ink	*166*
先天的	innate	*167*
臟器	inwards	*167*
銘文	inscription	*167*
食蟲目動物	insectivora	*168*
保險	insurance	*169*
叛亂	insurrection	*170*
意向	intention	*170*
口譯員	interpreter	*170*
空位期	interregnum	*171*
親密	intimacy	*171*
介紹	introduction	*172*
發明家	inventor	*172*
無宗教信仰	irreligion	*172*
癢	itch	*172*

J

嫉妒的	jealous	173
弄臣	jester	173
猶太豎琴	jews-harp	174
香	joss-sticks	174
正義	justice	174

K

保持	keep	175
屠殺	kill	175
短摺襯裙	kilt	176
好意	kindness	176
國王	king	176
國王病	king's evil	176
接吻	kiss	177
盜竊癖者	kleptomaniac	178
騎士	knight	178

L

勞工	labor	179
土地	land	179
語言	language	179
勞孔像	Laocoon	180
膝	lap	180
鞋模	last	180
笑	laughter	180
戴桂冠的人	laureate	181
月桂	laurel	181
法律	law	181
合法	lawful	181
律師	lawyer	182
懶惰	laziness	182
鉛	lead	182
學識	learning	182
講演者	lecturer	182
遺產	legacy	183
利奧詩體	leonine	183
萵苣	lettuce	183
利維坦	Leviathan	184
辭典編纂者	lexicographer	184
說謊者	liar	185
自由	liberty	185
馬屁精	lickspittle	185
生命；生活	life	186
燈塔	lighthouse	186
樹枝	limb	186
亞麻布	linen	187
訴訟當事人	litigant	187

訴訟	litigation	187
肝臟	liver	187
法學博士	LL.D.	188
鑰匙和鎖	lock and key	188
房客	lodger	188
邏輯	logic	188
文字鬥爭	logomachy	189
忍耐	longanimity	189
長壽	longevity	189
鏡子	looking-glass	189
聒噪	loquacity	190
老爺	lord	190
口語傳說	lore	190
損失	loss	191
愛	love	191
粗魯的	low-bred	191
傑出人物	luminary	191
月球居住者	lunarian	192
里拉琴	lyre	192

權杖	mace	*193*
詭計	machination	*193*
長壽者	macrobian	*193*
瘋狂的	mad	*195*
馬利德蓮	Magdalene	*195*
魔術	magic	*195*
磁鐵	magnet	*195*
宏偉壯麗的	magnificent	*196*
巨大	magnitude	*196*
喜鵲	magpie	*196*
少女	maiden	*196*
陛下	majesty	*197*
雄性	male	*197*
作惡者	malefactor	*197*
馬爾薩斯理論的	Malthusian	*197*
哺乳動物	mammalia	*197*
財神	mammon	*198*
人類；男人	man	*198*
鬃毛	manes	*199*
善惡對立說	manicheism	*199*
瑪那	manna	*199*
婚姻	marriage	*199*
烈士	martyr	*199*
物質的	material	*199*
陵墓	mausoleum	*199*
美乃滋	mayonnaise	*200*
我	me	*200*
漫步	meander	*200*
勳章	medal	*200*

藥物	medicine	200
溫順	meekness	201
海泡石	meerschaum	201
愛撒謊的	mendacious	201
商人	merchant	202
仁慈	mercy	202
醫學催眠術	mesmerism	202
大城市	metropolis	202
千禧年	millennium	202
心	mind	202
我的	mine	203
公使	minister	203
小的	minor	203
吟遊詩人	minstrel	203
奇蹟	miracle	203
惡棍	miscreant	203
輕罪	misdemeanor	204
短劍	misericorde	204
不幸	misfortune	204
小姐	miss	204
分子	molecule	205
單子	monad	205
君主	monarch	205
君主制政府	monarchical government	206
星期一	Monday	206
錢	money	206
猴子	monkey	206
單音節的	monosyllabic	206
閣下	monsignor	207

紀念碑	monument	207
道德的	moral	207
更多的	more	207
老鼠	mouse	208
鳥銃手	mousquetaire	208
口	mouth	208
超然派	mugwump	208
黑白混血兒	mulatto	208
群眾	multitude	209
木乃伊	mummy	209
野馬	mustang	209
密爾彌冬	Myrmidon	210
神話	mythology	210

瓊漿	nectar	211
黑鬼	negro	211
鄰居	neighbor	211
裙帶關係	nepotism	211
牛頓學說的	Newtonian	211
虛無主義者	nihilist	212
涅槃	nirvana	212
貴族	nobleman	212
噪音	noise	212
提名	nominate	212
被提名者	nominee	212
非戰鬥人員	non-combatant	212
胡說	nonsense	213
鼻子	nose	213
惡名	notoriety	213
本體	noumenon	213
小說	novel	214
十一月	November	214

誓言	oath	215
遺忘	oblivion	215
天文台	observatory	215
被蠱惑	obsessed	215
廢棄的	obsolete	216
固執的	obstinate	216
偶然的；特殊情況的	occasional	216
西方	occident	216
海洋	ocean	217
有攻擊性的	offensive	217
老的；過時的	old	217
圓滑的	oleaginous	217
奧林匹亞的	olympian	217
預兆	omen	218
一次	once	218
歌劇	opera	218
鴉片	opiate	218
機會	opportunity	218
反對	oppose	219
反對黨	opposition	219
樂觀主義	optimism	220
樂觀主義者	optimist	220
講演術	oratory	220
孤兒	orphan	220
正統派	orthodox	220
表音法	orthography	221
鴕鳥	ostrich	221
否則	otherwise	221
結果	outcome	221

超越	outdo	*221*
露天	out-of-doors	*222*
喝采	ovation	*222*
暴飲暴食	overeat	*223*
過勞	overwork	*223*
欠	owe	*223*
牡蠣	oyster	*223*

P

疼痛	pain	224
繪畫	painting	224
宮殿	palace	224
棕櫚樹；手掌	palm	224
手相術	palmistry	225
閻王殿	pandemonium	225
馬褲	pantaloons	225
泛神論	pantheism	225
啞劇	pantomime	225
原諒	pardon	226
護照	passport	226
過去	past	226
消遣	pastime	226
耐心	patience	226
愛國者	patriot	226
愛國主義	patriotism	227
和平	peace	227
行人	pedestrian	227
家譜	pedigree	227
懺悔的	penitent	227
完美	perfection	228
徒步遊歷的	peripatetic	228
雄辯	peroration	228
毅力	perseverance	228
悲觀主義	pessimism	229
慈善家	philanthropist	229
庸人	philistine	229
哲學	philosophy	229
鳳凰	phoenix	229

留聲機	phonograph	229
照片	photograph	229
顱相學	phrenology	230
內科醫師	physician	230
觀相術	physiognomy	230
鋼琴	piano	230
黑人小孩	pickaninny	230
畫	picture	231
肉餅	pie	231
虔誠	piety	231
豬	pig	231
侏儒	Pigmy	232
朝聖者	pilgrim	232
頸手枷	pillory	232
盜版	piracy	232
可憐的	pityful	232
憐憫	pity	232
剽竊	plagiarim	232
瘟疫	plague	233
計畫	plan	233
陳腔濫調	platitude	233
柏拉圖式的	platonic	233
喝采	plaudits	233
討好	please	233
愉快	pleasure	234
平民	plebeian	234
平民表決	plebiscite	234
有主權的	plenipotentiary	234
贅語	pleonasm	234

犁	plow	234
掠奪	plunder	234
口袋	pocket	235
詩歌	poetry	235
撲克牌	poker	235
警察	police	235
禮貌	politeness	235
政治	politics	235
政客	politician	235
多重伴侶制	polygamy	236
人民黨黨員	populist	236
輕便的	portable	236
葡萄牙人	Portuguese	236
確信的	positive	236
實證哲學	positivism	237
後代	posterity	237
可飲用的	potable	237
貧困	poverty	237
祈禱	pray	237
亞當以前的人	pre-Adamite	238
慣例	precedent	238
倉促的	precipitate	238
命定論	predestination	238
困境	predicament	239
偏愛	predilection	239
前世	pre-existence	239
偏好	preference	239
史前的	prehistoric	239
成見	prejudice	240

高級教士	prelate	*240*
君權	prerogative	*240*
長老會教徒	presbyterian	*240*
處方	prescription	*240*
現在	present	*240*
可看的	presentable	*240*
主持	preside	*241*
總統職	presidency	*241*
總統	president	*241*
推諉者	prevaricator	*241*
價格	price	*242*
大主教	primate	*242*
監獄	prison	*242*
二等兵	private	*242*
象鼻	proboscis	*242*
自動推進武器	projectile	*243*
證詞	proof	*243*
校對人員	proof reader	*243*
財產	property	*243*
預言	prophecy	*243*
前程	prospect	*243*
神助的	providential	*244*
裝正經的人	prude	*244*
出版	publish	*244*
推	push	*244*
庇羅主義	Pyrrhonism	*244*

Q

皇后	queen	245
鵝毛筆	quill	245
顫抖;箭筒	quiver	245
不切實際的	quixotic	245
治安法官團	quorum	246
引言;引證	quotation	246
商數	quotient	246

R

烏合之眾	rabble	247
拉肢刑具	rack	247
地位	rank	247
贖金	ransom	247
貪婪	rapacity	248
兔子	rarebit	248
無賴	rascal	248
惡行	rascality	248
魯莽的	rash	248
理性的	rational	248
響尾蛇	rattlesnake	249
剃刀	razor	249
範圍	reach	249
讀本	reading	249
激進主義	radicalism	249
鐳	radium	250
鐵路	railroad	250
搖搖欲墜的；無主見的	ramshackle	250
寫實主義	realism	250
現實	reality	250
真正地	really	250
後方	rear	250
推理	reason	251
理由	reason	251
有理智的	reasonable	251
反叛者	rebel	251
回憶	recollect	251
和解	reconciliation	251
重新考慮	reconsider	251

重新計算	recount	252
娛樂	recreation	252
新兵	recruit	252
教區長	rector	252
贖罪	redemption	252
補償	redress	253
紅面佬	red-skin	253
多餘的	redundant	253
公投	referendum	253
反省	reflection	253
改革	reform	254
避難所	refuge	254
拒絕	refusal	254
王位	regalia	254
宗教	religion	255
聖物盒	reliquary	255
名望	renown	255
償還	reparation	256
巧辯	repartee	256
後悔	repentance	256
複製品	replica	256
記者	reporter	257
休息	repose	257
代表	representative	257
被上帝屏棄	reprobation	257
共和國	republic	257
安魂彌撒	requiem	258
居住的	resident	258
辭去	resign	258

果斷的	resolute	258
體面	respectability	258
防毒面具	respirator	258
緩刑	respite	259
光輝的	resplendent	259
承擔	respond	260
責任	responsibility	260
償還	restitution	260
償還者	restitutor	260
以牙還牙	retaliation	260
報應	retribution	261
起床號	reveille	261
啟示錄	Revelation	261
崇敬	reverence	261
評論；複習	review	262
革命	revolution	262
棍卜者	rhadomancer	262
下流話	ribaldry	262
針砭	ribroaster	262
米湯	rice-water	263
富有	rich	263
財富	riches	263
嘲笑	ridicule	264
權利	right	264
正直	righteousness	265
韻	rime	265
詩匠	rimer	265
暴動	riot	266
安息	r.i.p	266

儀式	rite	266
儀式主義	ritualism	266
路	road	266
搶劫犯	robber	267
虛構故事	romance	267
絞索	rope	267
演講臺；鳥喙；艦首	rostrum	268
圓顱黨	Roundhead	268
垃圾	rubbish	268
毀滅	ruin	268
蘭姆酒	rum	268
謠言	rumor	269
俄羅斯人	Russian	269

S

安息日	Sabbath	270
聖職制度	sacerdotalist	270
聖事	sacrament	270
神聖的	sacred	271
玩沙者	sandlotter	271
安全離合器	safety-clutch	271
聖人	saint	272
淫穢	salacity	273
蠑螈	salamander	273
石棺	sarcophagus	273
撒旦	Satan	273
厭膩	satiety	273
諷刺作品	satire	274
森林之神；色情狂	Satyr	274
醬汁	sauce	274
格言	saw	275
聖甲蟲	scarabaeus	276
放血	scarification	277
君王權杖	scepter	277
短彎刀	scimitar	277
剪貼簿	scrap book	278
隨手書寫者	scribbler	279
聖經	scripture	279
圖章	seal	279
拖曳網	seine	280
自尊	self-esteem	280
不言而喻的	self-evident	280
自私的	selfish	281
參議院	senate	281

連載小說	serial	*281*
單獨所有	severalty	*281*
警長	sheriff	*282*
賽蓮女妖	Siren	*283*
俚語	slang	*283*
碎屑	smitharen	*283*
詭辯	sophistry	*284*
巫術	sorcery	*284*
靈魂	soul	*284*
鬼怪作家	spooker	*285*
故事	story	*286*
成功	sucess	*288*
投票	suffrage	*289*
諂媚者	sycophant	*289*
三段論法	syllogism	*289*
氣精	sylph	*290*
象徵物	symbol	*290*
象徵的	symbolic	*290*

T

定價套餐	table d'hote	291
尾巴	tail	291
拿	take	292
說話	talk	292
關稅率	tariff	292
技術性而言	technically	293
沉悶	tedium	293
絕對禁酒者	teetotaler	293
電話	telephone	294
望遠鏡	telescope	294
緊握	tenacity	294
神智學	theosophy	294
緊身衣褲	tights	295
墳墓	tomb	295
酗酒	tope	296
烏龜	tortoise	296
樹	tree	297
審判	trial	298
旋毛蟲病	trichinosis	299
三位一體	trinity	299
史前穴居者	troglodyte	299
停戰	truce	300
真理	truth	300
誠實的	truthful	300
托拉斯	trust	300
火雞	turkey	300
兩次	twice	300
鉛字	type	300
舌蠅	tzetze fly/tsetse fly	301

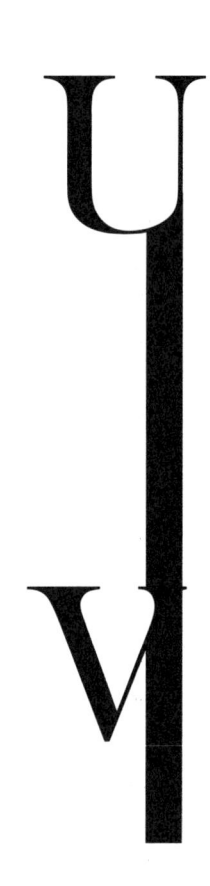

U

無處不在	ubiquity	302
醜陋	ugliness	302
最後通牒	ultimatum	302
非美國的	un-American	303
塗油禮	unction	303
理解	understanding	303
一神論教徒	unitarian	304
宇宙神教教徒	universalist	304
文雅	urbanity	304
慣用法	usage	304
怕老婆病	uxoriousness	304

V

勇猛	valor	305
虛榮心	vanity	305
美德	virtues	306
謾罵	vituperation	306
選舉	vote	306

W

華爾街	Wall Street	307
戰爭	war	308
華盛頓人	Washingtonian	308
脆弱	weakness	308
天氣	weather	309
婚禮	wedding	309
狼人	werewolf	309
大麻	whangdepootenawah	310
小麥	wheat	310
白的	white	311
寡婦	widow	311
酒	wine	311
機智	wit	311
女巫	witch	311
戲謔語	witticism	311
女性	woman	312
蛆蟲之肉	worm's meat	312
崇拜	worship	313
憤怒	wrath	313

X

Y

洋基	Yankee	315
年	year	315
昨天	yesterday	315
牛軛	yoke	316
青年	youth	316

Z

小丑	zany	*317*
贊比亞島民	Zanzibari	*317*
熱情	zeal	*317*
頂點	zenith	*318*
宙斯	Zeus	*318*
以之字形前進	zigzag	*319*
動物學	zoology	*319*

A

屈辱
abasement
名詞

面對權力與財富時所表現出的慣性心理狀態。此種情緒特別容易發生於員工與雇主之間。

鹿砦
abatis
名詞

城堡前堆置的垃圾，以防止外部垃圾侵犯內部垃圾。

退位
abdication
名詞

君王對寶座的高溫仍有知覺的證明。

> 可憐的伊莎貝拉（Isabella）已經死了，她的退位讓全西班牙王國的人大嚼舌根。如果人們責備她僅為了逃離高壓而脫袍退位似乎不大公允，不過以歷史的眼光看來，她確實就是從滾燙熱鍋上逃跑炸裂的一顆豌豆罷了。
> —— G.J.

腹部
abdomen
名詞

胃之祭壇，幾乎所有真男人都是此廟信徒，為此不惜磨刀霍霍。女人們對這種古老的信仰似乎毫不在意，她們總是草率地祭拜五臟廟，不過真正的祭拜須得誠心誠意。假使女人可操縱全世界的腹部之術，世界恐怕就此成為草食天堂。

魔鬼辭典

能力
ability
名詞

用以區辨死人與活人的最直接的方式。以目前時下標準來說，人們多半得擺出正經八百的態度以證明其能力。當然，如此大費周章地讚揚此等特質確實有其必要，畢竟要保持一臉嚴肅樣實在不容易啊。

變態
abnormal
形容詞

反主流的態度。保持獨立的行為與思考就意味著變態，而要當個變態就絕對惹人厭惡。也因此，通常辭典編纂者都強烈暗示讀者當個平凡的普通人，不僅能得到心靈平靜，也最有望接近地獄與死亡。

原住民
aboriginies
名詞

盤踞在新大陸上的無用人士。多半會很快地消失蹤影，並成為土壤增肥劑。

阿布拉卡達布拉
abracadabra[1]

關於阿布拉卡達布拉是什麼的答案根本無窮無盡。我們該如何回答這字眼是什麼？為何如此？意義是什麼？何時開始的？又或者在何等情況下演變成此？這名詞和事實有關（並為我們帶來滿足）。阿布拉卡達布拉讓許多人在夜晚時搔頭苦思，或在尋求智慧光芒時，有所依循。

不管阿布拉卡達布拉是動詞還是名詞，我都無法理解其意涵。
我只知道，
這詞從聖者傳給聖者，
從上一代傳給未來——
成為不朽的語言！

---

1 編注：指胡言亂語。

故事從已活了十個世紀的古老男人口中成為傳說。
就在山邊岩壁。
（沒錯，最後他一命嗚呼了。）

他的智慧普照大地，
他頭已禿，你一定無法忽視這點，
他的鬍鬚長而晶白，
他的眼睛異常閃亮。

遠近哲學家紛紛慕名趕來，
圍坐在他腳邊聆聽、靜聽。
雖然他一字未言，人們只聽見
「阿布拉卡達布拉，阿布拉卡達布，阿布拉卡達，
阿布拉卡，阿布拉，
阿布拉，阿布，阿！」

這是他僅知的，
這也是那些人想聽的，
每一個人紛紛記下關於此神祕演說的講稿，
接著出版了一堆字句。
他們寫下浩瀚的註解，
讓此書堪比巨石，又像樹上千葉；
他們的學習無窮無盡！
我說過，
他已經死了。

聖哲之書早已腐化，
不過他的智慧受到永恆的珍視，
我只聽見莊嚴的阿布拉卡達布拉之聲，
像古老的鐘永恆地敲打。
噢，我多麼希望，
那個字，代表了
人類對事物的感知。
—— Jamrach Holobom

魔鬼辭典 A

拋棄
abridge
及物動詞

對人類歷史來說，拋棄君王制是必然的發展，人類必得振臂高呼自己的觀點，也因此君王制實為終將拋棄的概念。
—— Oliver Cromwell

驟然
abrupt
形容詞

未經官方手續辦理而突如其來的事件，好比火砲發射或是目睹炸彈突襲而奔逃自保的士兵。塞繆爾·詹森博士（Samuel Johnson）曾經優美描述其他作者的文思往往「周全縝密而不會驟然斷裂」。

遁逃
abscond
不及物動詞

以「神祕的方式」帶著他人的財物移動。

春日在呼喚！萬物皆甦醒，
樹生嫩葉時，管家遁逃去。
—— Phela Orm

缺席
absent
形容詞

此即謗言醞釀之時，被詆毀的現場，或被歸類為錯誤的一邊；也是他人獲得機會與愛慕的時機。

對男人來說，其他男人不過是模糊的概念。
誰管他臉長怎樣，穿什麼？
不過女人的身體幾乎是女人的全部，
噢，我的甜心，請留下，永遠都不要離開。
不過千萬別忘了智者說的：
缺席的女人和死了沒兩樣。
—— Jogo Tyree

缺席者
absentee
名詞

已經拿到了酬勞且覺得可以不必到場施加壓力的人。

專制的
absolute
形容詞

獨立、不負責任的。徹底專制的君王底下的人民只能做君王喜好的事,而君王則專門做暗殺者希望他做的事。目前君王制大體上來講已經完全消失,取而代之的則是有限度的君王制,不管君王的暴行或善行都大幅縮限,並由共和國代以掌控主權,等同以隨機的方式決定人民命運。

自制者
abstainer
名詞

拒絕享受歡愉的軟弱者。完美的自制者最擅長的就是放棄,尤其喜歡對他人的活動表現得漠不關心。

> 男人對暴飲暴食的小伙子說道:「小子啊,我以為你是個徹頭徹尾的自制者呢。」
> 「我是啦,我是啦,」
> 那被逮到的臭小子說,「但也不是啦,我可是個狂熱分子呢。」
> —— G.J.

荒謬
absurdity
名詞

當行為或言論很明顯地與個人所想大相違背。

學苑
academe
名詞

培育道德家與哲學家的古代學院。

魔鬼辭典

大學
academy
名詞

培育足球選手的現代學校。

意外
accident
名詞

因不可違抗的自然法則而發生的不可避事件。

共犯
accomplice
名詞

當他者知情對方犯罪並具備共謀事實，好比明知客戶犯罪仍為其辯護的律師。我們無法得知律師對此辭條的看法，因為在此無人付費請求他們表示意見。

和睦
accord
名詞

和諧。

手風琴
accordion
名詞

一種很適合拿來為刺殺者伴奏的哀傷樂器。

責任
account-
ability
名詞

謹慎之母。

「請記住，我是很有責任心的。」
大臣（Grand Vizier）[2] 說。
「我會的，」
國王說，「因為這是你唯一的能耐。」
—— Tate

---

[2] 伊斯蘭國家的大臣，相當於宰相的職務。

控訴
accuse
及物動詞

認定對方有罪或行為卑劣好為自己開脫，通常是由於自己先傷害了對方才這樣做的。

無頭無腦的
acephalous
形容詞

正如十字軍東征的戰士在敵軍以撒拉遜彎刀輕巧無痕地劃過他脖子的數小時之後，當他隨手撥弄自己的頭髮時，才察覺到的異狀。

成就
achivement
名詞

努力的終點與厭倦的開始。

承認
acknowledge
及物動詞

坦承。指責他人的錯誤，就是完美表達自己熱愛真理的最佳方式。

熟人
acquaintance
名詞

認識夠久到會開口向他借錢，但又沒熟到會願意借他錢的人；會因為對方的貧窮與落魄而疏遠，又會因為對方出名或發財而立刻拉攏的友人。

實際上
actually
副詞

或許；大概。

諺語
adage
名詞

專供無主見之人使用的智慧公式。

硬石
adamant
名詞

收藏於女人緊身束腹之下的堅硬礦石。通常在受到黃金的誘惑後就會融化。

蝰蛇
adder[3]
名詞

蛇類。該蛇名來自於牠樂於增加所謀殺生命數目的習性。

追隨者
adherent
名詞

尚未得到所求的服從者。

政府
administration
名詞

一種政治上的巧妙設計,用來為總統或總理扛責、承擔人民漫天怒氣,或為在位者承擔所有罪名的機構。

艦隊司令
admiral
名詞

軍艦上會開口說話的零件,至於思考嘛,那是船頭雕像的任務。

讚賞
admiration
名詞

委婉承認他人與我們之間相似之處的方式。

訓誡
admonition
名詞

溫和的責備,像是揮動大斧頭的友善勸告。

> 聽從訓誡後,
> 他在地獄永不得超生。
> —— Judibras

---

[3] Add 一詞有增加之意。

傾慕
adore
及物動詞

充滿期待地愛慕著對方。

忠告
advice
名詞

面值最小的錢幣。

「那男的實在太慘了。」湯姆說，
「我真得給他一些好建議，總得幫他一把。」
吉姆說：「我知道，小伙子，這世界上沒什麼比忠告更不值錢，所以你才那麼慷慨吧。」
—— Jebel Jocordy

訂婚
affianced
過去分詞

為獲得一位母夜叉而戴上腳鐲。

痛苦
affiliction
名詞

磨練靈魂使其準備好面對另一個更可怕世界的過程。

非洲人
African
名詞

可以和我們一樣投票的黑鬼。

老年
age
名詞

在人生的此階段，我們咒罵已經沒膽量去做的壞事，以此細數心中仍然樂於實踐的惡行。

魔鬼辭典

煽動者
agitator
名詞

一種專搖旁人的果樹,以此趕跑壞蟲的政治家。

目標
aim
名詞

夢想的另一個名字。

「開心點!你人生沒有任何目標嗎?」
她溫柔地問道。
「目標?噢,沒有吧。老婆,事實上,我剛剛被解雇了。」
—— G.J.

空氣
air
名詞

慷慨的上帝賜予貧窮人民的免費營養品。

總督
alderman
名詞

公開掠奪以行使祕密竊盜的天才型罪犯。

異己
alien
名詞

處於試用期的美國總統。

阿拉
Allah
名詞

伊斯蘭教的最高神靈,和基督教、猶太教或其他教的神祇有所差異。

我忠誠恪守阿拉真義,並為人類罪惡掩面哭泣;
我時常在真主的聖寺中雙手交叉,靜靜睡去。
—— Junker Barlow

57

忠誠
allegiance
名詞

所謂的忠誠啊，我猜，
應該是穿在臣服者鼻上的圓環，
他的鼻子直挺挺地朝向耶穌，
好嗅聞上帝散發出的芳香。
—— G.J.

同盟
alliance
名詞

國際政治中的兩賊聯盟。由於欺詐的雙方都將手深深地插入對方的口袋，因此無法單獨搶掠第三者。

短吻鱷魚
alligator
名詞

產於美洲並且在各方面都比舊世界（相較於美洲新大陸以外的地方）的鱷魚更為優越。希羅多德（Herodotus）曾說印度河是唯一產鱷魚的地方（只有一種鱷魚不產於此），不過後來鱷魚好像都搬到了西方並和其他河流一起長大了。由於短吻鱷背上有鋸齒狀凸起，因此又稱鋸齒鱷（sawrian）。

孤獨的
alone
形容詞

擁有糟糕伴侶的情況。

在燧石和鋼接觸的瞬間！
綻現火光與焰火，這讓人想起了，
他是金屬，而她是石頭，兩人都寧可抱持孤獨。
—— Booley Fito[4]

58　　4 作者於此處模仿喜愛用經典詩句給予文字定義的辭典編纂者，Booley Fito 為他的假名。

魔鬼辭典

祭壇
altar
名詞

從前牧師千刀萬剮掏出作為祭品的人類或動物的內臟進行占卜、烹飪，並用以祭神的地方。現在這詞已經鮮少使用，除非偶爾有人想形容某些男女犧牲自己的自由與安寧來獻祭的情況。

> 他們站在祭壇前將自己獻身於烈火之中，
> 肥油熊熊燃燒。
> 這樣的獻祭根本無神過問，
> 惡火燒過的祭品，
> 對神靈而言根本微不足道。
> ── M.P. Nopput

雙手靈巧的
ambidextrous
形容詞

能敏捷地扒竊左手邊的口袋與右手邊的口袋。

野心
ambition
名詞

一種活著時渴望被敵人詆毀、死後盼望有人譏笑的強烈慾望。

大赦
amnesty
名詞

國家不希望浪費公帑對犯罪者施以懲罰時的手段。

施油禮
anoint
及物動詞

讓君主或其他高官更為油滑的儀式。

> 牧師為君主們施以油禮，
> 豬玀則被抹滿聖油好領導人民。
> ── Judibras

反感
antipathy
名詞
| 一種會被朋友的朋友所激發的感受。

警句
aphorism
名詞
| 預先消化過的智慧。
|
| 他那浸泡於酒精中的鬆弛大腦，
| 迫於疾病的壓力，從其所藏無幾的深溝中，
| 冒出幾句警句和格言。
| ──《瘋狂的哲學家》（*The Mad philosopher*），1697

道歉
apologize
不及物動詞
| 為了明天的冒犯而打的預防針。

變節者
apostate
名詞
| 當水蛭穿過烏龜厚殼後，發現烏龜早已死去，只好權衡利弊，改為依附另一隻活著的烏龜。

藥劑師
apothecary
名詞
| 醫師的共謀者、殯葬業者的同夥以及墓園蛆蟲的供養者。
|
| 眾神之神福佑人類，
| 神讓汞封存在瓶子裡，
| 狡詐的朋友甚至偷偷放入疾病，
| 好讓藥劑師荷包滿滿，
| 生意順遂的藥劑師咧口稱道：
| 「我最毒的藥劑應該寫上神的名號。」
| ── G.J.

魔鬼辭典

申訴
appeal
及物動詞

以法律觀點來看,就是將骰子丟回盒裡等待下次再擲。

食慾
appetite
名詞

上帝為了解決勞動問題而為我們植入的本能。

掌聲
applause
名詞

陳腔濫調般的回音。

四月愚人
April fool
名詞

三月愚人又多活了一個月。

大主教
archbishop
名詞

比主教更為神聖一點點的高級牧師。

　　假如我是快樂的大主教,
　　我會在禮拜五吞下所有的魚——
　　鮭魚、比目魚、沙丁魚,
　　其餘的日子則要享用其他美食。
　　—— Jodo Rem

建築師
architect
名詞

負責規劃你的房子並榨乾錢財的人。

61

熱情
ardor
名詞

象徵盲目熱愛的舉動。

政治舞台
arena
名詞

任政客徜徉其中並與自己的紀錄搏鬥的想像黑洞。

貴族
aristocracy
名詞

最適合組成政府的族群（此類政府系統早已過時廢用。）他們戴著優雅絨毛帽子、穿著乾淨襯衫，並且犯有受教育與銀行存款之罪。

甲冑
armor
名詞

由鐵匠打造的服飾。

整飭
arrayed
過去分詞

將內部秩序重整，並把叛徒吊死的行為。

逮捕
arrest
及物動詞

正式拘捕某個被指控為與眾不同之人。

　　上帝用六日造人，第七日就被逮捕。
　　──《地下版聖經》（*The Unauthorized Version*）

砒霜
arsenic
名詞

女人特別喜愛的化妝品，而砒霜也予以回報。

「你要吞砒霜嗎？拿去，全都吃了吧。」
他振振有詞，一副很鼓勵她那麼做的樣子，
「你自己把它吃了吧，寶貝，
總比放到我的茶杯裡好吧。」
—— Joel Huck

藝術
art
名詞

沒有被定義的名詞，天才神父賈波曾經如此形容其詞源。

某天有個傢伙不知在想什麼，
把老鼠（rat）一字左右挪移，並稱此字來自神意！
昏頭昏腦的牧師蜂擁而上，
（舉行奇怪的表演、獵奇行動、吟唱與怪詠，並且陷入激烈爭吵互相駁斥）
他們在老鼠皇宮點燃熊熊不滅的聖火，
建立規章、操縱一切。
參與者們大呼過癮並篤信自己無法理解眼前的一切，
最後，他們努力學會把頭髮中分
（藝術還能有什麼功用），
畢竟在大自然中生活的動物可從沒試著將頭髮中分。
現在他們擁有更優雅高貴的自我，
酒醉飯飽地祭拜祭壇上被犧牲的野獸，
並為了讓藝術家牧師衣食不缺，
他們賣掉了自己的家當。

笨拙
artlessness
名詞

女性透過長期的練習與研究而呈現出來的迷人特質，專門用來對付心儀的男性，後者往往將此天真爛漫的個性與孩童相提並論。

63

| **誹謗**
| asperse
| 及物動詞
| 滿懷惡意地將自己想做卻沒有機會實現的惡行加諸在別人身上。

| **驢子**
| ass
| 名詞
| 嗓音優美卻沒長耳朵的聲樂家。在內華達州的維吉尼亞城，人們稱之為瓦許康納利（Washoe Canary），在達科塔州、議會或其他地方，人們則稱牠為驢。此動物廣泛地受到全世界的文學家、藝術家與宗教家的讚美愛戴；沒有任何動物能像高貴的驢子一樣激發出人類的想像力，甚至有人認為驢子或許代表聖靈。我們知道義大利伊特魯里亞人（Etruscans）崇拜驢子，如果馬克羅比烏斯（Macrobious）沒搞錯的話，丘巴亞（Cupasians）人也膜拜驢子。被允許進入伊斯蘭教樂園的動物有兩種，其中一種就是負責馱運巴蘭（Balaam）的驢子，另一種動物則是典出《古蘭經》「七沉睡者洞穴」（Seven Sleeper）的狗兒。驢子的重要性無法與其他動物同日而語；假使把和驢子有關的各種文獻薈萃在一起，眼前所見將是所藏甚豐、蔚為奇觀的龐大文庫，足以與莎士比亞地下教派以及聖經文學相比。基本上來說，整個文學史就是驢子大觀。

「你好，神聖的驢子，」天使們齊聲歡唱，
「你是非理性之君，暴亂之王！」
「你是造物主的另一半，並讓榮耀閃爍，
上帝造就一切，而你成就蠢驢。」
—— G.J.

| **拍賣商**
| auctioneer
| 名詞
| 這男人揮舞著小槌子，宣稱自己用那一張嘴扒光了別人的錢財。

澳洲
Australia
名詞

位於南部海洋的國家，由於地理學家們對於該國為一大洲或一島嶼進行了漫長的災難式爭論，導致該國工業與商業發展嚴重落後。

阿佛納斯小湖
Avernus
名詞

古代子民藉由此湖口進入地獄。經由偉大的檢查者馬可斯・安斯羅（Marcus Ansello Scrutator）證實，這正是為什麼基督教徒必須透過受洗作為入教儀式的原因。不過，古羅馬基督教作家拉克坦提烏斯（Lactantius）直斥此觀點荒謬無稽。

> 步入地獄意外容易，詩人這麼說道。
> 這意味著若順著下坡行走，
> 則吉事迴避，阻礙重重。
> —— Jehal Dai Lupe

B

太陽神
Baal
名詞

古代祭拜的神祇，名號紛雜。腓尼基（Phoenicians）人稱祂為貝爾，且備受尊崇；撰寫著名《洪水滅世》（*Deluge*）篇章的貝洛西斯（Berosus）則稱祂為貝勒斯（Belus）或貝赫（Bel），至於在希納爾（Shinar）平原地區，人們則以巴別（Babel）之名，為之建立高塔。巴別一詞，則讓我們聯想到英文詞胡言亂語（babble）。不管所呼何名，貝爾正是太陽之神。以惡魔角度觀之，太陽神任其光線擾動靜滯死水，又為狂蠅之神。對外科醫師來說，太陽神就是小藥丸（Bolus）的別名，時而又被稱為肚子（Belly），人們會以山珍海味祭之。

嬰兒
baby
名詞

不限特定年齡、性別、情況的畸形小動物，其特別之處在於能激起對方狂潮般的同情或反感，但自身卻不帶任何情緒。歷史上不乏著名的嬰兒，好比在蘆葦叢裡晃遊的小摩西（Moses）就讓七個世紀的埃及先知不斷地重複奧西烈斯（Osiris）在荷葉上漂浮的故事。

> 在嬰兒被發明以前，
> 女孩算是無可匹敵的生物。
> 現在男人們被狠狠地折磨，
> 花下大筆鈔票只為討好那嬰兒。
> 我想，或許最好的方法，
> 就是全人類的第一個嬰兒應該被老鷹或禿鷹叼走吧。
> —— Ro Amil

酒神
Bacchus
名詞

古老社會為方便酒醉所創造出來的神祇。

一開始酒神受到人民愛戴，
接著信徒們突然成了罪人，
扈從前來捉拿酒徒，並施以暴行。
—— Jorace

背部
back
名詞

你朋友身體的一部分，專供你在不幸之時深深地注視。

誉言
backbite
及物動詞

在對方不知情的狀況下議論對方。

誘餌
bait
名詞

使釣鉤顯得美味的工具。最完美的誘餌即是美色。

洗禮
baptism
名詞

一種神聖的儀式，若是有人進入天堂後發現自己尚未受洗，恐怕會極度鬱悶。洗禮有兩種方式——讓受洗者浸入聖水中，或是把聖水潑灑在他／她頭上。

浸入的受洗禮是否比潑灑的受洗禮更好，
就讓那些受過浸禮的人，
依據《欽定聖經》以及他們所得到的癰疾程度來做比較吧。
—— G.J.

氣壓計
barometer
名詞

能夠顯示目前氣候狀況的精妙儀器。

兵營
barrack
名詞

負責搗毀他人房舍的士兵們所擁有的房屋。

蛇怪
basilisk
名詞

蛇精。從公雞蛋中孵化出的蛇胎。蛇怪的眼神足以讓人致命。無神論者往往否定蛇怪的存在，但是奧雷托爾（Semprello Aurato）曾經親眼目睹並戲弄蛇怪；牠曾以惡毒眼神望向朱庇特神的情婦，並受到雷擊的報復。之後，天后朱諾大神讓蛇怪恢復視力並將此爬蟲怪物藏匿於山洞中。古老的傳說再沒有出現任何蛇怪蹤影，公雞也不再下蛋下。

杖刑
bastinado
名詞

毫不費力地在木頭上行走的活動[1]。

沐浴
bath
名詞

一種用來代替宗教崇拜的神祕儀式，其功效尚無定論。

> 那個洗蒸汽浴的男人，
> 已經蒸掉了所有的皮膚。
> 他以為自己進入完美的清潔狀態，
> 但完全忘了自己的兩肺正吸飽滿是髒污的水蒸氣。
> ── Richard Gwow

---

[1] 專打腳心的殘忍刑罰。

戰鬥
battle
名詞

一種解決政治歧見的方法。既然無法靠舌頭解決,那麼就死勁地咬吧。

鬍子
beard
名詞

那些恥笑滿清剃頭習俗的人,所選擇剔除的毛髮。

美貌
beauty
名詞

女性所擁有的迷住情人、驚嚇丈夫的能力。

交友
befriend
及物動詞

結識忘恩負義者的行為。

乞討
beg
動詞

以明知不可得的態度企求事物。

　　爸爸那是什麼?
　　乞丐呀,孩子,
　　你看那憔悴、古怪以及瘋狂的眼神!
　　他像是在監牢中狠狠地望向世界!
　　乞丐的世界如此可悲。

　　那為什麼他們把他關在監牢那兒,爸爸?
　　因為他為了不挨餓而犯了法。
　　因為肚子餓?
　　噢!沒錯,孩子,他餓了——當然挨餓毫無樂趣可言。
　　他已經好幾天沒吃東西了,他不停地喊著:「麵包!麵包!」
　　不能吃肉餅嗎?
　　他連穿的衣服都沒了,哪有錢買吃的呢。

69

不過，乞討是違法且不被允許的。
那他為什麼不工作？
他或許可以找份工作，
不過老闆說：「滾吧！」
國家也如此吼道：「消失吧！」
我跟你解釋他的狀況只是想說明，
其實他的報復根本小得可憐。
確實，復仇是野蠻人的行為，
不過，他僅僅做了非常微小的事——
請告訴我，乞丐做了什麼？
他不過偷了兩片麵包，
因為他早就餓到前胸貼後背。
就這樣嗎，親愛的爸爸？
是的，就是這樣，
他們把他關進監牢，未來他還會再次坐牢，
牢房比我們想像地好得多，
那裡有——
可以分給窮人的麵包嗎？
嗯，沒錯。
—— Atka Mip

乞討者
beggar
名詞

仰賴朋友接濟而活的人。

行為
behavior
名詞

決定一個人行為舉措的，並非原則，而是教養。喬瑞其‧霍倫波（Dr. Jamrach Holobom）博士在《死亡曲》（*Dies Irae*）中曾經含糊地使用此詞。

記得向神聖的救世主祈禱，
神無情的手，將把你推向死亡。
你必須原諒祂的行為。

美女
belladonna
名詞

義大利文的美女;以英文來講,為死亡的毒藥。該詞證明了兩種語言所代表的迥異價值觀。

本篤
Benedictines
名詞

僧侶別名,又稱黑色修士。

> 她以為是烏鴉,結果是黑色的本篤修士坐在書桌前。「料理的順序如下。」她說,「先宰了黑色本篤,再炸成黑焦。」
> ——《世界的惡魔》(The Devil on Earth),倫敦,1712

捐助者
benefactor
名詞

大量採買忘恩負義行為的人,儘管購買量大,但單價毫無下滑的趨勢。

貝勒尼基的頭髮
Berenice's hair
名詞

后髮座(星座名)便是命名自一位用自身頭髮拯救丈夫的女性貝勒尼基。

> 為了使愛人能保全性命,
> 數千年前的她犧牲了自己的頭髮。
> 人們為紀念她的美德,稱某星座為后髮座。
> 可惜當今的女人,
> 為了頭髮寧可犧牲丈夫的性命,
> 因此沒有哪個星座可以以她們命名。
> 這種女人實在太多,遠勝過天上星宿。
> —— G.J.

重婚
bigamy
名詞

一種有趣的錯誤,未來的智慧將以第三次結婚,來嚴懲重婚者。

老頑固
bigot
名詞
當某人過度熱情地堅持讓人反感的意見,他就是個老頑固。

爛話
billingsgate
名詞
對手所說的一切。

出生
birth
名詞
災難的起始。關於如何出生,各處記載不同。卡斯托（Castor）與波拉夫斯（Pollux）從雞蛋裡脫胎而出；派拉斯（Pallas）從顱骨中走出；葛拉提雅（Galatea）從石頭中迸裂而出。10世紀時撰文著書的佩拉西斯（Peresilis）則稱自己從牧師點灑聖水的土地出生；據傳,阿里馬薩斯（Arimaxus）來自閃電霹擊鑿出的山穴。勞可美頓（Leucomedon）則是埃特納火山（Mount Aetna）之子。而我則親眼見過有人在酒窖中橫空出世。

惡徒
blackguard
名詞
事實上此人品德有點像市場裡展示的草莓,爛的在下、好的在上,他只不過從反方向出現罷了。用另一種眼光來看,惡徒就是不折不扣的好人。

無韻詩
blank-verse
名詞
無押韻的句子,英語詩歌中最困難的文體,正是由於書寫困難,因此無法撰寫其他任何類型文句的人,都喜歡寫無韻詩。

盜屍者
body-
snatcher
名詞

劫掠墳墓蛆蟲的人。年輕醫師的上游,而老醫師的下游則是殯葬業者。又指鬣狗。

「去年秋天的某晚,」醫師說,
「我和四個夥伴上山撞見墳墓,墳墓邊有一堵牆。」
「我們等到月光低垂時,一隻鬣狗從新墳竄了出來,開始用前腳掘墓!」
「我們被牠的舉動嚇壞了,同行的一名男子衝上去壓制住那隻狗,並用鏈子驅趕牠。」
—— Bettel K. Jhones

擔保人
bondsman
名詞

富有的傻瓜,竟然願意為第三方的財產作擔保。

紐奧良攝政王想委任他最欣賞的貴族擔任要職。由於對方是個放蕩不羈的男人,因此攝政王問他能否給予任何保證。他回答道:「我不需要任何擔保人,我可以以自身的名譽擔保。」攝政王笑道:「那有多少價值呢?」
「閣下,我的名譽堪比黃金。」

無聊之徒
bore
名詞

嘴巴一打開你就希望他閉嘴的人。

植物學
botany
名詞

關於那些可食與不可食蔬菜的科學。植物學多半研究那些設計粗糙、顏色惱人並且臭味撲鼻的花朵。

寬吻海豚
bottle-nosed
名詞 | 顧名思義的一種海豚。

邊界
boundary
名詞 | 政治地理學名詞,以象徵性的界線劃分兩側國家的想像權力。

慷慨
bounty
名詞 | 超級富有者讓貧困者得到一切欲求的慷慨行為。

　　據說,一隻燕子一年要吞食數百隻蟲子,
　　這就是上帝對祂所創造的萬物無比慷慨的證明。
　　—— Henry Ward Beecher

梵
Brahma
名詞 | 創造印度教徒之神,受到毗濕奴(Vishnu)的守護,但又受到濕婆(Siva)的攻擊。印度教神祇的分工超越其他教派,好比以阿布拉卡達布拉教徒(Abracadabranese)的教義而言,人類為罪惡之神所創,並受到盜竊之神的保護,接著被愚蠢之神給摧毀。印度教的神和阿布拉卡達布拉教一樣,都由富有智慧並且神聖、絕不亂來的男子主祭。

　　噢,梵天,你是神聖的天神,
　　也是印度教三神中的首神,
　　你莊嚴而平靜地端坐在那,
　　你是世間第一人,
　　毫無疑問。
　　—— Polydore Smith

大腦
brain
名詞

我們用來思考的器官,空想者與實作者的最大差異所在。通常擁有巨大財富或是位高權重之人,其大腦的龐大程度簡直堪稱特異等級。在本國共和黨政府文明體制下,很有腦子的人通常都不會待在政府辦公室裡。

白蘭地
brandy
名詞

包含了幾道閃電、一份悔恨、兩件謀殺案、一座墳墓以及惡鬼靈魂的甜酒。理想劑量:隨時喝個爛醉。強森博士(Dr. Johnson)曾說,白蘭地是英雄的酒。只有英雄才敢大口痛飲。

新娘
bride
名詞

把美好前程踩在腳下的女人。

野獸
brute
名詞

詳見「丈夫」(husband)的解釋。

C

麥加黑石
Caaba
名詞

天使長伽百利（Gabreil）賜給亞伯拉罕（Abraham）的黑色巨石，現存於麥加。說不定當年亞伯拉罕向天使長祈求的是麵包。

甘藍
cabbage
名詞

一種花園常見的蔬菜，尺寸近似於男人的大腦，聰明程度也差不多。

甘藍之名取自於卡巴丘斯（Cabagius）王子。他甫上位時就下令籌組王國最高政務會，其成員包含內閣成員以及皇家花園裡的甘藍。每當治國方針失當，他就會頒布命令昭示天下，並將最高政務會的數名成員斬首示眾，以此贏回民心，撫平天下。

災難
calamity
名詞

災難總是提醒我們，我們的命運絕不是操控在自己手上的。災難可概分為兩種類型：一種讓自己倒楣，一種則是讓別人走運。

冷血的
callous
形容詞

內心堅強，能忍受別人遭遇痛苦與折磨。

當古希臘哲學家季諾（Zeno）得知自己的敵手離開人世時，他悲慟不已。
「為什麼！」他的學生問道，
「你要為敵人的死落淚？」
「啊，說的也是。」大哲學家回答，
「不過你也該看看我為朋友死去而大笑的樣子。」

誹謗者
calumnus
名詞
| 醜聞學院的畢業生。

駱駝
camel
名詞
| 對娛樂產業而言相當有價值的四腳獸。目前已知有兩種駱駝,正常的和不正常的,後者較常被用於展覽。

食人魔
cannibal
名詞
| 喜好簡樸飲食的老派美食家,保存了人類在開始懂得吃豬肉前的飲食習慣。

大砲
cannon
名詞
| 修正國家邊界的工具。

牧師法衣
canonicals
名詞
| 天庭小丑所穿的服裝。

首都
capital
名詞
| 統而不治的政府所在地,並為無政府主義者提供火、鍋子、晚餐、餐桌、刀與叉,用餐者僅需大大羞辱自己一頓即可享用美食。

死刑
capital punishment
名詞
| 一種衡量正義與律法後,將許多可貴之人送進墳墓的懲罰,受害者包含許多刺客。

卡梅萊特	卡梅爾山（Mount Carmel）的行乞修道士。
Carmelite	
名詞	

當死神漫步在卡梅爾山時，
遇見了一位喝得爛醉的行乞修士，
他的眼神晶亮而神聖、笑容滿面，
雖然衣服破爛不堪，卻肥胖得令人感到罪惡。
他伸出雙手哭喊：
「給我點吃的吧！做點好事，我在此祈禱。
以教會之名施捨吧，並讓祂的子民長命！」
死神意味深長地微笑回答：
「我願施捨，我將伴你同行。」

死神坐在蒼白的馬上、抽起長鞭、手握長矛，
抽打在行乞修士身上。
他抓起修士的腳和脖子，放在馬背上，臉朝著馬屁股。

行乞修士大笑，就像棺材闔起的聲音般悶響著。
他說：「哈！哈！行乞者被丟在馬背上，大家知道，
我被惡魔帶走了。」
修士的鏢放在白馬的臀上，戰馬奔騰馳騁。

馬愈跑愈快，
巨石、人群、大樹都飛掠在後，
直到遠方的路成了一片灰濛深藍，
死神的眼激昂圓睜，讓人想到兩個藍莓派。
死神又笑了，像是來自墳場的微笑，
葬禮已然取消、哀悼者無所適從，
死者從棺裡復生，並慢慢地活了起來。

數年又數年過去了，
修士早已成為枯骨，
但是死神從未好好照料那匹馬兒。
當時修士狠狠地抓住牠的尾巴，並隨著馬兒奔騰，
直到看見灰色的修道院。

現在馬兒在那吃著大麥、油和麵包，
可說是比最肥的修士還胖，
未來，牠或可成為更稱職的修士呢。
—— G.J.

食肉的
carnivorous
形容詞

殘忍吞食草食動物及其後代的嗜好。

笛卡兒派
Cartesian
形容詞

與著名哲學家笛卡兒有關的論點，笛卡兒曾經提出重要格言——我思，故我在，本人似乎很高興自己闡釋了人類存在的現實。不過這句格言應該可以說得更精確點，那就是——我以為我思，故我以為我在，這應該是還沒有任何哲學家參透的想法吧。

貓
cat
名詞

大自然所創造的柔軟、乖順的機器，專供家庭生活不順遂時暴打或虐待之用[1]。

這是條狗。
這是隻貓。
這是青蛙。
這是老鼠。
狗奔跑、貓喵喵叫，
青蛙跳躍、老鼠齧咬。
—— Elevenson

吹毛求疵者
caviler
名詞

喜愛批評我們作品的人。

---

[1] 笛卡兒另一論點認定動物只是無感覺的機器，他甚至身體力行虐待動物好證明此說。或許作者也想利用此詞，補充笛卡兒的其他論述。

公墓
cemetery
名詞

與城市隔絕的一塊淨土，在這裡人們假惺惺地哀悼，詩人在石板上創作，而石匠則為了準備領取的賭資揮汗工作。這種奧林匹克式的競賽可以用以下墓誌銘作為範例：

> 他的美德如此顯赫，
> 以至於敵人無法看輕，只好否定。
> 對他草率不恭的友人而言，
> 他過於模範，也因此朋友們稱之為惡行。
> 他的家人為小卡拉準備了這塊墓地，以作紀念。
> —— Thomas M. and Mary Frazer

人馬
Centaur
名詞

是一種生活在勞動分化時代前的種族，他們體現了最原始的經濟學格言：「每個人都是自己的馬。」人馬中最優秀的代表正是凱戎（Chiron），他把馬的智慧與人的敏捷完美結合在一起。施洗者約翰人頭戰馬的故事也證明了異教徒本身同樣擁有堪稱複雜的神聖典故。

刻耳柏洛斯
Cerberus
名詞

希臘地獄的看門狗，牠負責守衛地獄入口，防止來路不明的人或物闖關。反正既然所有人都不免下地獄，那麼最好還是別錯過入口吧。據傳刻耳柏洛斯有三顆頭，有些詩人則誇大地認為牠有近一百個頭。以鑽研希臘而聞名的格雷比爾教授（Professor Graybill）則運用自己的廣博知識，推斷刻耳柏洛斯應擁有七十二個頭；依本人猜想，教授應當對狗與數學都具備相當程度的了解，因此不妨參考他的意見。

童年
childhood
名詞

介於無知嬰兒期與愚蠢青少年期之間的人生階段，此時距離中年的罪愆仍有幾步距離，而與老年的悔恨感又有三步之遙。

基督徒 Christian 名詞	這種人相信《新約》飽含神聖靈感，並且最適合他人閱讀。他們時時刻刻遵從基督的指導，除非基督所要求的與他們的罪惡生活相違背。 我夢見自己站在山丘之巔， 俯瞰一群聖徒四處徜徉。 他們穿著安息日應有的服裝， 神的臉上似有一股淡淡的憂傷。 此時所有的教堂都發出莊嚴的鐘鳴── 如大火般把罪孽之徒驚醒。 我出神地望著那群聖徒， 其中一個男子有著寧靜的臉龐， 瘦長的他穿著白淨長袍， 眼睛裡閃爍著憂思與靈光。 「願上帝保佑你，朋友。」我大聲對他喊道。 「你看起來已跋山涉水，希望你也和其他善良的人一樣，都是主耶穌的信徒。」 他抬頭仰望我，嚴厲的目光如火炬一般。 他用輕蔑的口吻說道： 「什麼！你說我是基督徒？不，怎麼可能，我就是耶穌基督。」 ── G.J.
馬戲團 circus 名詞	馬、小馬與大象可以觀賞愚蠢的男女與小孩的地方。
千里眼 clairvoyant 名詞	通常指女人，她可以看見其他人無法看見的事情，好比眼前的男人是個混蛋。

單簧管
clarionet
名詞

由塞著耳塞的人操作的刑具。世界上唯一能比單簧管更具毀滅性的，就是兩支單簧管。

牧師
clergyman
名詞

這種人為我們安排天國的事務，好讓自己過上舒適的俗世生活。

克麗歐
Clio
名詞

九名繆思女神的其中一位。克麗歐掌管歷史，並表現得十足優雅，通常雅典的講臺都被其他耀眼的男士所占據，好比色諾芬（Xenophon）與希羅多德（Herodotus）等出名講者。

鐘
clock
名詞

為人類提供強大道德意義的機器。每當人們感到焦慮時，時鐘就會提醒他們還有超多時間，根本無須擔憂。

　　有個忙碌的男人抱怨：「我沒有時間！」
　　他懶散的朋友驚訝地說道：
　　「當然有啦，時間多得很，根本不用懷疑。
　　這分分秒秒度過的都是時間啊。」
　　—— Purzil Crofe

吝嗇的
close-fisted
形容詞

過分渴望霸占很多有功之人想獲得的東西。

　　「蘇格蘭人都超小氣的！」
　　約翰森向節儉的麥克佛森教訓道。
　　「我不會這樣好嗎，我都會把功勞歸於所有人。」
　　傑米說：「你說得沒錯，大話要怎麼說都可以，反正所有人都比你富有，你只有欠大家的份。」
　　—— Anita M. Bobe

82

修道院士
coenobite
名詞

選擇閉關冥想惡行的男人,通常不時會回想其他修道院士以取暖。

> 噢,修道院士,修道院士。
> 你和隱士不同,
> 你不斷地禱告反倒成了惡魔[2],
> 惡魔著迷酒醉直至病懨成疾。
> —— Quincy Giles

舒適
comfort
名詞

每當想到他人痛苦就興奮難眠的感受。

讚揚
commend-
ation
名詞

對他人成就表示讚美,不過真誠程度絕不可能和自我讚美相比擬。

商業
commerce
名詞

財富移轉的過程。A 從 B 那裡奪取 C 的財物,為了補償,B 又從 D 那裡斂取屬於 E 的錢財。

聯邦
common-
wealth
名詞

由政治寄生蟲共同管理的體制,以邏輯上來說應該具備無比活力的聯邦制往往空轉失靈。

> 聯邦國會大樓走廊擠滿了飢餓卻又懶惰的人,
> 文書官、書記官、搬運工等等不計其數。
> 人民掏腰包讓惡棍負責指派工作,
> 這裡連貓兒都擠不進來,不管是文書官、搬運工,
> 所有人都發出呼號、嘈雜聲,

---

2 原文 Old Nick,在基督教中指稱惡魔。

> 災難和不幸已然來臨！
> 對他們而言，生活就是一連串的傷害，
> 蟲子爬滿他們的襯衫，疼痛與疾病深入骨髓，
> 他們的肺葉滿是小刺、膽塞滿了結石，
> 微生物、大腸桿菌侵襲他們的器官。
> 他們上廁所時條蟲滿溢，蟲子絕望地躲在其髮梢，
> 並且頻繁地惹惱他們。
> 他們的美夢不斷被災難打斷，
> 椅子發出嘎呀聲響、飛舞在空中，而地板陰沉不語，
> 床墊砰砰作響、枕頭發出鼾聲！
> 貪婪的人們無心向善！
> 你們的犯罪紀錄罄竹難書，你們的犯行讓死神失笑，
> 堪稱復仇般的行為讓人避之唯恐不及。
> —— K.Q.

妥協
compromise
名詞

針對利害衝突兩方所做的調整，並讓對立雙方妄自認為自己得到原先未有的權利，卻沒有失去任何利益。

強迫
compulsion
名詞

掌權者的話術。

哀悼
condole
及物動詞

展現同情是比喪失親人更為不幸的舉動。

密友
confidant/
confidante
名詞

A 把 B 的隱私告訴他，他則轉告 C。

祝賀
congrat-
ulation
名詞 | 有禮貌的嫉妒。

國會
congress
名詞 | 一群期望廢除法律的男人。

行家
connoisseur
名詞 | 對某事瞭若指掌但對其他事情一無所知的人。

> 老酒鬼在一樁火車出軌事故中被撞昏,有人倒了一點酒到他嘴裡希望喚醒他。「波以拉克酒,1873。」他喃喃自語後,斷了氣。

保守派
conservative
名詞 | 擁抱現世之惡的政客,他們和自由派的差別在於後者希望以全新的罪惡制度取代之。

慰藉
consolation
名詞 | 得知某個更強大的人比你更為不幸時的微妙感覺。

領事
consul
名詞 | 在美國政治中專指某人無法得到人民擁戴而在國內任職,政府只好專設一個辦公室,讓他遠離國境。

協商
consult
及物動詞 | 針對自己早已決定的事情詢問他者意見。

| **輕蔑** contempt 名詞 | 神經敏感的人面對太過強大、莫之能禦的敵人時所表現的態度。 |

| **辯論** controversy 名詞 | 用唾液與印刷墨水取代殺傷力巨大的砲彈,以及不長眼利刃的決鬥。

男女老少都參加這場以舌根決勝負的不流血戰鬥——
你的對手因憤怒而筋疲力竭,
像是一條被釘死在地面的蛇,
用毒牙狂咬著自己的傷口。
你問我,為什麼會有這麼奇怪的事情發生?
先同意對方的觀點,再引誘他自相矛盾,
最後他會在盛怒之中將所有論點推翻。
此時,盡可能擺出優雅的態度,
最好溫文儒雅地祭出攻擊,
最好以這樣的句子開場:
「正如您精闢的論述。」
或者説:「您説得對,我沒辦法反駁。」
也可補充:「其實,我個人淺見不過如此,您的解釋已經説明一切。」
接著把殘局留給他,他會不負所託,
向眾人證明你的觀點客觀、睿智。
—— Conmore Apel Brune |

| **修女院** convent 名詞 | 讓退休婦女可以發懶、發呆的隱居之地。 |

| **對話** conversation 名詞 | 用來展示眾人精神世界廢物的活動,參與者一邊打量別人的貨色,一邊思考如何挪移自己的腳步。 |

加冕
coronation
名詞

把象徵神聖君權的所有外在物事授予君王的儀式。通常事情結束後，他便可開始遭人踐踏。

下士
corporal
名詞

在軍事部隊中，地位最低下的男人。

> 戰火轟隆作響，
> 可悲的是，
> 我們的下士英勇地跌落了！
> 榮譽之神從天空俯瞰他的身軀並說：
> 「幸好他站的位置不會很高。」
> —— Giacomo Smith

公司
corporation
名詞

確保個人可以獲利卻無須承擔責任的聰明設計。

海盜
corsair
名詞

海上政客。

法庭上的傻瓜
court fool
名詞

原告。

懦夫
coward
名詞

在危難之際聽從雙腳建議的人。

小龍蝦
crayfish
名詞

和龍蝦非常相像但不易消化的小型甲殼類動物。

> 小龍蝦完美展現與象徵了人類智慧；這種甲殼動物只會向後移動，牠只懂得望向過去，從過去的失敗中尋找渣滓。人類的智慧也和小龍蝦差不多，他無法避免阻礙他前進的種種愚行，只有在事後才知道自己做了什麼蠢事。
> —— Sir James Merivale

債主
creditor
名詞

在經濟海峽外徘徊，深怕自己遭受攻擊的野蠻人。

克雷莫納
Cremona
名詞

在康乃狄克州製造的天價小提琴。

評論家
critic
名詞

喜歡強調自己很難被討好的人，因為根本沒人有辦法取悅他。

> 約旦河畔有一片聖地，
> 穿白袍的聖人們群聚，
> 並將評論者投擲過來的污泥扔回去。
> 評論者又把污泥扔到空中，
> 他的皮衣深染污黑，
> 當自己投出的石頭砸在自己的腳上，
> 他才感覺到自己造成的災難所帶來的疼痛。
> —— Orrin Goof

十字架
cross
名詞

一種古老的宗教象徵物，人們認為十字架源自基督教史上的神聖事件，不過它的存在超越該事件數千年之久。有很多人認為十字架源自古老的男性生殖器崇拜，有些人甚至追溯到某些原始部落。今日我們用白十字架象徵貞潔，紅十字架代表在戰爭中保持中立並伸出援手。賈波神父心中想著白十字架、撩撥豎琴並唱出以下詩句：

「行善，行善！」
修女們吟唱著聖樂，為了阻止世人犯罪，
她們循循善誘。

不過為什麼我們從沒看見，
她們優雅的舉止、貌美的臉龐，
並揮舞著白十字架的旗幟？

為什麼她們要嘮叨不休，一直矯正我們的行為？
難道沒有更簡單的方法可以拯救世人嗎？
（假設世人真的值得被拯救的話）
當人們沉浸於邪思無法抑止，
並視律法如草芥、欲投身犯罪時，
只要攔住他就得了。

對誰有好處？
cui bono
拉丁文

這對我有什麼好處嗎？

奸詐
cunning
名詞

強者與弱者之間最大的差別。擁有此能力者能得到無限的精神滿足，同時還得遭受劇烈的肉體痛楚。難怪義大利諺語這麼說：「就算狐狸掉光了毛，也不會改性。」
（The furrier gets the skins of more foxes than asses.）

魔鬼辭典

邱比特
Cupid
名詞

所謂的愛神。粗俗的愛神無疑是讓神話中的眾神身懷罪愆的罪魁禍首。在一切醜陋與怪異的概念當中,愛神絕對是最缺乏邏輯且粗鄙的——一個性徵不完全的小屁孩竟然被當作情愛之神,還把情慾帶給人類的沉重痛楚簡化為小巧可愛的箭傷。不敢相信有人用這肥胖的矮侏儒代稱人類之間最微妙的情愫,想出以這小胖子代表愛情的人本身跟這侏儒才是天生絕配吧。

好奇心
curiousity
名詞

女人最令人生厭的特質之一。而對男人來說,測試女人是否具備足夠的好奇心,就成了他們最難以抗拒的任務。

詛咒
curse
及物動詞

用言語進行攻擊。當文學作家或劇作家開始詛咒時,遭逢詛咒的對象簡直必死無疑。然而,動不動就詛咒他人會顯得自己缺乏口德,並身陷危險。

憤世嫉俗者
cynic
名詞

眼睛有毛病的惡徒。他們看不清事物的樣貌,任憑己意行事。難怪斯基泰人(Scythians)以剮挖憤世嫉俗者的眼珠,為其治療。

D

該死
damn
動詞

一個時常被帕夫拉戈尼亞（Paphlagonia）人使用的詞，實際意義早已失傳。根據博學的多拉貝里・葛克（Dr. Dolabelly Gak）教授的解釋，此字包含滿足的意思，用來形容精神上的高度滿足。不過，葛洛克教授（Professor Groke）則認為這個字代表不滿，畢竟該字時常與上帝（god）一同出現，後者則含有歡樂之意。為避免與上述兩位權威學者意見相左，本人暫不表達個人想法。

跳舞
dance
不及物動詞

隨著音樂摟抱你朋友的老婆或女兒舞動。世界上有無數種舞蹈，不過基本元素大同小異——你需要兩個性別不同，但都同時心懷鬼胎又善良的人。

危險
danger
名詞

危險如同沉睡的巨獸，
當牠安眠時人們無情地嘲笑牠，
當牠驚醒時，人們就抱頭鼠竄。
—— Ambat Delaso

勇敢
daring
名詞

男人在安全境地時所表現出的唯一美德。

審查僧職的	
教廷官員	羅馬天主教廷中，負責在教宗的馬兒額頭上蓋上「羅馬
datary	任命」（Datum Romae）印章的人。他的薪給優渥，還
名詞	能與上帝保持友好關係。

黎明	
dawn	聰明人睡覺的時間。有許多老人喜歡在這時候起床，沖
名詞	個冷水澡，並飢腸轆轆地出門散步，虐待自己。他們認
	為這樣的習慣可讓自己保持健康。不過，他們能活蹦亂
	跳地活到這麼老的歲數並不是因為晨起散步的習慣，事
	實上，其他有早起運動的人早就受不了折磨而掛點了，
	他們是少數的強壯倖存者。

一天	
day	以二十四小時為單位的時間間隔，一般都被徹底浪費。
名詞	這段時間通常被劃分為白天以及非白天，前者時常用來
	進行邪惡事務，後者則耗費在罪惡感之中。這兩種社會
	活動通常會互相交迭。

死亡的	
dead	結束了呼吸的苦役，
形容詞	擺脫了所有人際關係，
	瘋狂地奔跑到終點，
	發現那金光閃閃的盡頭，
	不過就是個黑洞！
	—— Squatol Johnes

縱慾者	
debauchee	這種人瘋狂地追求快樂，最終卻因為過了頭而遭致不幸。
名詞	

債務
debt
名詞

用來代替奴隸主的皮鞭和鐵鍊的發明。

> 魚缸裡的小鱒魚，
> 奔游著尋找逃跑路徑，
> 牠衝撞著囚禁牠的玻璃，
> 卻看不見鼻子前方的牢籠；
> 可憐的欠債人就像鱒魚一樣，
> 總感到手腳被細綁般地不自在。
> 一想到債務他就心生晦暗，
> 想方設法逃避，
> 卻發現永無償還之日。
> ——Barlow S. Vode

十誡
decalogue
名詞

以十為單位的一連串戒律。十是個剛剛好的數字，讓人可以散漫地跟隨，但又不會龐大到令人心生絕望。以下為經過修訂的十誡。

> 除了我不要崇拜任何偶像，
> 因為那會讓你花太多錢。
>
> 不要製作和跪拜偶像，
> 不然羅伯特・英格索爾（Robert Ingersoll）[1]
> 會把它們砸碎。
>
> 不要隨便呼喊耶和華的名字，
> 最好等到心有所求時再禱告。
>
> 安息日當然不要工作，
> 籃球或足球賽比較重要。
>
> 要尊敬父母，
> 好減少保險費。

---

[1] 或指 Robert Green Ingersoll，美國律師。

不要殺人，離殺人犯越遠越好，
也不必付買肉的錢。

不可親吻朋友的老婆，
除非他先動了你的老婆。

不要偷盜，因為那不會讓你生意興隆。
做生意靠的是詐騙。

不能作偽證，那很可恥，
但你可以說：「據說事實如此。」

不要存非分之想覬覦他人，
你必須以欺詐或其他手段得到所求之物。
—— G.J.

決定
decide
不及物動詞

選擇較好的選項並順從它所帶來的影響。

一片葉子從樹上飄落，「我想回歸大地。」它說。

西風吹起，改變了方向。
「往西走吧，」它說，「往西飛行會更美妙。」

接著東風對決西風，僵持不下。
樹葉說：「理智告訴我，不如懸浮於空。」

東風與西風漸歇，
樹葉說：「我已決定平躺於地面。」

「原初的想法就是最好的嗎？」
我可不認為這故事有此寓意，
隨你做想做的事吧，沒有人會為難你的。
不管你如何選擇，都有失敗的可能，
決定一切的，八成是上帝。
—— G.J.

誹謗
defame
及物動詞

編織關於他人的謊言。有時真話即是誹謗。

**無自保
能力的**
defenceless
形容詞

無力進攻的狀態。

退化的
degenerate
形容詞

比祖宗略遜一籌的意思。荷馬時代的人就是典型的退化實例，他們需要十個人才能舉起一塊石頭或掀起一場暴動，而特洛伊之戰裡的任何一個英雄人物，都可以隨時揭竿起義。荷馬樂於嘲笑那些「生活在墮落當代」的人們，也因此他的生活窘迫卑微，還得行乞度日。不過說真的，如果那些人不讓他行乞的話，他八成早就餓死了。

墮落
degradation
名詞

社會與道德進步的特定階段，專指在野的某人獲得高升。

恐象
Deino-
therium
名詞

已絕種的厚皮類動物，當時的主流動物可是翼龍呢。後者源於愛爾蘭，人稱泰瑞・戴克妥（Terry Dactyl）或彼得・戴克妥（Peter Dactyl），並時常見諸於報端或口耳之間。

午飯
dejeuner
名詞

去過巴黎的美國人所吃的早餐。來由不明。

代表團
delegation
名詞
| 美國的政治商品展示會。

謹慎
deliberation
名詞
| 所謂謹慎就是記得觀察麵包的兩面，以確定要在哪一面塗抹奶油。

大洪水
Deluge
名詞
| 全世界所發生的第一場神聖受洗儀式，沖走了世界所有的罪惡。

幻覺
delusion
名詞
| 與熱情、熱愛、自我否定、忠誠、希望、慈善等情緒有著糾葛關聯的感受。

> 萬事皆幻覺！
> 我們必須顛倒自身以便觀看世界；
> 對於那些醜陋、崇高的幻想而言，
> 美德為可拋之物。
> —— Mumfrey Mappel

牙醫
dentist
名詞
| 把冰冷金屬物件放入你的嘴巴，順勢掏光你皮包的魔術師。

依賴的
dependent
形容詞
| 寄望他人的慷慨解囊，因為你尚未有能力強迫對方。

代理人
deputy
名詞

老闆的男性親友或奴隸。代理人通常為長相出色的男性,繫著紅色領帶,並透過複雜網絡與辦公桌連結在一起。偶爾清潔工會用掃帚拍拍他,以免生出灰塵。

> 「代理人,」老闆哭道,
> 「今天那些會計和專家都會來我們辦公室查帳,看我們有無違法情事。」
> 「拜託你一定要寫下正確金額,收支必須平衡,他們會一張張鈔票地數,所以金額一定得正確。我一直都很欣賞你守時的風格——總之,今天晚上結束營業前,你要讓那些大發牢騷而暴躁的生意人,像是受到咒語的安撫一樣,全都平靜下來。時間已所剩無幾;用你奇妙的魔法讓那些來提領錢的人鎮靜下來,用你如炬的目光,操控所有的下屬!」
> 老闆的手沉重地拍打在代理人彎曲的背上。
> 一顆頭顱滾落下來,雙眼早已消失不見,皮膚乾皺。
> 原來這男人早已死了一年了。
> —— Jamrach Holobom

命運
destiny
名詞

暴君作惡的理由,也是傻瓜失敗的藉口。

診斷
diagnosis
名詞

醫師依照病患的脈搏與財力所做出的判斷。

橫隔膜
diaphragm
名詞

把混亂的胸腔與腹腔隔開的一塊肌肉。

日記
diary
名詞

一種按日寫成的紀錄，專門記載寫作者私下閱讀時不會臉紅的事蹟。

希爾斯寫了本日記，表現自己的聰明才智。
當他死後，天使抹去過往所做的紀錄，
說：「我會根據你的日記來評斷一切。」
希爾斯回答：「謝謝你，你會發見我是尊貴的聖人。」
他的神色自豪且得意。
說完他從衣服拿出日記本，天使慢慢地一頁頁翻著，裡面全是他所說過的蠢話、愚蠢的情感以及抄襲而來的詩句。
天使沉重地把日記還給希爾斯，說道：
「朋友，你已誤入歧途。墳墓無法滿足你，
因為天堂容不下作假的字句，
地獄也沒有開玩笑的餘地。」
接著便把希爾斯趕回人間。
——《瘋狂哲學家》（*The Mad Philosopher*）

獨裁者
dictator
名詞

某種形式下的國家元首，偏好專政主義帶來的災難勝過無政府主義的瘟疫。

辭典
dictionary
名詞

惡毒的文學作品，用以打壓語言發展，使其顯得僵硬而沒有彈性。不過，這本辭典則是當中相對重要的作品。

死亡
die
名詞

又指單顆骰子。我們很少聽到這個字,因為俗話說:「不要把死掛在嘴邊(never say die,意味不要放棄)。」不過,當狀況一再僵持不下時,有人會說:「骰子已經擲出,就這樣(放棄)吧(The die is cast)。」然而這句話很可能是被斷章取義的。以 die 來表示骰子的用法曾出現在著名詩人、經濟學者兼參議員戴斐(Dephew)說的這句話裡:

一顆比骰子大不了多少的起司,
就可以成為獵捕我的誘餌。

消化
digestion
名詞

將食物變為美德的過程。當消化不完全時,厄運就會隨之來臨。也因此,壞心的作家傑洛米・布蘭(Dr. Jeremiah Blenn)認為女人比男人更容易消化不良。

外交
diplomacy
名詞

為自己的國家而撒謊的愛國主義者藝術。

糾正
disabuse
及物動詞

建議用另一個好一點的錯誤取代某人自以為是的錯誤。

區別
discriminate
不及物動詞

在可能的情況下,想辦法找出某人或某事特別令人反感的特質。

討論
discussion
名詞

進一步證實他人錯誤的方法。

不服從
disobedience
名詞

苦役的烏雲邊緣所透出的一絲銀白色亮光。

反抗
disobey
及物動詞

用適當的儀式歌頌某項命令的成熟。

　　他擁有操控我的絕對力量，
　　我能做的，只有反抗；
　　假使我能衝破常規，
　　說不定我就可拋棄責任。
　　—— Israfel Brown

掩飾
dissemble
不及物動詞

為故事主角換上乾淨的襯衫。

　　讓我們來掩飾吧。
　　—— Adam

距離
distance
名詞

富有者唯一願意與貧困者共同擁有的東西。

苦難
distress
名詞

目睹友人的富裕所心生的疾病。

占卜
divination
名詞

探問神祕的法術。占卜的方式繁多，和傻瓜們一樣千奇百怪。

狗
dog
名詞

為了人類的崇拜氾濫而設計出的替代性神祇。這種神祇的瘦小迷你款總是能喚起女性的強烈愛意，人類男性實在難以匹敵。狗是過剩產物，或說根本生錯了時代；牠無事可做，生活悠閒，就算黃金時期的所羅門王都不及牠的幸福。牠成天躺在門口的腳踏墊上睡覺、曬太陽，蒼蠅在牠四周飛繞，而牠只管吃。相較之下主人卻得忙進忙出為其張羅，只為欣賞牠甩動的尾巴，以及慵懶的模樣。

龍騎士
dragoon
名詞

具備衝勁又十足沉穩的戰士，進攻時徒步，撤退時則縱馬飛奔。

戲劇家
dramatist
名詞

改編法國劇本的人。

巫師
Druids
名詞

古代塞爾特（Celtic）宗教的祭司和主教，此教派願以活人作祭，因為他們不把人類當作卑賤之物。關於塞爾特巫師後人所知甚少，普里尼（Pliny）認為此教發源於英國，隨後東傳至波斯；凱撒大帝（Caesar）表示對此教深感興趣的人都去了英國，雖說凱撒本人也曾遠赴英國，不過他似乎對該教相當排斥，儘管他相當嫻熟如何用人獻祭。

塞爾特巫師向來在森林主祭，並且不懂得向教友發行宗教債券，也不會收教堂入場費，活像個異教徒。也因此英國國教主教曾經自以為是地將此眾稱呼為「非國教者」。

101

鴨嘴獸
duck-bill
名詞

在餐廳點不到鴨肉時的選擇。

決鬥
duel
名詞

在兩名對決者握手和好前的正式儀式。一場觀者心滿意足的決鬥需要極度高超的技巧；若有人粗心大意，就可能必須承受相當悲慘的意外結果。在過去，人們常常在決鬥中失去性命。

> 決鬥無罪，
> 且絕對得有男人的勇氣才行。
> 對很多地方的人來說，
> 參與決鬥絕對是好事，
> 對此，我義不容辭。
> 我希望能像剖魚一樣撕裂對手，
> 像料理馬鈴薯一樣斬切別人的丈夫，
> 把欠債者開腸破肚，使其無力反抗。
> 世界上有許多異議者，
> 我看見他們如潮水般蜂擁而來，
> 我將一一刺死、槍殺這些人，
> 讓這些惡徒懂得分寸。
> 這些人敲鑼打鼓高舉旗幟，向我挑戰。
> —— Xamba Q. Dar

傻瓜
dullard
名詞

不論在實際生活或是文學裡都代表貴族。傻瓜和亞當一起來到這世界，並且繁殖迅速。他們的勢力之所以如此龐大，在於他們對攻擊毫無知覺；如果你用大木棍替他們搔癢，他們只會嘻皮笑臉、說不出什麼好聽的話。最初傻瓜來自維奧蒂亞州（Boeotia），他們的愚蠢讓莊稼枯萎，並因此飢腸轆轆、四處奔逃。數個世紀以來，他們侵襲了菲利士（Philistia），也因此現在很多人稱蠢蛋為菲利士人（Philistines）。在十字軍東征的年代，他們撤離菲利士並且散布到全歐洲，占據了政治、藝術、文

學、科學、神學等重要領域。之後傻瓜們和清教徒一起登上了五月花號,並發現新的國家,以生育、移民與改朝換位的方式持續占據此地。根據可靠數據指出,全美成年傻瓜的數字逼近三千萬人,其中還包含許多統計學者。美國傻瓜多半聚集在伊利諾州佩奧里雅(Peoria)一帶,不過新英格蘭州的傻瓜可說是最具備道德涵養的一群。

職責
duty
名詞

一種強烈驅使我們服從慾望,朝利益前行的情感。

> 萊凡德伯爵(Sir Lavender Portwin)深受國王信任,
> 但國王卻調戲波特夫人。
> 伯爵氣急敗壞想砍了國王的頭,
> 不過思及職責所在,
> 他只好改而盜取國王的錢財。
> —— G.J.

E

吃
eat
不及物動詞

關於咀嚼、濕潤與吞嚥的一連串動作。
「我在客廳裡享受我的晚餐。」特薩瓦倫‧薩瓦林（Brillat-Savarin）開始講起自己的趣事。「什麼！」洛奇布萊特（Rochebriant）打斷他，「在客廳吃晚餐？」這位大美食家回道：「你沒聽清楚呐，我是說享受晚餐。我沒說我正在吃，我早在一個小時前就吃完了。」

偷聽
eavesdrop
不及物動詞

祕密聽見他人甚或自己所犯下的罪行。

> 她的耳朵像是裝了竊聽器，
> 老是能聽見別人的談話。
> 兩位女士在竊竊私語，主題正巧是她自己。
> 「我覺得，」她說，「而且我先生也這麼覺得，
> 她是個老愛打探別人事情的壞女人。」
> 那女的再也聽不下去，憤怒地離開現場。
> 「我不想待在這裡了，」她碎嘴道，
> 「聽別人說謊毫無意義。」
> —— Gopete Sherany

古怪
eccentricity
名詞

笨蛋用來讓自己與眾不同的廉價方法。

經濟
economy
名詞

把不夠買一頭牛的錢拿去買不需要的威士忌。

美味的
edible 形容詞

美味、方便消化,可以用來形容蛤蟆嘴裡的蛆蟲、蛇嘴裡的蛤蟆、豬嘴裡的蛇,人嘴裡的豬,以及啃著死人屍體的蛆蟲。

編輯
editor 名詞

具有麥諾斯(Minos)、拉達曼提斯(Rhadamanthus)與埃阿科斯(Aeacus)[1]三者能耐的人間判官,只要花一點小錢就能請到他。他是德高望重的審查者,卻又能包容別人的美德與自身的醜陋。他喜歡大放厥詞四處告誡他人,宛若雷電,又好似小狗搖擺尾巴,頭腦分分秒秒轉個不停;不過不到一秒鐘,他又會用像是小貓在星辰下祈禱般的溫柔聲音緩緩呢喃。他是大法師、律法之神、端坐於思想殿堂高位,如同十字架上的耶穌令人心生敬畏;他的臉蒙上一層淡淡的光輝、蹺著二郎腿、表情似笑非笑,大手一揮把不喜歡的章節刪掉。在他休息的時候,從思想法庭的簾幕後傳來陪審長的聲音,要求多保留一點機智或是多加一點宗教省思,又或者把太聰明的段落刪掉,添加一些濫情的語句。

> 噢,思想和律法的國王,
> 他根本就是鍍金的冒牌貨。
> 他的皇袍上滿是補丁和破洞,
> 皇冠也是銅製的,
> 他本人更是個混蛋,
> 根本是個笑話。
> 他胡說八道、天馬行空,
> 成了過時老派無聊的思想統治者。
> 他追隨大眾輿論起舞,
> 肆無忌憚地隨性轉變,
> 造作、無禮、猜忌、虛假,
> 他絕對是這世代的可敬對手!
> —— J.H. Bumbleshook

[1] 希臘神話中的冥界判官。

教育
education
名詞

向智者展現卻對愚人掩蓋自身無知的服務。

結果
effect
名詞

兩種總會以絕對順序相伴發生的現象的後者。先發生的原因（cause）通常會產生結果，這聽起來就像是狗追兔子，所以說兔子造就了狗的存在一般有理。

利己主義者
egoist
名詞

沒品味的人，對自己竟然比對我更有興趣，哼。

> 馬克塞夫（Megaceph）獲選後在市議會工作，
> 有一天他的支持者全都來到市議會並高呼他的名字，
> 守門者臉色古怪地看了看那位超級利己主義者，之後喊道：
> 「快走吧，我們這裡得解決所有複雜、奇怪的問題，
> 而且我們不可能去明白所有人的想法，
> 畢竟這男人任何行事都完全取決於他自己。」

驅逐
ejection
名詞

治療過度聒噪或極度貧窮的最好辦法。

選民
elector
名詞

此人享有為別人選中的對象投票的神聖特權。

魔鬼辭典

電
electricity
名詞

這種能量造就了某些未知的自然現象。閃電和電是相同的，據傳閃電曾經襲擊富蘭克林博士（Dr. Franklin），那場意外成了這位偉大、善良的男人職業生涯中最被精彩傳頌的一役。富蘭克林博士深受世人敬重，尤以法國為最；近來法國正舉辦他的展覽，期間展示了他的蠟像，並且對他的生活與科學活動做了精彩的描述：

> 富蘭克林，電的發明者，
> 在做了幾次環球旅行後，
> 他在三明治島上被野蠻人給吃掉，
> 至今，我們無法尋得他的屍首。

電似乎是藝術與工業中不可缺少的一塊。雖然有許多關於電的經濟運用仍然懸而未決，但是利用電來推動運輸工具絕對比煤氣發動機好，而電所產生的光源也比馬兒來得強。

輓歌
elegy
名詞

在所有文學作品當中最不具幽默感的文類，作者千方百計地想讓讀者感受深黑潮濕的沮喪感，最著名的英文輓歌大致如下：

> 雜種狗敲響了別離的喪鐘，
> 牛群喘著氣在草原上晃蕩，
> 智者趕在回家的路上，
> 我呢，只能彈撥琴弦唱起哀傷的歌[2]。

雄辯
eloquence
名詞

讓所有蠢蛋相信白色就是白色的話術，若想要讓他們相信任何顏色都是白的也沒問題。

---

[2] 作者於此處模仿了湯瑪斯・格雷（Thomas Gray）所著的〈鄉村教堂輓歌〉（*Elegy Written in a Country Churchyard*）開頭。

樂土
elysium
名詞

人類想像出來的古代美好世界,在那裡所有的人都善良無比。早期基督徒把這些愚蠢、可笑的預言徹底銷毀——願他們的靈魂在天堂安然無恙!

解放
emancipation
名詞

當奴隸推翻他人的暴政,建立起自己的專制國度。

> 他是奴隸,任人使喚;他的鐵鍊深陷入骨。
> 後來自由將他主人之名抹去,
> 並在緊鎖的鉚釘上刻下自己的名字。
> —— G.J.

防腐
embalm
不及物動詞

以防止腐壞的方式保存屍體,並破壞動物與植物間的自然平衡。過去埃及人曾經擁有肥沃土壤、眾多人口,但是最終因防腐的癖好而將國境化成了貧瘠之地。現代的金屬棺材亦有異曲同工之妙。原本死人的屍體可以拿來滋養鄰居的樹籬或為他們的晚餐添增一些胡蘿蔔,如今的死者則毫無用處。或許在我們還倖免於死前,我們應該想辦法讓死者有點用處,只不過說不定現在玫瑰與紫色小花已經開始在一點點地齧咬著死人的大腿肌了。

激動
emotion
名詞

由於血液大量湧向心臟所引發的腦力衰竭病症,有時還會伴隨著雙眼排出大量氯化鈉溶液的症狀。

奉承者
encomiast
名詞

特殊(但絕非特例)的說謊者。

魔鬼辭典

終點
end
名詞

被困在談話中的人難以抵達之地。

> 敲奏手鼓的男人迎來消亡，
> 死亡的氣息籠罩著他的臉龐，
> 看起來蒼白而潔淨。
> 「這就是終點了。」
> 病懨懨的男人說道，聲音虛弱渺小。
> 不久之後，他就斷了氣，
> 所謂的手鼓，其實是他的手骨。
> ── Tinley Roquot

足夠
enough
代名詞

只要你願意，世界上的任何東西對你而言都是足夠的。

> 足夠，就像大餐一樣好，
> 比足夠更好的就是連盤子都感到滿足的大餐。
> ── Arbely C. Strunk

娛樂
entertainment
名詞

任何能暫時阻擋死亡的快樂。

熱情
enthusiasm
名詞

青春的疾病，只要服用小劑量的悔改，再外敷經驗的藥膏，即可治癒。
從過度熱情中痊癒的拜倫（Byron）將之前經歷的情況稱為熱情過感（entuzy-muzy），但不久後又舊疾復發，直奔米所隆尼（Missolonghi）[3]。

---

3 希臘地名。指英國浪漫詩人拜倫投身希臘獨立運動。

信封
envelope
名詞

文件的棺木，帳單的刀鞘，包裹匯款的外殼以及情書的睡衣。

嫉妒
envy
名詞

最無能的競爭。

肩章
epaulet
名詞

裝飾性徽章，以區別軍隊長官與敵軍。所謂的敵軍是專指軍銜比他低，並會因他的死亡得到升遷的軍官。

美食家
epicure
名詞

與伊比鳩魯（Epicurus）不同，美食家為節制的哲學家，前者則認為享樂為人生最大的目的，並且不該將時間浪費在感官上的滿足。

警句
epigram
名詞

用散文或韻文寫成的短小尖銳文句，通常都相當酸澀，偶爾富有智慧才情。以下不妨讀讀博學的詹拉克・霍洛邦（Dr. Jamrach Holobom）所撰寫的絕美警句：

- 我們對自身需求瞭若指掌，對他人急難卻無感無知。
- 為自己爭取利益，可說是管理者的第一步。
- 每個人的心中都有一隻老虎、一頭豬、一匹驢子與一隻夜鶯，正是四者的活躍程度不一，造就了不同的性格。
- 人類有三種性別：男性、女性與女孩。
- 女人的美貌與男性的才氣有著相似之處：他們都被無腦的人視為是可信的東西。

110

- 戀愛中的女人比男人更不羞愧，畢竟她們沒有那麼多應感到羞愧的事。
- 當你的朋友握住你的雙手時，你就安全了，因為你也能察知他的舉動。

墓誌銘
epitaph
名詞

銘刻在墓碑上的撰文，它證明死亡能讓人擁有美德，並為人感懷。以下是絕佳實例：

> 這裡安置著派森·普拉特（Parson Platt）的屍骨，
> 智慧、虔誠、謙虛。
> 他展示了我們應如何生活，
> 好了，上帝原諒他吧！

學問
erudition
名詞

將書本的灰燼埋入他人頭骨。

> 他的學問廣博如淵，
> 知道《創世紀》（Creation）的緣起與點點滴滴。
> 猛然間他感到惋惜，
> 他想，可憐啊，當個竊盜者並非錯誤。
> —— Romach Pute

深奧
esoteric
形容詞

非常玄祕難解。古老的哲學家基本上可分為兩類：通俗以及深奧的。前者會講些自己偶爾也聽不懂的話，後者則是完全無人能識。基本上來講，深奧的哲學家才能深刻改變當代思想界並受到人們接納。

民族學
ethnology
名詞

研究不同部落的男人、強盜、竊盜、騙子、蠢蛋、瘋子、呆瓜以及民族學家的科學。

聖餐
eucharist
名詞

蒂安福教派（Theophagi）的神聖盛宴。他們曾經憤怒地爭辯盛宴餐食內容，結果竟然造成上千人的大屠殺，而答案仍舊成謎。

頌辭
eulogy
名詞

因為對方的財富、勢力或死亡而加以讚美。

福音派教徒
evangelist
名詞

這種人傳播宗教福音，告訴我們，我們的靈魂會獲得拯救，其他人則會下地獄。

永恆
everlasting
形容詞

永久的存在。我似乎很大膽地提出了如此簡單、基本的定義，雖說我也不是不知道從前伍斯特的某個主教曾經出版了一本名為《永恆一字的部分定義》（*A Partial Definition of the Word "Everlasting"*）的書，並成為官方聖經的一小部分。當時他的書籍深受英國國教重視直到今日，我想人們肯定能從他的書籍裡得到精神歡愉與哲思啟蒙吧。

例外
exception
名詞

與同類事物截然不同的存在，好比一個誠實的男人或是一個忠誠的女人。無知的人總是愛把「例外證明了規則」這句老話掛在嘴邊，他們鸚鵡學舌而且從沒想過這句話有多荒唐。以拉丁文看來，「Exceptio probat regulam」意味著例外檢驗了規則，而不是「證實」規則。將這句精闢格言斷章取義並使之呈現相反意涵的惡徒，對世人的負面影響絕對非同小可，並且罪惡深重。

過量
excess
名詞

一種道德放縱,並會受到適量原則的懲罰。

噢,過量的酒,
我跪在地上承認節制的好處,
我的頭顱是你的講臺、我的肚子則是祭壇。
不停地教誨、不停地唸誦,
我心甘情願地同意所言,
我的額頭、脊椎骨都希望得到赦免與自由。
所有的告誡都要我不可貪杯,
我不能再用甜膩的葡萄滋潤心靈。
我坐在廁所悔恨地想,
我徹悟了,卻起不來。
我顫抖地無法起身,
忘恩負義的慾望,會使我成為新的祭品。

逐出教會
excommuni-cation
名詞

我們時常在教堂聽見「逐出教會」一詞,
這代表在鐘聲、聖經與蠟燭的陪伴下,
有些罪人的想法已萬劫不復。
透過這儀式讓撒旦接管他們的靈魂,
並承諾他們永遠得不到基督的救贖。
—— Gat Huckle

行政官員
executive
名詞

負責執行法律與維護法律正統性直到司法院廢止該法為止的政府官員。以下摘自《震驚的月球人》(*The Lunarian Astonished*, Pfeiffer & Co., Boston, 1803):

月球人:所以當你們的國會通過某項法案後,就會直接送往高等法院,以檢驗是否與憲法相違背?
地球人:不用啊,只要法律的最高領導人總統喜歡這法律就行了,可以馬上開始執行。一直到幾年後總統開始厭煩或覺得這法律違背他利益以前,都可以執行該法。

月球人：噢，所以立法院也有執行權力。那請問地方警察機關需要表示贊同自己所負責執行的法規嗎？
地球人：也不必，警察不必管這些。普遍來說啦，法律都需要受制約者的認同才有效力。
月球人：懂了。死刑令也要等謀殺犯簽字後才會生效。
地球人：先生，你太偏激啦，我們沒那麼徹底好嗎。
月球人：可是，如果如此龐大的司法體系僅僅是為了檢驗早已生效許久的法律是否合乎憲法精神，而且還得等某人將該法帶上法庭，難道不會很荒謬嗎？
地球人：是有一點。
月球人：為什麼不讓高等法院法官負責決定法律的執行與生效，而是要傻等總統的簽字呢？
地球人：這沒先例啊。
月球人：先例？什麼意思？
地球人：法律是由五百位律師共同定義出來的，共計三大冊，誰有辦法全部讀完啊？

勸誡
exhort
及物動詞

宗教界的勸誡方式就是把某人的良心放到濃痰中再用大火烤至焦褐色，好引起對方的不適。

流亡者
exile
名詞

並未擔任大使卻身居海外為國服務的人。

一名船長被問及是否讀過《愛爾蘭的流亡者》（*The Exile of Erin*）一書，他說：「先生，沒有，但我會想在那裡定錨停泊。」
數年後，這位船長早因長年暴行而被處以絞刑。人們在航海日誌中發現下面的備忘錄，文中揭露他當年的想法：「1842 年 8 月 3 號，我開了一個「The ex-Isle of Erin」（舊愛爾蘭島，與 The Exile of Erin 同音）的玩笑。對方冷漠以對。世道人情，殘酷荒謬！」

存在
existence
名詞

一段短暫恐怖卻奇妙無比的夢,看似存在萬有,實乃空無一物;我們從夢境被時刻相伴的死神輕推喚醒時,不免驚呼:「噢,可惡!一切都是虛假。」

經驗
experience
名詞

認清自己長期以來所擁抱的愚蠢智慧。

　　某人在暗夜迷霧中前進,
　　陷進了深達脖子的爛泥之中,
　　經驗就像明日的黎明,
　　照亮那根本就不該踏上的旅途。
　　—— Joel Frad Bink

勸導
expostulation
名詞

傻瓜惹惱朋友的方法之一。

滅絕
extinction
名詞

神學用以創造未來世界的託詞。

F

精靈
fairy
名詞

從前住在森林或草地裡的不知名生物,長相各異、法力也有所不同。她們晝伏夜出,喜愛跳舞與拐騙幼兒。博物學者認為精靈現已絕跡,儘管1855年英國國教牧師還曾經親眼見過三個妖精,當時他正巧結束與莊園主人的晚餐並漫步經過公園。目睹妖精讓他驚慌失措,前言不對後語。

1807年一大群妖精在艾克斯(Aix)森林出沒,還帶走了農人的女兒,早前有人目睹農人的女兒帶著一捆衣服走進林中。同時,一名富商的兒子也消失了,不過他後來又回來了,並聲稱見證了那場綁架,還試圖追趕妖精。14世紀的作家賈斯丁·高克斯(Justinian Gaux)曾經描述妖精的強大威力,他親眼看見一個妖精幻化作兩隊人馬激烈廝殺交戰,雙方殺得昏天暗地,死傷無數。第二天,妖精又變回原形,無影無蹤,留下七百具屍體,爾後,農民只好為妖精下葬。高克斯並沒有提及是否有任何傷重的妖精康復。在亨利三世的時代,英國頒布了殺害妖精得處死刑的法律,此法普遍受到世人的尊重。

信心
faith
名詞

聽憑並且信任無知之徒的主觀言論。

著名
famous
形容詞

淒慘得引人注目。

這男人以打鐵而聞名,是因為成果令人滿意嗎?
這個嘛,是因為他的鐵砧有層鍍金,
以及人們不過是在讚嘆他的力大無窮罷了。
—— Hassan Brubuddy

時尚
fashion
名詞

讓聰明人既嘲弄又服從的暴君。

從前有個國王因過度沉迷事物導致單眼失明,
結果大臣們立刻盡其所能跟風時尚。
每當見到威嚴的國王,
他們會立刻閉上一隻眼睛,以示討好,
可是國王卻發誓要把這些眨眼之人全都殺光。
這下該如何是好?
面對此番災難他們沒有慌了手腳,
但是他們既不敢閉上眼睛,
也不敢看得比國王更清楚。
幸好有人為這些哀容滿面的大臣想到了解方,
他用小棉布沾點膠水,
蓋起大臣們的一隻眼睛。
當所有的大臣都戴上膠水棉布,
國王的怒火漸漸平息,
這就是法院膏藥(court plaster[1])的由來,
我可不是在胡說八道。
—— Naramy Oof

---

1 以前英國宮女會貼在臉上裝飾的膏狀物,近似 OK 繃。

盛宴
feast
名詞

節慶。以暴飲暴食為主要特色的宗教慶典，通常都是為了感念某位頗有自制力的聖人而舉辦的。羅馬天主教廷盛宴有兩種，一種是可移動的，一種是不可移動的，不過結局都相當類似，所有參與的慶祝者都會飽到無法動彈。一開始，盛宴慶典是為了死者舉辦，不管是古希臘舉辦的祭儀（Nemeseia）、阿茲提克或秘魯人所舉辦的大型慶典都有著類似的意涵，現在的中國人也頗好此道，儘管無論古代或現代，瀕死者的食量通常都如小鳥一般。除此之外，羅馬人還有一種特殊祭典稱為諾曼宴（novemdiale），根據利維（Livy）的說法，每當天上墜下大隕石，羅馬人都要瘋狂慶祝一番。

重罪犯
felon
名詞

冒險精神有餘但細心不足的傢伙，他亟欲把握機會表現，結果卻慘不忍睹。

女性
female
名詞

相對立的兩性之中不完美的一方。

> 天地混沌之際，造物主把生命帶到大地，
> 從大象到蝙蝠到蝸牛，各式各樣的生物，應有盡有，
> 由於牠們都是雄性，因此一切都很美好。
> 不過當惡魔來臨並思忖了一會兒，說：
> 「萬物依循永恆法則生長成熟，最後飛快地消逝。
> 這世間很快地就會空空蕩蕩，除非，祢能使萬物無限地繁衍。」
> 惡魔說完，把頭塞進羽翼底下，
> 竊笑著自己向造物主提出了邪惡的建議。
> 上帝沉思魔鬼的忠告，並丟出命運的骰子，
> 卑微的萬物一一齊聚，仰望上帝神色。
> 祂歪頭沉思，神貌莊嚴，
> 頒布了萬物該當何去何從之命，

揚塵依命飛舞，河流也離開故道重新啓程，
為的是讓造物主把塵土混成稀泥。
造物主收集了足夠的塵土與河水，
（不會太多，因為大自然向來並不慷慨）
並把無用之物丟棄，
祂把稀泥揉捏成一尊尊形體，
先做輪廓，再雕琢細節部分。
新造的生物並沒有飛快地進化，
他們僅是一點一滴地成長，相貌逐漸清晰，
祂為所有的生物創造了雌性，
並逐漸完成捏塑的工作，
除了心臟以外（那些泥土早已被祂丟棄）。
「沒關係的，」撒旦用難聽的聲音嘶啞喊道，
「我會很快把心臟需要的泥土帶來給祢。」
惡魔飛向天際，並且很快帶回心臟的材料。
當天晚上，世界上滿布嘈雜的噪音。
成千上萬的雄性生物都找到了歸屬，
甜美的和平就此飛離了這個世界，
成千上萬的惡鬼同時墜入地獄！
—— G.J.

小謊言
fib
名詞

尚未完美的謊言，慣性說謊者最接近真實的一刻，於此暫時偏離了日常的軌道。

當大衛說：「全天下的男人都是說謊者」，
大衛自己就是個不折不扣的竊賊。
或許，他只是想說明自己絕非真相的奴隸；
雖然說，我懷疑這個老賊早已騙人無數，受害者成群，
但他也知道偶爾得用比較無害的小謊言，
掩飾自己的錯誤。
赤裸的真相如同裸體般令人尷尬，
不過，大衛可不會用赤裸裸的真相來脫身，
他也不懂得言簡意賅的好處，
畢竟他知道事實的真相與他所言恰恰相反。
唉，千萬別說全天下的男人都謊話連篇，
畢竟有些死去的男人早已不能開口了。

—— Bartle Quinker

浮躁
fickleness
名詞

重複過度大膽而莽撞的熱情後所造成的厭倦感。

小提琴
fiddle
名詞

一種使用馬尾毛替貓內臟搔癢,以達到人類耳朵滿足感的樂器。

> 尼祿（Nero）[2] 對全羅馬的人說道：
> 「我要用大火驅趕你們,讓你們轉身逃跑,
> 在你們燃燒時,我要繼續彈奏小提琴。」
> 羅馬人回應尼祿:「事情不會如你所願,
> 你不妨彈奏小提琴面對你的失敗吧。」
> —— Orm Pludge

忠誠
fidelity
名詞

預謀背叛者所擁有的最後美德。

金融
finance
名詞

讓管理者獲得最高利潤與資源的一門藝術,或者說科學。發覺此字中的「i」必須發長音並且加重語氣,應該是美國人最重要的發現之一。

旗幟
flag
名詞

船艦、港口或是軍隊上方所飄揚的彩色大布旗。這跟倫敦某些空地或廢墟外所設立的「此處可丟棄垃圾」標誌大致上有著相同的意思。

肉體
flesh
名詞

組成俗世所稱三位一體制度的其中一個元素。

2 古羅馬暴君之一。

魔鬼辭典

翻轉
flop
動詞

突然間改變意見倒戈投向敵方陣營。世界史上最著名的倒戈事件就發生在聖徒保羅（Saul of Tarsus）身上，有許多教徒嚴苛地指責他的行為。

蠅糞污點
fly-speck
名詞

標點符號的原型。根據葛瓦努斯（Garvinus）的說法，全世界的文學標點符號系統都依據該國蒼蠅的獨特社交習慣與進食狀態發展而來。這些蚊蠅向來就是文學大師的好友，牠們如此了解作者，令人感到詫異，並且在作者揮動筆桿時，以隨性或嚴謹的方式，為他們潤飾稿件。蚊蠅的文學觀點時而與作者相符，時而獨立與之相悖，有時文思甚至更勝一籌。老派的文學大家，也就是那些被使用相同語言的作家與評論者高度讚揚的大師們，是根本不使用標點符號的，他們只管隨心所欲地往下寫，免得因標點符號中斷了思想的連續性。（你可以觀察現在的小朋友，人類的幼童往往再現了種族發展初期的行為模式與發展過程）

現代科學家與調查員運用光學儀器與化學測試發現，古代典籍的標點符號都是由作者家中的蚊蠅所提供的，牠們既是文學天才，也是寫作者的助手。現代人在抄寫這些古代手稿時，部分是為了將作品剽為己用，又或許是希望將思想文緒傳承給當代，後者通常會恭敬精準地抄寫古本上所發現的一切細節，好完整地傳遞作品所包含的偉大思想與價值。

至於那些與抄寫者同一時代的作家們當然也獲益良多，他們在自己書房運用那些古代手稿的標點符號，再加上家中蚊蠅的熱情協助，使得他們的作品往往能與古代大師相提並論，有時甚至讓大師自慚形穢；至少在標點符號的運用上，他們展現出高度智慧，這可是文學成就上的莫大榮耀！ 想要完全了解蠅糞對當代文學的偉大貢獻，請你把當今流行的小說放在陽光充足的房間並擺上一碟糖漿。你將會發現，時間擺得愈長，文章風格就愈顯精粹而簡練。

愚人
folly
名詞

具有奇妙天賦與才能的神職人員,他們以驚人的創造力與控制狂熱,矯正別人的行為,並要求對方讚詠自己的人生。

雖然伊拉斯謨(Erasmus[3])曾以厚重篇幅歌頌愚人[4],
還得到其他作家的大力贊同,
但我們得服從那在森林裡打獵的貴族之子[5],
服從於他的榮耀與勢力,
服從那從愚人家族中誕生的高貴之子,
儘管他射出的弓箭不堪一擊,
儘管他企圖殺害其他弟兄以奪大位。

雖然所有人都藏起了鈍器,
天父啊!希望我的孩子能順利長大,
健壯地耕種西邊的河岸田地,
並讓祢的子嗣在土地上茁壯,
我歌詠祢,讚頌祢賜予的一切,
如果歌聲過於微渺,那我會找其他人來幫我呼喊;
迪克‧瓦森‧吉爾德(Dick Watson Gilder),
他是我們之中最嚴肅之人。
—— Aramis Loto Frope

笨蛋
fool
名詞

運用不同道德手段穿透所有人類智慧限制的人。他威力無窮、形體變化萬千、無所不知且無所不能。他發明了字母、印刷術、鐵路、蒸汽船、電報、陳腔濫調以及整個科學界;他創造了愛國主義並發動國際戰爭,他創立了神學、哲學、法律、醫學以及芝加哥一城;他建構了君主制與共和制;他從亙古到永遠,從創世紀的黎明直

---
3 讀萬卷書行萬里路的荷蘭中世紀學者。
4 此處指伊拉斯謨的《愚人頌》(*The Praise of Folly*),該書以愚人口吻評論當時的世態世象,對以羅馬教廷為首的宗教權威,和以君主制度為代表的世俗權威極盡諷刺批判之能事,為伊拉斯謨最重要也最具影響力的著作。
5 推測指《愚人頌》中頻繁受到攻擊的貴族或國王。

到今日，都一直在施展自己的威力。創世之晨，他在蠻荒之原歌唱；盛世的正午，他帶領萬物闊步向前；他用蒼老的手撫摸人類文明的末日，在暮色時分為人類準備滿是牛奶與道德的晚餐，然後鑿掘墳墓，讓人類入墓安息。當我們在永恆的遺忘之鄉長眠時，他會挑燈夜戰，撰寫關於人類文明的歷史。

武力
force
名詞

「武力絕非必要，」老師說，「這話說得很對。」調皮的男孩似乎很有想法，他點了點頭說：
「武力絕對必要。」

食指
forefinger
名詞

可以同時指出兩個混蛋的手指。

宿命
foreordination
名詞

這個詞看起來相當容易解讀，但當我想到與這個詞有關的歷史以及緊密相連的種種可怕事實，我便目瞪口呆、難以成言。有多少恭敬博學的神學家為這個字奉獻畢生心力，寫下數量龐大的文章以解釋其義；有多少國家因對宿命與命運的不同理解而浴血一搏，並全軍覆滅；更有多少財富被平白耗盡，目的只不過是想要承認或否認命運是否會因為人們的意願而改變，是否會因為人們的信仰、諄諄禱詞而有所轉變。這些令人膽寒的過往事實讓我不敢胡亂猜測其意，我閉上愚昧雙眼，唯恐自己的痴愚橫生災禍，並謙虛地尋求樞機主教吉本斯（Cardinal Gibbons）與波特爾主教（Bishop Potter）的意見。

健忘
forgetfulness
名詞

上帝賦予負債人的禮物，以補償他們對良心的缺乏。

叉子
fork
名詞

將動物死屍放入嘴巴的工具。以前人們覺得使用刀子更為方便,而且現在仍有許多有錢人這麼想,儘管他們不介意把叉子當作輔助工具。這些人能夠存活至今,就足以證明上帝對痛恨祂的人有多麼仁慈。

貧民上訴
forma
pauperis
名詞

拉丁文。讓貧困的當事人得以輸掉官司的貼心舉措。

從前從前,亞當在接受愛神邱比特審判之時,
(當時邱比特負責掌管亞當所在的世界)
據說夏娃曾控告亞當,站在庭前衣不蔽體。

「顯然你想要貧民上訴,」夏娃哭道,
「在這裡是行不通的啊。」
可憐的亞當不管做什麼都被冷漠地拒絕,
他就這麼赤裸裸地離開了,一如來時一般。
—— G.J.

教會領地權
frankal-
moigne
名詞

教會組織透過為捐獻者祈禱而獲得土地捐贈的手段。中世紀時,許多富有的宗教組織都利用這種廉價而簡單的方法大量獲取資產。英格蘭國王亨利八世曾經派遣官員向一位占有大片領地的修道院進行徵收,對方回答:「什麼!難道你的主人希望我們的捐助者留在地獄受苦嗎?」那名官員冷冷地回答:「沒有,你之後不必再幫他祈禱了,他沒做什麼需要下油鍋的壞事啊。」那位善良的牧師繼續說道:「不過你看看你自己,小伙子,你的行為根本就是在掠奪上帝的財富!」「沒有啊,親愛的神父,國王是希望幫助上帝擺脫過多的財富啊。」

強盜
freebooter
名詞

小本經營的掠奪者,他的掠奪成果不豐,因此還沒有為自己披上高尚的外衣。

自由
freedom
名詞

擺脫權威者重壓的狀態;所受約束雖然不多,但卻無處不在。這是每個國家都自以為享有的政治狀態,但實情往往更趨於壟斷。有時我們稱之為「自由、自主」(liberty),有時我們稱之為「自由」(freedom),兩者之間說不清到底有何差別,連自然學者都無法發現現實生活中有任何真正享有自由的物種。

> 連小學生都知道自由是什麼,
> 當科斯丘斯科(Kosciusko)[6]敗亡後,
> 自由就消逝了。
> 每當風一吹起,我就聽見,
> 自由正在哭喊。
>
> 當君主出現或國會開會時,
> 自由正在哭喊,
> 她的腳上鎖著鉸鍊,
> 喪鐘的聲響隨風而來。
>
> 當君王的人民投下自己也看不懂的選票,
> 當瘟疫蔓延時,
> 自由大聲哭喊。
>
> 當人民不敢抗拒或驅逐君王時,
> 他們等同悖離天堂,
> 並讓自由永埋地獄。
> —— Blary O'Gary

---

[6] 塔德斯・科斯丘斯科(Thaddeus Kosciuszko, 1446-1817),波蘭軍事工程師,曾參與美國獨立戰爭,後輾轉流亡於瑞士。

共濟會
freemasons
名詞

以祕密習俗、可笑儀式以及讓人感到眼花撩亂的衣著著稱的組織。最初由查理二世以及英國倫敦的石匠們所組成，時至今日，所有人類的後代以及前仆後繼的死者都已成為他們的會員。此外，他們甚至還成功召募到創世紀以前的生物以及虛空大氣。該組織創立於多個時期，創立者包括查理大帝（Charlemagne）、凱撒大帝（Julius Caesar）、賽勒斯（Cyrus，另譯居魯士）、索羅門（Solomon）、瑣羅亞斯德（Zoroaster）、孔子、圖特摩斯（Thothmes）以及佛陀；其組織標誌曾出現在巴黎和羅馬的地下墓穴、巴特農神廟（Parthenon）以及中國萬里長城的石壁、卡納克（Karnak）與帕米里亞（Palmyra）的廟宇和埃及金字塔中。基本上，所有的發現者本人都是共濟會成員。

眾叛親離的
friendless
形容詞

形容沒有好處可以給別人的人。極度貧窮、愛說真話與過度坦然的人，也會遭受此下場。

友誼
friendship
名詞

當心情愉悅時可以相安無事，心情惡劣時就消失無蹤的一種人際關係。

> 大海寧靜無波，天空湛藍無垠；
> 我們愉快地、愉快地乘船而行。
> （晴雨表顯示著讓人感到樂觀的天氣。）
> 暴風雨驟至，船身晃蕩，天空傳來巨響，
> 我們紛紛掉落海裡。
> （我全身都髒透了。）
> —— Armit Huff Bettle

青蛙
frog
名詞

一種雙腿相當美味的兩棲類動物。文學界首位猥褻青蛙的作者為荷馬（Homer），他描述了青蛙與老鼠之間的戰爭。許多人懷疑究竟荷馬是否為青蛙詩的作者，但是博學勤奮又相當有才華的敘利曼（Schilemann）博士研究了那些戰死青蛙的遺骨，進而徹底確認了荷馬的作者地位。

當初為了讓以色列人離開埃及，曾經引發一場青蛙瘟疫[7]，不過嗜好白煮青蛙肉的法老王以相當東方式的堅定口吻回答道，只要青蛙和猶太人承受得住，他就承受得住，因此災難又變化了主題。

青蛙是個勤奮的歌唱家，牠聲音優美，但不長耳朵。牠最喜歡的歌劇作家為阿里斯托芬（Aristophanes）[8]，既簡單又能打動人心，歌詞就是無盡地「嘓、嘓、嘓」，而作曲者顯然是華格納（Richard Wagner）。

馬兒蹄下都有著小青蛙，這是大自然貼心的設計，讓馬匹能在賽事中脫穎而出。

煎鍋
frying pan
名詞

女人所掌管的地獄廚房中的刑具。煎鍋最初由法國神學士加爾文（Calvin）發明，一開始他用煎鍋油炸在受洗前夭折的嬰兒。某天，有個流浪漢不經意地從垃圾堆裡拉出一個煎熟的嬰兒並用以果腹，這位聖者見狀便靈機一動，轉而將煎鍋推銷到日內瓦的家家戶戶中，以消除人們對死亡的恐懼。自此之後，煎鍋流傳到世界的每個角落，加爾文更趁機將他那黑暗陰鬱的信仰傳播出去。以下出自波特神父的詩句，更點明煎鍋不僅僅對現世有益處，在另一個世界也同樣存在：

> 惡魔被召喚到天上。
> 彼得說：「你的想法很好，但沒有作為，
> 你需要發明出一些制度，來支持你的想法。」

---

7 據聖經所言，摩西曾經借助神的力量施行十災。
8 古希臘喜劇作家，著有《蛙》等劇作。

「滾煮法作為懲罰已經太過古老，我聽說，
煎鍋油炸才是最嚴厲的懲罰。」
「快去買個煎鍋吧，在裡面放滿油，把罪人們炸到焦
褐色，這聽起來是個很完美的方法。」
惡魔說：「我還有個點子比炸罪人更好，那就是我會
把他們的晚餐也一起丟進去油炸。」

葬禮
funeral
名詞

付費表達我們對死者的尊敬之情，並用開銷加深我們的
悲嘆與眼淚的盛會。

那野蠻人死了——
他們用馬祭奠他，
希望馬能馱著他的遺體，
帶著他愉快地在獵場上馳騁。

我們的朋友死了——
我們用金錢悼念他，
鈔票在空中飛舞，
希望他能一路追逐金錢到虛空之上。
—— Jex Wopley

未來
future
名詞

指我們的事業將有所起色、朋友也會真誠忠心，幸福終
將到來的時刻。

G

絞刑架
gallows
名詞

表演奇蹟幻術的舞台,舞台上的主角將升天進入天堂。在美國,絞刑架最特殊之處在於竟然有那麼多人能自此脫逃。

不管是高聳的絞刑架,
或是血流成河之地,
最神聖的死亡之處,
正是讓人死相淒慘之地。
——出自古老劇本

石像鬼
gargoyle
名詞

中世紀建築物從屋簷向外延伸出來的流水裝置,總是以建築師本人或屋主痛恨的模樣出現。此設計盛行於教堂或教會建築,其外型多半為當地異端份子或惡棍,教堂也因此成了展示異教徒的藝廊。有時,當教堂更換新教長時,舊的石像鬼就會被新的石像鬼取代,以展現新教長痛恨的對象。

吊襪帶
garther
名詞

用來防止女性從褲襪中脫逃的彈性繃帶,以避免世界就此成為荒蕪之地。

慷慨
generous
形容詞

用來形容許多人與生俱來的高貴品德,不過現在這個詞已經很少使用,頂多拿來形容上帝吧。

家譜
genealogy
名詞

血統紀錄，不過通常其祖先不會太在乎後代死活去向。

附庸風雅的
genteel
形容詞

有教養的，因為紳士的存在而開始產生的現象。

> 小伙子，仔細聽好這兩個字的差別：
> 紳士（gentleman）彬彬有禮（gentle），雅士（gent）
> 則附庸風雅（genteel）。
> 你必須分辨未經刪節的詞義，
> 畢竟造辭典的人都非常溫文儒雅。
> —— G.J.

地理學家
geographer
名詞

能夠迅速告訴你世界外面和裡面有啥差別的傢伙。

> 地理學者哈賓（Habeam）遠近馳名，
> 他來自名為阿布克伯爾（Abu-Keber）的古鎮，
> 他穿越了札姆河（Zam）匆匆前進，
> 前往臨鎮撒冷（Xelam），
> 在紛亂巷子中迷失了方向。
> 他靠著水澤中的蟾蜍苟且活命，
> 最後還是免不了露宿之苦而死。
> 後世心懷感激地為這位先行者哀悼。
> —— Henry Haukhorn

地質學
geology
名詞

關於地殼的科學，每當有任何人從深黑洞穴中冒出來時，我們就會更加了解地球的內部結構。基本上來講，地球的構造分成三層——第一層也就是最底部的地層，包含了石頭、骨頭、淪陷的驢子、瓦斯管、礦工道具、鼻梁碎裂的古老雕像、西班牙金幣和我們的祖先；第二層主要由紅蚯蚓和鼴鼠所組成；第三層則包含鐵軌、私人步道、草、蛇、發霉的靴子、啤酒罐、空蕃茄罐頭、被毒害的市民、垃圾、無政府主義者、瘋狗和傻子。

鬼
ghost
名詞

內心恐懼具體化的外在形象。

> 他見到鬼了。
> 當時他這麼走在路上。
> 在他停下腳步開始奔逃之前，
> 眼前視線如同天崩地裂。
> 鬼魂正飄忽眼前，
> 他跌倒在地，眼前的鬼並沒有消失，
> 他眼冒金星，大力揮舞雙手，
> 終於看清眼前的只不過是塊路牌。
> —— Jared Macphester

在描述鬼的行為時，海恩（Heine）提及某人的理論宣稱鬼也會怕人。不過只要思考人與鬼相視後誰會先拔腿就跑，就知道這理論不太可信。

當我們討論鬼的時候，還有一個無法逃避的問題，那就是為什麼鬼從來不會全裸出現。通常鬼都會罩著一件隨風翻飛的白布，或是穿著生前的衣服。如果要相信世界上有鬼，就得先相信人類在腐爛之後仍有神力能夠復活並重現原始面貌，而且死者身上的衣服也有著同等神力。假使某種布料確實有顯靈的威力，那麼它們復活是為了什麼原因呢？為什麼從來沒有人看見一整套西裝獨自復活並空虛地四處飄蕩？這些都是關於鬼魂的難解之謎，而且從根本撼動了有鬼之說。

食屍鬼

ghoul

名詞

喜好吞噬死者屍體的惡魔。人們激烈爭辯食屍鬼是否真實存在，也不管這種說法會不會讓世人心神不寧，或是真有什麼好的說法能夠提供給大眾。1640年薩奇神父（Father Secchi）曾在佛羅倫斯附近的墳墓見到食屍鬼，並用十字架予以驅趕；他形容食屍鬼為多頭怪物，並且有非常多的手腳，還可以瞬間移動。心地善良的薩奇神父表示當時正從晚餐宴席離開，如果不是因為「吃得太飽」，他一定會奮力擒拿怪物。

據安索斯頓（Atholston）的說法，薩德伯里（Sudbury）教堂附近的幾名強壯農夫將食屍鬼壓制在水塘裡（他的語氣讓人以為難道這些惡魔應該被壓制在玫瑰水槽裡嗎？）當時，池水瞬間變成血紅色，且「池水的顏色直到今日都沒有消褪」。從那時起，水池就一直流瀉出血水。

14世紀初期阿緬鎮教堂地下室也曾出現食屍鬼，當時全鎮人民試著包圍教堂，揮動十字架的神父率領二十名手持武器的士兵長驅直入地下室，將之擒拿。食屍鬼為了保命，靈機一動化身為當時地方上頗具名望的仕紳；儘管如此，牠還是被處以絞刑。大夥兒興高采烈地將牠上吊、肢解。而對那名被食屍鬼冒充的仕紳來說，他的人生必定大受影響。因為在此之後，其身影就從阿緬鎮消失無蹤，而他的命運也始終成謎。

饕餮

glutton

名詞

透過消化不良症逃避節食痛苦之人。

地精
gnome
名詞

北歐神話中居住在地心的矮小精靈,負責守護埋在地底的珍奇異寶。據 1765 年過世的伯喬森(Bjorsen)所言,在他小時候,地精時常會在瑞典南部出現,他經常在黃昏之際看見地精在小山丘上跑來跑去。路德維希·畢克霍夫(Ludwig Binkerhoof)甚至在 1792 年於黑森林目睹三隻地精。1803 年史奈德克(Sneddeker)聲稱一群地精把礦工們趕出了西西里金礦。按照以上的陳述推算,一般認為地精大概在 1764 年就早已銷聲匿跡了。

靈知派
Gnostics
名詞

企圖融合早期基督教信仰以及柏拉圖學說的哲學派別。但由於基督教徒不願進入領導核心,導致聯盟破裂,讓那些哲學家非常沮喪。

角馬
gnu
名詞

南非動物,被馴服的角馬看似像馬,也像水牛或牡鹿。而沒有被馴服的角馬則像閃電、地震與旋風。

> 基恩附近的獵人遠遠看見一隻非常溫馴的角馬,
> 他說:「我要去抓牠,我的雙手將會沾滿角馬的鮮血。」
> 但是角馬奮力抵抗並把獵人甩至空中,
> 獵人被拋飛到鄰近的橄欖樹枝頭。
> 當他在空中飛翔時喊道:
> 「好險我先停手了,我當時太火大了,
> 痛揍了那角馬一頓。」
> —— Jarn Leffer

好的
good
形容詞

各位讀者,所謂「好的」,就是拿來形容本作者的形容詞;所謂「好的」,就是讓本作者安靜地獨處,這絕對會帶來好處的。

鵝
goose
名詞

一種能提供寫作者羽毛的鳥類。也許是出於某種神祕的自然因素，這些羽毛都被鵝的智慧與情思所浸潤，因此當被稱為「作家」的傢伙為羽毛筆蘸上墨水，並僵硬地在紙上書寫時，白紙上就會精準無誤地呈現鵝的思想與情感。觀賞不同鵝的作品後我們可以發現，不同鵝之間的差異有如天地之別，有的力道虛弱萎靡，有的則獨具天才之姿。

女妖哥根
Gorgon
名詞

哥根是個大膽粗獷的女妖，
她曾使希臘人變成石雕，
只因為他們看見了她可怕的面容。
今天我們在廢墟中挖出那些石雕，
天啊，石雕的做工有夠粗糙，
這證明了古代的雕刻家根本就是瘋子。

痛風
gout
名詞

外科醫師為富人罹患的風濕所起的病名。

美惠三女神
Graces
名詞

三位美麗的女神，即阿格萊亞（Aglaia）、歐佛洛緒涅（Euphrosyne）與塔利雅（Thalia）。祂們伺候維納斯，等同免費勞工。祂們沒有住宿與服裝補貼，而且幾乎不用進食。三位女神依照季節改變服裝，總之微風吹拂什麼祂們就穿什麼。

文法
grammar
名詞

專為勤奮者精心策劃的陷阱，讓他們在追求成功的路上，永陷深淵。

葡萄
grape
名詞

啊,神聖的葡萄啊!
荷馬唱誦著,
還有阿納克瑞恩(Anacreon)與卡亞安(Khayyam)。
比我偉大的聖人嗓音自然遠比我優美。

我手中的七弦琴沒有聲音,
我也唱不出頌詞;
但請接受我謙卑的祈禱,
我會助你殺了所有嘲諷者。
那些狂灌酒水之輩,
我將愉悅地在他們肚皮上用粗棍敲打節奏。

喝吧喝吧,讓智慧的葡萄酒在肚子裡沉澱。
禁酒的傻瓜們都下地獄吧,
願所有損毀葡萄藤的害蟲都去見魔鬼!
—— Jamrach Holobom

霰彈
grapeshot
名詞

為美國社會主義所準備的關於未來的想像。

墳墓
grave
名詞

死者屍體被安置之處,等待醫學院學生前來領取。

我站在寂靜的墳墓旁——
那裡荊棘叢生、荒草蔓蔓,
陰風在樹林間呼嘯,
墓中人卻無法聽見任何聲音。

一個鄉下人站在我附近,
我說:「他聽不見風聲了吧!」
他回答:「當然啦,這傢伙已經死了,
他早已不問世事。」

135

「沒錯沒錯,」我說,「他再也聽不見任何聲音了。」
「先生,這和你有什麼關係呢,這死人並沒有抱怨的意思啊。」

我跪下雙膝為他禱告:
「噢,上帝啊,請賜給他奇蹟,向他微笑吧!」
那鄉下人看了一眼說:「你根本不認識他啊。」
—— Pobeter Dunko

萬有引力
gravitation
名詞

讓所有物體依其所含能量互相靠攏的力量。引力大小和物體所含質量成正比,這個例子恰巧告訴我們科學家如何先使 A 成為 B 的證據,再以 B 作為 A 的反證。

偉大的
great
形容詞

「我多偉大,」獅子說,「我為森林與草原之王。」
大象回牠:「我很偉大,沒有任何野獸比我更沉重!」
「我偉大,因為沒有動物和我一樣有這麼長的脖子。」長頸鹿說。
「我很偉大,」袋鼠說,「我的大腿如此強而有力!」
負鼠也插入話題:「我很偉大,我的尾巴靈巧、光滑又冰冷!」
炸牡蠣聽懂了,立刻接話:「我很偉大,因為我太美味了!」
這些動物以為自己最擅長的事情正是這世界上最偉大的事情。
而維維克認為他是班上最棒的人,
因為他是混蛋中的混蛋。
—— Arion Spurl Doke

魔鬼辭典

斷頭台
guillotine
名詞

讓法國人肩膀高高聳起的好設計。著名學者拜倫伏格爾（Brayfugle）曾經在其重要著作《種族進化的差異》（*Divergent Lines of Racial Evolution*）中表示，法國人老愛聳肩的習慣來自於烏龜愛把頭縮回殼裡的習慣。雖然我非常不想和所謂的權威人士意見相左，不過我在著作《遺傳性情緒》（*Hereditary Emotions*，lib. II, c. XI）中曾經仔細地討論過此議題。拜倫伏格爾以聳肩之說來探討進化這麼重大的話題實在不太恰當，而且聳肩的行為在法國大革命以前根本不常見，因此我認為這完全是斷頭台流行時，人們因恐懼所衍生出來的身體動作。

火藥
gunpowder
名詞

文明國家用來解決重要爭議的發明。許多研究者認為火藥是由中國人發明，不過這根本是無稽之談。彌爾頓（Milton）認為惡魔發明出火藥以驅趕天使的說法倒是可信，畢竟天使的數量的確極端稀少。此外，農業部長詹姆斯·威爾森（James Wilson）也相當認同這說法。最初，詹姆斯·威爾森是在哥倫比亞特區的政府實驗農場，開始對火藥產生興趣。數年前的某一天，有個對威爾森的態度與嘴臉都非常不滿的惡棍，把一袋火藥偽裝成巴塔哥尼亞印第安人的奇怪種子，送給了他。這種穀種的商業價值奇高，而且能適應各種天氣。當時部長立刻下令將火藥放進田地裡，並用厚土埋起；他命人將火藥埋進十英畝的田地，當作業結束時，惡棍在原處叫喊部長，並點燃火柴，丟向地面。部長頓時嚇得目瞪口呆，被泥土浸潤的種子突然熊熊起火，並形成一條焰火交織的黑火龍向他急速撲來。部長站在原地像是喪失了行動能力，說不出話來，不過下一刻他想到自己還要與朋友碰面，因此丟下手上所有的東西，在剎那間跑過七個村莊，消失在遠方。他移動的神奇速度令人匪夷所思。人們驚訝地發現，部長的身影拉長成一條隱約的黑線破空而去，甚至把遠方的地平線一分為二；「天啊，那是什麼啊！」土地測量員的助理瞇著眼睛盯著那條消失在地平線一端的黑線。「那個喔，」土地測量員漫不經心地望向遠方，接著繼續觀察手中儀器，說：「那是經過華盛頓的子午線啦。」

137

H

人身保護令
Habeas
Corpus
名詞

因莫須有罪名入獄的人可依此獲得自由。

嗜好
habit
名詞

自由者的腳鐐。

哈迪斯
Hades
名詞

地底下的世界；離開人世的靈魂所居住的地方；死人生活的地方。
古人心中的哈迪斯跟我們今日所說的「地獄」完全不同。有很多生前備受敬重的人死去後，都在哈迪斯樂陶陶地享受生活。事實上，極樂天堂原本就是哈迪斯的一部分，雖說前者現在早已移往巴黎。當《新約聖經》還處在翻譯階段時，許多虔誠博學的學者和神學家都主張把希臘文的哈迪斯翻譯成地獄，但其中一位謹慎的學者認為這種譯法相當有問題，便偷偷把譯稿中所有的地獄一詞全部劃掉。結果隔日，當所有神學家在此聚首討論譯本時，突然有人興奮地站起來大喊：「各位，有人已經把地獄抹除了！」直到那位學者死去的數年後，人們還對此津津樂道，感念他對英語發展所做出的偉大貢獻。

魔鬼辭典

巫婆
hag
名詞

你不會喜歡的老女人；有時候我們會叫她母雞、貓。老巫婆或女巫會得此名號（hag）是因為她們的頭頂總有著一圈光環，此字即是那圈光環的簡稱。在過去的某段時間裡，巫婆一詞並不具負面意義。德萊頓（Drayton）曾如此描述：「一個美麗的女巫，滿面微笑。」這和莎士比亞所說的「甜蜜的蕩婦」一樣。不過，請不要稱呼你的愛人為巫婆，這種讚美最好留給她的孫女使用。

一半
half
名詞

當一物被均分為兩部分，或假定已分為兩部分。14世紀時，神學家與哲學家曾為了全知的神是否能把一物體均分為三份而起了非常激烈的爭執。虔誠的阿爾度凡奈斯（Aldrovinus）曾在盧昂教堂公開祈禱，請求上帝展現神力，並將瀆神者馬諾斯（Manutius Procinus）劈成三份（他不認為上帝有此能力）。只可惜，最後馬諾斯是被毒蛇咬死的。

光暈
halo
名詞

嚴格來講，光暈指的是環繞天體的一種發光的圓形環，但是它常常與聖人頭部周圍的光環混用。光暈不過是一種視覺幻象，藉由空氣中的水氣折射光線形成，與彩虹有點類似；至於光環則是聖者超凡的象徵，就像大主教的主教皇冠或羅馬教皇的三重冕一樣。在佩斯的一位篤信上帝的藝術家史澤基（Szedgkin）所繪製的畫作〈聖誕〉（Nativity）中，聖母瑪利亞與耶穌的頭頂都有光環，甚至連馬槽旁邊啃著乾草的驢子頭上也有光環。那隻驢子的表情無比神聖，完全不輸給古往今來的任何聖賢。

手
hand
名詞

人類手臂尾端的單一裝置，用來伸進其他人的口袋。

139

手帕
handkerchief
名詞

一小塊方形絲巾或亞麻布，在各種尷尬或有損顏面的場合總是能派上用場，好比在葬禮上掩飾自己的欲哭無淚。手帕是近代的產物，我們的祖先從不知有手帕的存在，而總是用袖子代替。莎士比亞在《奧賽羅》（*Othello*）中提及手帕一事，實為違背史實的巨大錯誤；黛絲德夢娜（Desdemona）是用裙子擦鼻子，而沃克爾博士（Dr. Mary Walker）則和我們一樣，使用燕尾服的尖端來擦鼻子。由此可知，有時人類的歷史確實是在倒退的。

劊子手
hangman
名詞

擔負重責大任的執法官員，他們多半被家中有犯罪成員的人所痛恨。在美國的許多州，電工已經取代了他們的角色，比如說紐澤西。據本人所知，在紐澤西第一個被電刑處決的就是質疑絞刑效率的男子。

幸福
happiness
名詞

想到他人痛苦遭遇就湧現於心的一種愉快感。

奇談怪論
harangue
名詞

敵對者的言論，通常總是喋喋不休、永不歇止。

港口
harbor
名詞

船隻停泊休憩的地方，在此遠離海上風暴以及關稅徵收之難。

和聲教派
harmonist
名詞

新教徒的其中一個支派，盛行於上一個世紀的歐洲，以起內鬨與紛爭而聞名。

魔鬼辭典

哈許
hash[1]
無解詞

這個詞尚未有任何定義,沒有人知道它代表什麼意思。

手斧
hatchet
名詞

小斧頭,印第安人稱之為湯瑪斯霍克(Thomashawk)[2]。

「噢,把那小手斧埋起來吧,
冰釋前嫌吧,暴躁的印第安人,
和平才是上帝的旨意。」白種男人說道。
野人同意了,他莊嚴地落下斧頭,
一刀劈在那男人的頭上。
—— John Lukkus

怨恨
hatred
名詞

對他人的優越所表現出來的合宜態度。

人頭稅
head-money
名詞

投票稅或斬首稅。

從前從前有個國王,
他的稅吏已經無法再從人民身上榨出錢財,
他們已經繳出所有黃金,但國王仍舊相當不滿。
因此稅吏們齊聚國王跟前,跪成一列,
期望國王能重新修改徵稅方法,提高稅賦。
他們說:「國庫需要的錢財實在超乎想像,
我們所抽餉而來的錢財根本入不敷出,
要是我們一部分的人辭職,或許可以彌補匱乏缺口。」
國王反問:「你們有想過試試更有效率的做法嗎?」
代表人回答道:
「有的,我們把黃金打造的吊刑索套都賣掉了,
現在我們改用普通繩索去勒受罰者的脖子。

---

1 編注:一般解釋為雜亂之意。
2 1832年間曾發生美國人與印第安人之間的黑霍克戰爭(The Black Hawk War)。

我們還改用小鐵夾,讓那些吝嗇鬼吃點苦頭,
他們的貪婪簡直無止境,拚命私藏貨物。
這都是以您的聖名進行的啊。」
國王眉頭緊皺,看起來陷入了深思。
「我看得出來你對負責的區域已經無計可施了,
我相信你。不然你給我一點建議吧。」
「噢,人民之主,」代表人回答道,
「您可以立法讓每顆人頭都負擔稅收嗎?這樣稅收就
會大幅增加,而我們會很樂意與你分享課稅成果。」
原本陽光閃耀的大地突然烏雲密布,
國王露出嚴肅的笑容。
「好,就決定如此施行。我在此宣布此法生效,不過
人頭稅並非要施加在每個人身上,各位可免除於外。
為了不讓人民抱怨說只有他們在水深火熱之中,而你
們卻不用負擔人頭稅,你們得把人頭稅與投票相結
合,這樣就能魚目混珠了。現在,我得走了,你們就
和大臣繼續討論如何施行這個計畫吧。」
這位君王轉身離開王座,
稅吏中默默走出一位男子,
他的眉頭透露出陰鬱,
雙手握著的斧頭發出耀眼光芒!
—— G.J.

靈柩
hearse
名詞

死神的搖籃。

心臟
heart
名詞

一個用肌肉組成的自動血液泵。人們幻想這萬能的器官主管情緒與感性,這是過去普遍的認知。不過現在人們認為情緒之神其實是胃,據信,食物經由胃液消化後將慢慢轉化成七情六慾。一塊牛排不管軟嫩與否,要變成某種人類情緒的關鍵,主要在於牛隻飼養的時間長短。化學兼細菌學家的派斯德(M. Pasteur)先生曾經明確闡述魚子醬三明治轉化為虛榮心又再度變為人生體悟的過程、煮熟雞蛋如何神奇地變成一點點對宗教的悔悟,以及奶油泡芙化為感性象徵的故事;他沉穩的語調讓我們對此深信不疑。(讀者也可閱讀我的著作《情感的真實面貌以及消化器官的排氣》〔 *The Essential Identity of the Spiritual Affections and Certain Intestinal Gases Freed in Digestion* 〕)

此外,我個人更推薦科學巨作《惡魔的喜悅》(*Delectatio Demonorum*),作者對人類情感做了精湛的描述;亦可閱讀丹姆博士(Professor Dam)撰寫的《愛,消化道的浸漬》(*Love as a Product of Alimentary Maceration*),也讓人獲益良多。

熱
heat
名詞

熱,丁戴爾教授說,
是一種移動軌跡,不過我知道怎麼證明他的說法。
當潑辣的字句脫口而出時,會使人的拳頭左右揮舞。
拳頭直落在你的頭頂。
你看見金星閃爍,眼花撩亂。
—— Gorton Swope

異教徒
heathen
名詞

崇拜可見、可感受之神的愚人。根據加州大學霍伊森教授（Professor Howison）的說法，猶太人就是異教徒。

霍伊森說：「猶太人就是異教！」
他是基督教哲學學者，我是信仰不可知論者的傢伙。
我熱愛辯論宗教話題，簡直欲罷不能。
猶太人和霍伊森有著永恆的歧見，
他們無法同意彼此的生活方式！
不過，習慣了我行我素，
我可不像他們一樣從小到大都活在封閉環境裡。

對我來說，貪婪來自靈魂與心靈深處，
我深信，任何與我背道而馳的人，
都是異教者、都是他者，
那種人我懶得爭辯。

就讓霍伊森繼續危言聳聽吧，
包容異己，講起來很好聽，
不過有時我們就是難以容忍異類，
那使我們像是鼻腔受到了刺激。
異己讓霍伊森掉頭就跑，
而那個味道，可以說是神祕的地獄之味吧！
—— Bissell Gip

天堂
heaven
名詞

在這裡你不用每天聽見討厭的人抱怨自己的瑣事，而當你想暢所欲言時，總是有天使乖巧聆聽。

希伯來人
Hebrew
名詞

男猶太人，而女猶太人稱為希伯來女人（Shebrew），後者是更為優越的上帝產物。

賢內助
helpmate
名詞

太太,或討人厭的另一半。

「派特我問你,為什麼你太太要稱作內助?」
牧師問道。
「自從你向她求婚以後,你們只顧成天嬉鬧,我沒看過她幫過你什麼事啊?」
「是的,敬愛的神父,」
派特回答,且臉上毫無尷尬神色;
「但神父,仔細思考內助這兩字,她幫我最多的就是花錢啊!」
—— Marley Wottel

大麻
hemp
名詞

植物名,人們使用它的外皮纖維製成吊索。常常有人在公開演說完被羅織奇怪的理由,脖子被掛上大麻吊索。

隱士
hermit
名詞

無法與人交流自身惡事與蠢事的人。

她的
hers
代詞

他的。

冬眠
hibernate
不及物動詞

蟄伏在家裡度過冬日。人們對不同種類的動物如何冬眠，產生了奇奇怪怪的想法。許多人認為熊整個冬天都在進行冬眠，只要吸吮爪子就能維持生命；因此，每當春天來臨，熊步出洞穴外時，牠們往往顯得身形單薄，幾乎看不見影子。三或四個世紀以前的英國人認為，燕子在小河底的淤泥中冬眠，牠們縮成一團緊抱彼此度過冬天；由於現在的河流早已變得骯髒不堪，因此燕群也放棄了冬眠的習慣。索托斯‧艾寇比斯（Sotus Ecobius）則曾經在中亞發現一整個正在進行冬眠的國家。還有許多研究者認為基督教的四旬齋[3]本身就是冬眠的改良版本，只是教會賦予了這個節日宗教意義。不過頗具權威的主教肯普（Bishop Kip）極力否認這個說法，顯然他不希望自己家族成員的榮譽遭到損害。

鷹馬
hippogriff
名詞

一半為馬一半為獅鷲（griffin）的生物（現已滅絕）。獅鷲本身便是由獅子與鷹組成，因此鷹馬其實只有四分之一的部分是鷹。以貨幣單位而言，其價值為兩美元五十分錢。動物學研究實在令人驚奇啊！

歷史學者
historian
名詞

氣量大的長舌婦。

歷史
history
名詞

集結了以邪惡君王與愚蠢軍隊為主角的不重要事蹟與錯誤傳聞。

> 尼布爾（Niebuhr）所記錄的偉大羅馬歷史，有九成都是謊言。在他成功以前，他說了無數的謊，犯下了無數的錯誤。
> —— Salder Bupp

[3] 編注：又稱大齋節，指復活節前 40 天的齋戒活動。

魔鬼辭典

豬
hog
名詞

以巨大食量而聞名的一種鳥兒,有時我們會用牠來形容人的好胃口。對伊斯蘭教徒和猶太人而言,豬為不可食用之動物,並以其優美體態、美麗的羽毛和甜美嗓音獲得人們的喜愛。人們非常欣賞豬的歌喉,牠時常在牢籠裡放聲尖唱,讓人感動得涕淚縱橫。這種小鳥的學名叫做波克斯‧洛克菲勒(Porcus Rockefelleri)。洛克菲勒並非第一個發現豬的人,不過大家都認為兩者有著許多相似之處。

順勢醫療論者
homeopathist
名詞

醫療界的笑話。

順勢療法
homeopathy
名詞

介於基督教科學與對抗療法之間的醫療方式。基督教科學顯然優於其他兩者,畢竟它能醫治想像出來的疾病,這是其他兩種療法做不到的。

他殺
homicide
名詞

一個人殺死另一個人。已知有四種他殺:罪該萬死的、情有可原的、無可非議的以及值得稱讚的。不過不管怎麼分類,對死者而言根本沒差;真正有差別的是律師,因為他們可以依分類做出報價。

佈道術
homiletics
名詞

依對象的心靈需求和社會地位變換說教內容的技術。

> 牧師醫術高超,
> 他熱心地為教友診斷病情,
> 依照舌相、脈搏和出汗狀況,
> 嚴謹地將教友分為幾個等級,
> 並道德地開出瀉藥與催吐劑,幫他們治療靈魂之苦。
> 每當教友結束診斷,
> 牧師就在《聖經》中找到藥方。
> 他的催吐劑無比有效,瀉藥也相當靈驗,
> 在教友還沒搞清楚狀況前,
> 藥劑就已經洗清他們的罪孽,
> 使犯了十誡的靈魂得以恢復康泰。
> 但是披著偽裝外衣的暴躁誹謗者卻四處造謠,
> 聲稱所謂的藥丸只是混了蜂蜜與糖的嘔吐物。
> ——《波特爾主教傳》(*Biography of Bishop Potter*)

可敬的
honorable
形容詞

遙不可及的那些人。立法機關習慣稱呼其相關人員為可敬的,好比「那位可敬的男士是下賤的雜種狗」。

希望
hope
名詞

慾望與期待的混合物。

> 美好的希望啊!
> 當一個人一無所有——
> 既無財富,也沒有朋友,
> 連他養的狗都拋下他遠行,
> 他的山羊也成為叛徒,不斷啃咬他的外衣,
> 這時候,只有希望從天而降,
> 用燦爛星空向他暗示,
> 未來將有享不盡的金銀財寶聚集在他身旁。
> —— Fogarty Weffing

好客
hospitality
名詞

誘使我們為某些人提供食宿的美德,儘管他們根本不需要。

敵意
hostility
名詞

因為地球人口過於擁擠而產生的對立感。敵意分為被動與主動兩種,像是女性對同性朋友就懷有主動敵意,對其他女性則懷有被動敵意。

天堂女神
Houri
名詞

據傳住在伊斯蘭天堂的美女,祂的存在使得伊斯蘭男教徒歡愉。他們信奉天堂女神,並且認為女神讓自己的太太顯得糟糕無比。他們不認為妻子擁有靈魂,也因此,伊斯蘭女性對天堂女神有一點排斥。

房屋
house
名詞

專供人、老鼠、小鼠、甲蟲、蟑螂、蚊子、蒼蠅、跳蚤、桿菌與微生物居住的空洞建築。「獄所」(House of Correction)是讓違法者運用公款的地方,同時還具備提供政治性與私人服務的功能;「教堂」(House of God)則是透過抵押所購買的尖塔造型房屋;「家犬」(house-dog)是豢養在自家空間的恐怖野獸,負責羞辱過路人與可憐的訪客;傭人(house-maid)則是雇主聘用的年輕異性,她們沒什麼長處,就喜歡專門和主人唱反調以及讓環境益發髒亂。

無家可歸的
houseless
形容詞

添購完家中所需一切後所湧現的感覺。

陋室
hovel
名詞

宮殿之花所結出的果實。

> 妥端有間陋室，妥單有間宮殿；
> 妥端想：「我最好對他卑微點，
> 免得他以為我心懷惡意。」
> 他的心機實在太古怪，
> 大概和無用的聖杯裝飾差不多。
> 妥端砰地一聲跪倒在妥單面前，
> 嚇了他一跳，當時他正拿刀叉吃著麵，
> 諷刺的是，此時此刻，
> 另一個滿嘴胡言的複製人出現了。
> —— G.J

人類
humanity
名詞

泛指所有的人，但是不包括近似人猿的詩人。

幽默家
humorist
名詞

一種瘟疫。當年摩西運用此術讓冷血無情的法老王軟化下來，允許以色列人帶著他的祝福，像貓咪一樣迅速地逃離埃及。

> 看哪！可憐的幽默家，
> 他老是在人群中看見可笑之事，
> 並因此讓自己的心靈受苦，活在愁雲慘霧之中。
> 他的想法純真、直指核心，
> 腦袋成天轉個不停，只有黑夜時才能歇息。
> 他想只有得到針眼才能鬆口氣吧，
> 可以透過針眼的迷霧，觀看世界。
> —— Alexander Poke

颶風
hurricane
名詞

一種相當常見的大氣運動,但以今日而言,龍捲風和氣旋似乎更為常見。不過颶風還是很常出現在西印度群島社會的口語裡,一些老船長特別愛用這個字。通常颶風對汽船上的甲板也有相當的貢獻,然而整體來說,颶風的壽命應該會比甲板還長。

倉促
hurry
名詞

笨拙者的敏捷。

先生
husband
名詞

吃完飯後負責洗碗卻老是顯得不甘願的人。

雜種
hybrid
名詞

集眾力產出的成品。

九頭蛇
hydra
名詞

古人所發現的多頭動物之一。

鬣狗
hyena
名詞

許多東方國家非常崇拜的一種野獸,牠們會在夜晚出現於墳場,和醫學院學生有著相同的嗜好。

疑病症
hypochon-
driasis
名詞

對自我感到沮喪的人。

在村民堆滿垃圾的空地上，
垃圾和欄杆旁邊豎立著一塊牌子，
寫著：「疑病症」，意味著垃圾。
—— Bogul S. Purvy

偽善者
hypocrite
名詞

假裝擁有自己完全不放在眼裡的美德，卻同時在他所瞧不起的事物上獲得利益的人。

I

我（I）為所有字母之首，英語的第一個字，人類所想的第一個念頭，以及感情的首要對象。以語法來看，這是個代詞，屬第一人稱單數。據說它的複數形式是我們（we），不過單一個體怎麼會有複數形式呢？對於文法專家來說再清楚不過的問題，對我這辭典編纂者來說，卻是匪夷所思。關於兩個個體的概念，雖然有點詭異，不過尚可接受。好的作者不避諱提及自己，壞的寫手則期望藉由掩蓋遮蔽剽竊的事實。

膿水
ichor
名詞

奉獻給上帝與神祇的血水。

> 伏爾甘（Venus）遭狄俄墨得斯（Diomed）刺殺，
> 憤怒的伏爾甘克制自己脾氣後說道：
> 「看吧，你這造反的殺人兇手，
> 你將我刺死，而你的靈魂將會浸滿我的膿水。」
> —— Mary Doke

反偶像
崇拜者
iconoclast
名詞

搗毀偶像膜拜物的人。偶像崇拜者對他相當不滿，憤怒地抗議其行動，認為他只破不立，沒有建設性。那些可悲的傢伙希望能用其他偶像代替被他砸碎的偶像，可是反偶像崇拜者說：「你們以後將不再需要任何偶像，因為你不需要這些東西。如果有人想要在這建蓋偶像物，看著好了，我會坐在他的頭上讓他哇哇求饒。」

白痴
idiot
名詞

人類社會中最強而有力的一支部落,在所有社會事務中扮演關鍵的控制者角色。白痴的活動與思考範圍並不限縮於任何領域,他們擁有超強的滲透力,並且總是能發揮決定性的作用。所有事情都是他說了算;他的決定讓人啞口無言。他決定了流行的品味與觀念,他限制了語言的可能性並以嚴厲的方式限制別人的舉措。

懶惰
idleness
名詞

惡魔以罪惡進行實驗,並滋衍惡行的培養皿。

笨蛋
ignoramus
名詞

這種人熟悉你所不熟悉的事情,卻對你瞭若指掌的一切毫無所知。

> 呆寶是個笨蛋,曼波總是勤勉學習。
> 有天曼波和呆寶說:
> 「無知的人該懂得謙遜,你一點知識也沒有,
> 也沒有任何教養。」
> 呆寶如此回答:「是喔,你太自滿了吧。
> 我雖然沒進過大學,
> 但那裡的知識也與你無關啊。」
> —— Borelli

光明會
illuminati
名詞

16世紀末開始活躍的西班牙異教徒。他們得此名號是因為體重很輕（cunctationes illuminati）。

卓越的
illustrious
形容詞

謗議、惡意與嫉妒三者的箭靶。

154

魔鬼辭典

想像
imagination
名詞

詩人與說謊者共同編織出來的事實。

低能
imbecility
名詞

用來形容受到某種不明靈感或神祕天啟驅使,進而批評本辭典的人。

移民
immigrant
名詞

認為某個國家比另一個國家更為文明的無知者。

自傲的
immodest
形容詞

對自己的優點十分滿意,對別人的長處卻視而不見的人。

> 很久很久以前在伊斯法罕,有個男人的頭畸形到連腦理學家都建議他到馬戲團表演。
> 他的頭上有著巨大的腫瘤,
> (他們說,怪胎總是天生的)
> 當他遠遠站在樹林間,
> 你會從髮間看見如山丘般聳起的頭腦。
> 他是全伊斯法罕最謙虛的男人,
> 所有的人都不斷讚美道:
> 「他客氣又溫和,你不可能再遇到像他這樣的人。」
> 與此同時,那頂上駝峰越長越大,直達天際,
> 幾乎可以觸碰到天堂。
> 人們開始稱他為馱著高塔的男人。
> 他變得愈來愈自大,對那駝峰感到自滿,
> 用三寸不爛之舌頻頻誇獎美麗的駝峰。
> 直到盛怒的國王捎來年輕使者,
> 使者帶來訊息,手裡提著布袋,裡頭放了弓箭。

> 那溫柔的使者微笑說道：
> 「這是給你的小禮物。」
> 他是全伊斯法罕最悲傷的人，
> 他望著那禮物，並且雙手接過。
> 「假使我能謙卑地活著，早應該可以得到不死盛名。」
> —— Sukker Uffro

不朽
immortality
名詞

> 不朽是個玩具，人們哭著、跪地索求，
> 他們彼此爭辯、欺詐，互相爭奪，
> 如果能得到不朽，
> 人們會無怨無悔地獻出生命，
> 永遠躺在墓地裡。
> —— G.J.

釘刑
impale
及物動詞

用利器刺穿某物並將利器留在傷口裡的刑罰通稱。不過，這種說法稍嫌籠統，所謂的釘刑是將長矛穿透人體，並讓受刑者維持坐姿的懲罰。釘刑在古代相當普遍，至今仍盛行於中國與亞洲區域。15世紀初，釘刑被廣泛運用，作為讓異教徒歸化的手段；沃爾克拉夫（Wolecraft）稱之為「坐悔過椅」（stoole of repentynge），而一般民眾則戲稱為「騎獨腳馬」（riding the one legged horse）。路德維格・薩爾茲曼（Ludwig Salzmann）表示在西藏，人們用釘刑來對付宗教犯，雖然此刑罰也可用於普通犯罪者身上，不過中國人似乎傾向以釘刑教訓異教徒。但是對於受釘者而言，不管所受皮肉之苦源自世俗之罪或是瀆聖，兩者根本沒有多大差別。假如他能把自己想像成一座「真正教堂」尖塔上的風向雞，想必可以感到某種滿足的快感。

不偏袒的
impartial
形容詞

由於無法判斷自身好處，因此對爭執或對立兩方的觀點都採取中立態度，不輕易支持任何一方。

魔鬼辭典

頑固
impenitence
名詞

以時間觀點來來,一種持續處於罪行與懲罰之間的心態。

不虔誠
impiety
名詞

你對我的神所表示出的不敬。

按手禮
imposition
名詞

將手擺放到對方身上的祝福儀式,常見於許多宗教系統。不過,最能表現按手禮誠摯之意的顯然是扒手。

「看啊!我們為你行按手禮,」牧師、神父們說道,「並因你所受的教會服務,徵收你的金錢與土地,難怪你會不停地禱告到沒完沒了。繼續禱告吧。」
—— Pollo Doncas

冒名者
impostor
名詞

追求名利時所遇上的對手。

極無可能之事
improbability
名詞

他用莊嚴的神色講述故事,
臉上帶著一抹溫和、憂傷的情緒。
當你仔細想想他說的內容,那根本就是無稽之談吧,
不過群眾卻聽得如癡如醉、嘖嘖稱奇,
說那是他們聽過最動人的事。
只有一位男子不發一語,毫無反應,
簡直就像是又聾又啞。
他沉靜無聲,擺出毫不在乎的模樣,
群眾全都轉向他,從頭到腳仔細檢查,
確定他一息尚存。

157

但是時間分分秒秒流逝，他仍然不發一語。
「怎麼啦！怎麼啦！」有人叫道，
「你不覺得故事很精彩嗎？他講得很棒啊！」
那男的瞬間清醒並瞄了瞄群眾，
若無其事地看著他們，
漫不經心地把腳擱在壁爐上說：
「沒有啦，我自己也是說謊大師啊。」

無遠見
improvidence
名詞

用明天的收入支付今天的開銷。

無罪
impunity
名詞

與財富同義。

不被承認的
inadmissible
形容詞

不值得考慮的。當法官們認為某些證詞不應讓陪審團知情時，就逕自排除的情況。雖然如果某些謠言證詞的提供者沒有宣誓、沒有經過法院審查，就不能夠得到承認，但是多數軍事、政治、商業以及其他諸多日常行動，不都以傳聞為基礎嗎？世界上所有的宗教都以傳聞起始。天啟也是傳聞的一種；宣稱聖經乃上帝之言的人早已死去，且身分未明，既然這些人沒有向任何人宣誓過，天啟又怎麼能成立呢？按照美國法庭的證據引渡制度，我們根本不能證明歷史上發生過布倫海姆之戰（Blenheim），我們不能證明凱撒真有其人，也不能證明亞述王國曾經存在。
但由於法庭證據是被承認的，我們可以證明人類史上確實存在過可怕的巫師。法庭證詞（以及自白）顯示有許

多女性犯下施行巫術之罪，並且遭到處決。這些證據不但罪證確鑿，而且毫無可疑之處，法官的判決也非常合乎邏輯與理性。針對巫術和魔法的指控可說是法庭有史以來證據最充足的判決，致使許多人因此命喪黃泉。假使事實證明根本沒有女巫存在，那麼人類的證詞與理智的價值可就蕩然無存了。

不祥地
inaus-
piciously
副詞

以不樂觀的方式為負面情勢尋求支持。每逢大事，羅馬人必會請占卜師或先知占卜一番，推測未來的發展。羅馬人最相信的占卜方法之一便是觀察鳥的飛行，以此獲得的徵兆被稱為預兆（auspices）。報紙記者與某些不肖的辭典編纂者認為此字應當維持複數形式，並帶有「資助」或「管理」之意。比方說「所有的慶典都在盜墓者的掌控之下」，或是「狂歡為飢餓前的預兆」。

一名羅馬奴隸來到占卜師面前。
「您好，請告訴我，是否⋯⋯」
占卜師做了個手勢攤開手心，
顯然他的手心正在發癢。
奴隸給了他一個銀幣（拉丁鎳幣），
很快地，搔癢止息了。接著奴隸說道：
「請告訴我，命運指示今晚（天黑時）會成功還是失敗？命運說什麼？沒關係，我想⋯⋯
我還需要一點幫助。」
他又拿出了一枚銀幣，眨眼之間，烏雲密布，
他仔細看了看銀幣發出的燦亮色澤，
並把它交給占卜者。
占卜師用凝重的語氣說道：
「在這等著，我會代你詢問命運之神。」
神聖的占卜師把聖爐收起，並走向聖殿後門，
大叫了一聲「咻！」
他的長袍隨風飛起。

所有的神聖孔雀（因朱諾大神而飼養的聖物）展翅高飛，並在樹間發出巨聲騷動。
每到晚上，若有危險來臨，孔雀都會飛到樹梢躲避。
占卜師走回奴隸的面前。
「孩子啊，我觀察鳥的飛行方式發現，命運說你應當會失敗啊。」
那奴隸打算放棄，看起來比來時更悲傷，
並且放棄了祕密計畫——
他原本企圖（這點狡詐的先知早就知道了）在牆邊動手腳，並把朱諾大神的聖雀擒拿到手。
—— G.J.

收入
income
名詞

衡量他人是否值得尊敬的最客觀且自然的方式，相比之下其他方法不免顯得刻意、隨便又錯誤百出。就像克里索拉特爾伯爵（Sir Sycophas Chrysolater）在劇中所說的台詞：「財產的真正意義（不管是以錢幣、土地、房產、商品或其他可能的形式存在），如同頭銜、地位、升遷與住所以及為了親近賢達所付出的努力，為的就是金錢。」
因此，任何東西是否有價值，端看它能否為持有者帶來金錢，而持有者的社會地位也仰賴金錢的損益。莊園腹地廣大卻毫無收成的地主，儘管地產古老，但和富豪相比，實在人微言輕；身居高位卻一貧如洗的人，即便是總統親信，和財大氣粗的土豪相比，也難免受到冷落，並被視為貧賤之輩。

不相容性
incompatibility
名詞

一段婚姻中若雙方都很喜好主導局面時，所導致的狀況。不過，即便面對個性溫和的街角鄰居也可能會產生同樣情況。通常不相容性多半發生在女性之間。

160

不可共存的
incompossible
形容詞

兩方不可能同時存在的狀況。儘管世界如此之大，卻容不下雙方同時存在，好比惠特曼（Walt Whitman）和上帝對人類的憐憫，可說是相斥的。互斥，正是不可共存性的起因。與其用低俗言語說「去死吧！」表達自己深切渴望當場殺死對方的心情，倒不如說「我們真的不可共存」，既能婉轉表達己意，還能保持禮節與風範。

夢魘
incubus
名詞

這是一種很隨性的魔鬼，殘存至今，行蹤漸杳。如果想徹底了解夢魘（incubi）、魅魔（succubi），以及夢魘（incubae）與夜魔（succubae），請讀者自行查找《魔鬼大全》（*The Liber Demonorum of Protassus*），該書盡是獵奇怪談，但內容實在不適合出現在專供公立學校學生所使用的辭典。

雨果（Victor Hugo）曾說在英吉利海峽諸島上，惡魔撒旦深受美女的誘惑，而且犯案狀況比在其他區域更為誇張，這一點也不讓人意外啊！有時惡魔會假扮成夢魘，讓信守婚姻誓言的女性們無法分辨；一些女性轉而向牧師求教，要如何在黑夜中分辨自己的丈夫和野蠻的入侵者。牧師建議她們可以摸摸對方的額頭，看是否有惡魔的觸角。不過雨果似乎不在意後續發展，根本沒有記錄此法是否有效。

在職者
incumbent
名詞

對離職者最有興趣的人。

優柔寡斷 indesicion 名詞	優柔寡斷正是成功之母。托馬斯・布魯博德爵士（Sir Thomas Brewbold）說：「基本上來講，什麼都不做的話就等於不用選擇，要做點什麼事的話，就有很多選擇。以成功機率而言，一個選擇自然比有太多選擇來得不易失敗，因此優柔寡斷的人，失敗的機率會比較低。」這應該是對優柔寡斷的優點最精闢且清楚的解釋。 某次葛特將軍對戈登・葛蘭傑將軍說道： 「你在很快的時間內下令攻擊，這點非常令人欽佩。當時你只有五分鐘可以決定呢。」 「沒錯，」那位得勝的屬下說道，「當人面臨緊急狀況又知道自己該怎麼做時，真的算很幸運。每當我無法決定要進攻或退守時，我就丟銅板。」 「所以你的意思是，你是按銅板正反行事？」 「沒錯，將軍，但請你不要罵我，我是按著硬幣的指示相反而行。」
不在乎的 indifferent 形容詞	對事物間的差異不太敏感。 「你這一點擔當也沒有的男人！」 伊多萊堤奧（Indolentio）的妻子叫道， 「你對生活的一切都不在乎。」 「不在乎？」他慢條斯理地微笑說， 「或許我不在乎吧，親愛的，但這真的不重要啊。」 ── Apuleius M. Gokul
消化不良 indigestion 名詞	一種患者與其友人時常會誤以為與玄妙的宗教信仰以及人類救贖有關的疾病。西部荒原的印第安人說得很好很直接：「過得好的時候，從沒想到要禱告，一旦肚子痛，就會立刻求助上帝。」

魔鬼辭典

輕率
indiscretion
名詞

女人特有的罪過。

不明智的
inexpedient
形容詞

盤算不周，以致失利。

幼兒期
infancy
名詞

生命中的某個階段，如同英國詩人華茲渥斯（Wordsworth）所言，此時「天堂就在我們的左右」。不久之後，我們便進入塵世。

祭品
inferiae
名詞

拉丁文。古希臘、羅馬人用以祭奠撫慰死去英雄亡靈的物品。虔誠的古代人由於不能創造出足夠的神祇來滿足自己的精神需求，因此開發出許多臨時的代用神祇，按某水手的說法，就是應急神。通常這類神祇都是用勉強湊合的材料捏塑出來的。

據說當年人們以小公牛祭奠阿伽門農王（Agamemnon）時，這位傑出戰士的亡靈向阿里斯（Aulis）的牧師萊艾德斯（Laiaides）顯靈。他以先知的口吻預言耶穌的誕生與基督教的全盤勝利，還滔滔不絕地描述聖路易斯（Saint Louis）時代以前的重大事件。當話題進入路易斯時期，他被突如其來的公雞鳴啼聲打斷，迫使萬民之王阿伽門農王的亡靈倉促地返回陰間。這故事聽起來頗有中世紀的味道，然而由於故事源頭只能回溯到聖路易斯王宮中毫無名氣的宮廷作家皮爾．布萊特萊（Pere Brateille），因此我們多半可以推斷這根本是胡謅，儘管卡貝爾閣下（Monsignor Capel's）也許有不一樣的看法，不過我很懷疑他的眼光，哈哈。

163

異教徒
infidel
名詞

在紐約，專指不信基督教的人；在君士坦丁堡，專指信基督教的人，請見非穆斯林（giaour）一字。專指不夠虔誠，對待神職人員、占卜師、教皇、牧師、牧師會成員、僧侶、回教穆拉、巫毒巫師、長老、希臘祭司主教、非洲巫術祭司、法國神父、修女、傳教士、勸誡者、執事、修士、伊斯蘭教徒、高級神父、伊斯蘭教喚拜者（muezzins）、婆羅門、醫師、聽告解者、樞機主教、長老、首席主教、受俸牧師、朝聖者、先知、伊瑪目（imaums）、獲益者、文員、教區牧師、羅馬教廷唱者、大主教、主教、住持、先驗、傳教者、教士、阿貝士（abbotesses）、希臘修士、聖地朝聖者、副牧師、先祖、博內斯（bonezs）、普羅旺斯仙童（santons）、施主祈禱者、羅馬修女、駐守教堂牧師、蘇格蘭區域牧師、院長、副院長、鄉村院長、厄布代爾（abdal）、哄賣者、資深基督教神職人員、總執事、主牧師、階級領袖、現任者、牧師會長、酋長、塔拉利神（talapoins）、神學生、法學家、法老、領唱、執掌捕役、穆斯林行乞者、教堂司事、長輩、福音教徒、修道士、副牧師、牧師長、神召會、閱讀者、教區牧師長、代理主教、拉比（rabbis）、烏里瑪（ulemas）、喇嘛、聖堂修士、教堂管理者、托缽僧，講師，教堂協管員、紅衣主教、女修道院院長、輔佐司教、追隨者、牧長、治癒者、蘇菲、法國教區牧師、彭彭（pumpums）等相當吝嗇的惡徒。

影響
influence
名詞

在政治圈，現階段充滿前景並能得取財源的狀況。

墮落後拯救論者
infralapsarian
名詞

此派論者認為亞當並非一開始就有罪，除非他有意行惡。這個觀點和墮落前拯救論者（supralapsarians）恰好相反，後者認為亞當本就命中注定有罪。有時，墮落後拯救論者也會被稱為墮落前拯救論者，儘管他們對亞當有不同見解，不過這似乎不會造成任何太大的實際影響。

> 兩個神學家一起漫步前往教堂，
> 一路上突然起了爭執。
> 他們唇槍舌劍、不停地想盡辦法譏諷對方，
> 爭辯為何可憐的亞當會走向墮落一途。
> 「那是天意啊！」其中一個神學家喊道，
> 「上帝希望他走向墮落。」
> 「不是吧，那是他自己的意願，」
> 另一位神學家振振有詞，
> 「他選擇去做上帝期望的事。」
> 他們的辯論越來越激昂，難分難解。
> 若要平息兩人的歧見，必得大動干戈。
> 他們把長袍與聖帽都丟在地上，
> 手腳開始對空揮舞，握拳相向。
> 他們正準備看看誰的拳頭比較硬，
> 以此決定哪個神學說更有道理。
> 一位白髮的拉丁文教授走了過來，
> 他手持枴杖，眉頭深鎖，
> 當他聽見兩人爭執的原因後，
> （他們還在愚蠢地揮舞雙拳，爭辯亞當的意志問題）
> 拉丁教授喊道：「朋友！你們的爭論毫無意義，觀點根本相差無幾。我敢發誓，你們的教派根本就搞錯了自己派名所含的意義。
> 你——墮落後拯救論者，
> 根本形同小丑，一味地認為亞當是往前摔倒；
> 而你——墮落前拯救論者，
> 卻執意堅持亞當是仰天摔倒。
> 若是踩到香蕉皮摔了一跤，
> 同樣是摔倒，往前或往後又有什麼差別？
> 連亞當本人都沒興趣知道原因，
> 甚至可能只當是被隆隆雷聲開了個玩笑。」
> —— G.J.

忘恩負義者
ingrate
名詞

指從他人那裡得到好處,或者說接受救濟的對象。

「所有人都忘恩負義。」憤世嫉俗者嘲笑道。
「不是的,」善良的慈善家回答,
「自從我幫助了某位男人,他再也沒有咒罵我。」
「哈!」憤世者笑了,
「你帶我去見他好了,我還真想親眼瞧瞧,並得到祝福呢。」
「那我恐怕要讓你失望了,他沒辦法給你祝福,他是個啞巴。」
—— Ariel Selp

傷害
injury
名詞

僅次於輕蔑的冒犯,用以表達憎恨之意。

不公正行為
injustice
名詞

我們最不願意背負的重擔,卻能輕易地施加在他人身上。

墨水
ink
名詞

這是一種用鞣酸鐵化物、阿拉伯樹膠和水製成的骯髒混合物,主要用來促進人類愚蠢的滋生以及協助智慧人士進行犯罪。墨水的各種奇特功能亦互相矛盾,使用者可以墨水獲得名聲,也可以用來毀壞名譽;墨水可以為名譽抹黑,自然也能漂白。不過總體而言,人們喜歡廣泛地使用墨水來打造自己的終極形象,並洗刷所有沾附於表面的污名。而所謂的記者就是收賄讓人在墨水浴場中好好泡上一番,也有人付錢只為了要從浴場掙脫。通常來說,進入墨水浴場浸泡的人所花的錢是逃脫者的兩倍。

魔鬼辭典

先天的
innate
名詞

自然的，天生而來的觀念，上帝在我們呱呱落地前就灌輸我們的想法。先天觀念的學說可說是哲學中最令人佩服的觀點之一，由於這種學說本身就是天生的，因此無從反駁。洛克（Locke）曾經愚蠢地認為自己早已推翻了此觀點，結果該說法根本屹立不搖。在所有的先天觀念中，最值得一提的就是認為自己有能力辦報紙、相信自己的文明優於他者、相信自己的司事非常崇高，以及相信自己的疾病遠比他人的古怪等等。

臟器
inwards
名詞

胃、心臟、靈魂以及大小腸等。很多知名學者都不把靈魂視為臟器的一部分，但態度嚴謹的權威學者甘索勞斯博士（Dr. Gunsaulus）認為，名為脾臟的神祕器官正是我們的精神所在。相反地，瑟爾維斯教授（Professor Garrett P. Servis）則認為由於人類的尾巴退化，脊髓才是人類靈魂的居所，為了證明此說，他強調自己不曾看過有哪個有尾動物同時具有靈魂。綜觀上述，我們最好兼容兩者說法，並且不要妄加判斷。

銘文
inscription
名詞

寫在某一物體上的文字。銘文的種類很多，不過多半具有追悼性質，用來紀念某個傑出人物的名聲，並將他的德性與事蹟傳頌給後代。刻在華盛頓紀念碑（Washington monument）上關於約翰·史密斯（John Smith）的碑文就是個例子（也可參考「墓誌銘」（epitaph）的條目）：

1.
我的靈魂悠遊在天際，
肉體安頓於墓中，
過不久我的身體就會飛翔，
與靈魂一同跨越天堂之門。
1878
紀念內米亞·特瑞（Jeremiah Tree），逝於1862年5月9日，得年27歲4個月12天。生與此、葬於此。

2.
她幾經折磨,醫師的搶救無效,
直到死神讓她徹底解脫。
她的靈魂飛升至極樂境界,
與阿納尼斯(Ananias)形影不離。

3.
這石頭下躺著個男人,
他正是西拉斯·伍德(Silas Wood),
此時他橫躺於石頭下,
生前他可是地方要人,
我不免想問,出名到底有何好處?
人啊,不該為野心所困惑,
這就是西拉斯·伍德給我們的忠告。
理查德·海蒙(Richard Haymon),
本屬於天堂,於1807年墮入塵世,
後於1874年10月3日復返天堂。

食蟲目動物
insectivora
名詞

「看哪!」傳道士齊聲讚美呼喊道,
「上帝為萬物準備了如此豐富的食物。」
「是啊。」小蟲回嘴說,
「祂的恩澤甚至遍及蟲子之身,
為我們帶來鵪鶉與燕子。」
—— Sempen Railey

保險

insurance

名詞

一種純靠運氣取勝的巧妙新遊戲，玩遊戲的人總是自以為能贏過做莊的人。

保險公司職員：親愛的先生，您的房子狀況優良，請讓我為您保險吧。

房主：太好了。請盡量降低年保費，那麼，假使未來房子失火，依照貴公司的保險統計表計算，我收到的保險額將會比繳納的保費高上許多。

保險公司職員：噢，天啊，不可能，我們可付不出那麼多錢。我們必須把保險金固定下來，您最好多付一點錢，我們才划算。

房主：那我又怎麼付得出那麼多錢來呢？

保險公司職員：哈，您的房子隨時都有可能失火的喔，看看史密斯家⋯⋯

房主：哪會啊，你看看布朗家的房子，也是好好的，還有瓊斯先生的房子、羅伯遜的房子⋯⋯

保險公司職員：不用看啦！

房主：我們還是互相讓步一下吧。你假設我的房子會在預定的日子前被燒毀，並要我基於這種假設付錢給你。換句話說，你就是希望我賭賭看房子是否會在那天前被燒毀。

保險公司職員：可是如果您沒買保險，房子一旦燒掉，就血本無歸了。

房主：我聽不懂你說的。假使我不買保險，按照你們的保險統計表，等到房子被燒的那一天，我省下的保費可能還比能拿到的保險金來的多呢。就算我的房子在你估算的日子前真的燒毀了（你讓我出的保險費就是以這種假定而計算的），假如我承擔不起這個損失，難道你們賠得起房子嗎？

保險公司職員：噢，到時我們就會挪用其他比較幸運的客戶的保險金，為您作賠。事實上，真正賠償你的，是其他顧客。

房主：原來如此。不過話說回來，那我不是也得賠償他們的損失嗎？他們的房子會不會也像我的一樣，在付完保險費以前就被燒掉呢？只有在這種情況下，你們賠償的金額才會多出他繳交的保費。事實很明顯吧，你們一定希望客戶付給你們的錢，能遠多於你們得賠償的金額吧？

保險公司職員：當然啦，不然的話……

房主：我可沒興趣把錢給你們。如果當所有的客戶都已注定會賠錢的話，那每個客戶都是在和你們做蝕本生意啊。

保險公司職員：我不否認這點，不過你還是閱讀一下保險介紹吧。

房主：沒這必要吧！

保險公司職員：剛才你說不付保險可以省下一筆錢，難道您沒有可能只是把那筆錢揮霍掉嗎？我們的保險反而能幫助您省錢呢。

房主：你們認為保險業是慈善機構，事實上，不只是保險業會提出「甲方願意幫忙看管乙方的錢」這種想法。你還是去找更好的客戶吧。

叛亂
insurrection
名詞

不成功的革命。因為對暴虐的政府不滿因此揭竿起義，卻慘遭挫敗。

意向
intention
名詞

頭腦中的意念左右擺動，並可能造成立即或是延遲的影響。意向為無意識的精神活動。

口譯員
interpreter
名詞

能讓使用相異語言的雙方互相理解的專家，其拿手之處在於以對自己有利的方式詮釋兩人想向對方說的話。

空位期
interregnum
名詞

當專制國家內政由王位寶座上的柔軟椅墊所統治的時期。不過由於許多權高勢眾的大人物樂於奪得重新溫熱寶座的權力,因此讓椅墊冷卻的活動多半會以淒慘悲劇收場。

親密
intimacy
名詞

傻瓜們自然而然地湊在一起互相毀滅的狀態。

> 兩種塞得利茲粉末一藍一白混合在一起後,
> 將製造愉悅之奇。
> 它們感到無比快樂,不惜捨棄美麗的包裝,
> 好享受沒有任何距離的親密。
> 它們形影不離,熱愛非凡。
> 一張紙片就能把兩種粉末包在一起。
> 它們把對方當作終生伴侶,
> 並掏出所有的內心話一一訴說。
> 它們充滿悔恨地反省自己,
> 似乎擁有太多美德,
> 彼此的完美程度已過度氾濫。
> 它們有說不完的話語,
> 有宣洩不完的內心感觸。
> 它們的頭腦滿溢著情緒,
> 直到滾滾熱淚落下,直抒胸臆。
> 接著它們化成了氣泡!
> 上帝就是如此地懲罰所造物,
> 告誡那些不遵從訓誡的傻瓜:
> 畢竟,你就是你,我就是我,別無二致。

介紹
introduction
名詞

> 惡魔用來獎賞其奴僕與敵人的社會儀式。介紹儀式能在本國達到前所未有的奇怪發揚，確實與我們的政治體系有關。由於美國人生而平等，因此每個人都有權利認識其他人，也因此每個人都有不經請求或詢問就介紹他者的權利。《獨立宣言》應該要這麼寫才是：
>
>> 我們認為下面這些真理是不言而喻的：造物者創造了平等的個人，並賦予他們若干不可剝奪的權利，其中包括生命權，被數不清的親朋好友包圍好讓他生活在水深火熱中的權利，以及自由權，尤其是讓人們互相介紹認識卻不清楚對方是否是自己死敵的自由，以及讓一群陌生人追求他人幸福的權利。

發明家
inventor
名詞

> 將輪子、槓桿與彈簧巧妙結合，並稱之為文明的人。

無宗教信仰
irreligion
名詞

> 世界最重要的信仰之一。

癢
itch
名詞

> 蘇格蘭人的愛國主義。

J

J 在英文中是子音，不過有些國家卻把它當做母音——這實在太誇張了。此字母的原形來自一條被馴服的狗的尾巴，再經過一點巧妙的修飾。最初它並不是一個字母，而是一個替代符號，代表拉丁語動詞「扔」（jacere），因為如果你拿石頭扔向一條狗，牠的尾巴就會呈現 J 的形狀。以上就是此字母的由來。貝爾格德大學知名教授喬可普斯·布蒙爾（Dr. Jocolpus Bumer）曾以三卷巨作詳盡解釋此學說，後來有人提醒他，羅馬字母表中的 J 最初是沒有捲毛的，之後這位博學之士就潦倒自盡了。

嫉妒的
jealous
形容詞

過分擔心，深怕失去某種只有在不值得保留的狀況下才會失去的東西。

弄臣
jester
名詞

過去王宮中的一種官員，其職責是以可笑荒唐的言行為王室提供娛樂，這種人通常都會穿著可笑的小丑套裝。國王本人則當然是威嚴肅穆，不過在數個世紀過去以後，人們發現國王本身的行為與命令比起弄臣來說更為可笑，不但讓宮中上下感到難以忍受，連舉國人民都啼笑皆非。通常弄臣被稱作傻瓜，不過詩人與浪漫主義者向來喜歡將他描繪成充滿機智的靈光傢伙。在今日的馬戲團裡，弄臣總是讓心情沮喪的觀眾臉上洋溢微笑，就如同過去他讓陰暗的皇宮閃耀光芒，並刺痛缺乏幽默感的貴族內心，讓他們笑到流下眼淚。

一位守寡的葡萄牙王后，
愛上了宮中行為魯莽的弄臣。

她向懺悔室的神父坦承自己的過錯，
沒想到那神父正是弄臣喬裝的。
「神父啊，」她說，
「請您聆聽我的困擾，我犯的罪比淫邪更不堪，
我愛上了一個弄臣、那個瀆神的小丑，他出身卑微，
根本是十足的無賴。」
「孩子啊，」假冒的神父這樣回答，
「這種罪行的確可怕，教會不會原諒這種不合法的愛情。但妳的心是如此頑固，永遠不會將他拋棄，不如頒布一道命令，讓他升官成為富貴之人。」
王后於是將弄臣封為公爵，以此搪塞天堂的律令，
結果一個牧師將此事告訴教皇，
教皇立刻把王后也驅逐出了聖界。
—— Barel Dort

猶太豎琴
jews-harp
名詞

一種刺耳的樂器，演奏時得用牙齒咬住它，並用手指彈撥，好甩開這麻煩的東西。

香
joss-sticks
名詞

中國人在愚蠢邪教活動時焚燒的小木棍，可以說是在模仿我們基督教中的神聖儀式。

正義
justice
名詞

國家為獎勵人民所付出的忠誠、稅款與勞役而配給的虛假日用品。

K

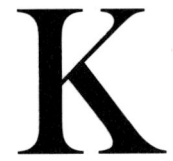

這是我們從希臘人那裡學來的子音,不過它的緣起可追溯至位於斯梅洛(Smero)半島的商業小國賽拉提安斯(Cerathians)。賽拉提安斯將此字母發音為克拉屈(Klatch),意為「摧毀」。原本的 K 其實長得和字母 H 一樣,不過根據知名學者斯內德克爾博士(Dr. Snedeker)的解釋,人們為了紀念西元前 730 年前後亞魯特大神廟毀於地震一事,遂動手改變了它的形狀。

亞魯特大神廟以兩根巨大廊柱聞名於世,在那次大地震中,其中一根廊柱被攔腰折斷,另一根卻完好無缺。原本該字母是以亞魯特大神廟廊柱發想而來,後來也理所當然地承襲了災難後的變異,以斷裂形象紀念該次自然災害,這點確實挺感人的。我們不知道該字母是否有再經過任何修正,或是它仍舊保持克拉屈的唸法,並且永遠作為自然災害的雙關字。這兩種說法似乎都有其合理之處,也因此我願意予以相信,並贊同斯內德克爾博士的論點。

保持
keep
及物動詞

他訂立遺囑捨棄全部財產,然後進入永恆的沉眠,
他喃喃說著:「無論如何,我都會保有清白的名聲。」
儘管他的墓碑上寫有無數美德,
但那些美名該由誰承擔呢?
畢竟死人是無法帶走身外之物的。
—— Durang Gophel Arn

屠殺
kill
及物動詞

在不提名繼承者的狀況下製造人間空缺。

短摺襯裙

kilt
名詞

住在美國的蘇格蘭人或是住在蘇格蘭的美國人會穿的服飾。

好意

kindness
名詞

巨額勒索前的舉措。

國王

king
名詞

美國人常稱他為「戴著皇冠的男人」，儘管他從來就沒戴過皇冠，而且還三不五時會丟了腦袋。

> 從前從前有個國王和身邊懶惰的弄臣說道：
> 「如果我們兩個人角色互換，
> 我一定會快樂到飛翔起來，再也不用管那麼多事，
> 不用後悔，也不用悲傷。」
> 「陛下，請仔細想想您位高權重的原因，
> 不就是因為全國上下的傻子都歸您所有嗎？
> 這樣的交換我沒有很想要啊。」
> —— Oogum Bem

國王病

king's evil
名詞

以前會因為國王的觸摸而治癒的疾病，現在改由外科醫師主治。虔誠的愛德華王子曾經以雙手碰觸罹患此疾的英國子民，並讓他們痊癒：

> 一群可憐的病人，在等待他的醫治，
> 他們的怪病讓醫師嘖嘖稱奇，
> 只有上帝賦予他神奇的威力，
> 只要他的雙手觸摸病患，
> 他們就會健康如昔。

魔鬼辭典

就像《馬克白》（*Macbeth*）中的醫師所說的一樣，富有神力的國王似乎也會讓繼承者承襲治病的能力。

　　把他用手醫治的魔力，傳給了後繼的國王。

不過呢，不知道是什麼環節出了差錯，後來這種醫治神力永遠失傳了，此後的英國皇室也不具備以手親癒疾病的能力，原本被稱為國王之病的疾患，現在被冠上醜陋的名稱「淋巴結核（scrofula）」，此字源於「大母豬（scrofa）」。以下詩句的作者與日期恕難奉告，不過我們可以由此看出，大家之所以嘲笑蘇格蘭全國上下都有病，絕對事出有因啊。

　　國王親自為我除病，
　　以他蘇格蘭王室的魔力。
　　他把手放在我的手上，並說：
　　「快走吧！你不屬於這裡。」
　　這似乎看起來很有用，我破口大喊：
　　「我現在反倒開始發癢啊！」

國王能為人民治病的傳說早已成為過去式，不過就像很多古老觀念一樣，舊思想在人們心裡留下了巨大的陰影，徘徊不去。那種大排長龍只為了想一握總統雙手的人們，就是受到此迷信的影響。那些渾身腫脹潰爛的人們和總統行握手之禮時，彼此正是在溫習這古老而美好的信念，儘管這信念早已慢慢地熄滅。這種美好而深具啟發性的古老習俗，把聖潔的過往帶入我們的年代，並帶來利益與報酬。

接吻
kiss
名詞

詩人發明用來與「福佑」（bliss）作為諧韻的詞。一般來說，大家都認為這是個很容易理解的儀式，不過本辭典編纂者對此一無所知。

盜竊癖者
kleptomaniac
名詞

富有的竊賊。

騎士
knight
名詞

原本生來為優雅的戰士，
又成了國家的棟樑，
最後卻成為逗人發笑的小丑。
騎士、公民、伙計，他們的地位愈來愈低微，
成了看守狗舍的勇士，
負責保衛皇家跳蚤，
成為聖詩德伯伊（St. Steboy）的衛士，
與聖葛治（St. Gorge）和聖喬伊（Sir Knights Jawy）決鬥。
願上帝讓那一天快快到來，
狗可以成為公爵，這樣所有的狗都可以跟著發瘋。

L

勞工
labor
名詞

甲方為乙方獲取財富的過程之一。

土地
land
名詞

地球表面的一部分,可被視作私人財產。認為土地是一種私有財產並可受私人支配的理論乃是現代社會的基礎,與其上的建築物正好般配。這種理論的主旨在於某些人有權剝奪其他人的生存權,因為「私有」意味著獨占,代表不能與人分享的本質。事實上,只要土地私有制存在,防止他者侵犯的法律就會相伴而來。假如全世界的土地都由 A、B、C 三人共有的話,那麼其他人或許連出生的地方都沒有,或者即使出生了,也會成為侵入他人土地的罪人。總之,這代表他們將毫無生存之地。

> 我生活在浩瀚的大海之中,
> 滾滾浪花伴隨著我,
> 上帝給了我特別的照顧,
> 讓我以海為家。
> 無論何時當我有意上岸,
> 岸上的人們就會攻擊我。
> 啊!只有在波光粼粼的海洋上,
> 我才是自然界的君王。
> —— Dodle

語言
language
名詞

用來引開守衛他人財富之蛇的迷人音樂。

勞孔像 Laocoon 名詞	知名的古代雕塑,描繪一位祭司與兩個兒子被兩條巨大的毒蛇纏繞的畫面。老祭司和兩名年輕人精準熟練地抓攏著蛇身,生動地說明了人的智慧遠遠勝過懶惰而遲鈍的動物。
膝 lap 名詞	女性最重要的身體部位之一,上帝造出女人的膝蓋好擺放嬰兒,或是在鄉村派對上擺放冷雞肉或男性的頭顱。至於在我們社會中男性的膝蓋基本上毫無功能可言,對社會也沒有任何實質貢獻。
鞋模 last 名詞	修鞋匠的重要工具,這個字時常讓我們誤以為情況緊急(此字又有「最後」的意思)。 噢,愛說雙關語的傢伙, 任我的命運飄蕩到沒有鞋匠的地方吧, 這樣我就可以忘了鞋模(最後),並聽聽你的聲音。 —— Gargo Repsky
笑 laughter 名詞	發自體內的痙攣,發作時會造成面部扭曲,同時產生一連串含糊不清的噪音。笑通常都是間歇性發作的,但是極具傳染性且無法可治。人之所以與動物有別,就在於笑的有無——這些動物不但無法被人的笑所感染,還對侵蝕人體的笑菌免疫。我們至今尚不知曉是否有可能將人類身上的笑菌接種到動物體內,科學家無法給予我們合理解釋。梅爾・威徹爾博士(Dr. Meir Witchell)認為笑之所以有傳染力,是因為發笑的人噴出的唾沫會在空氣中瞬間發酵。威徹爾博士稱發笑怪癖為痙攣症(Convulsio)。

戴桂冠的人
laureate
形容詞

頭戴桂冠葉冠的人。在英國，桂冠詩人為宮廷官員，每逢王宮舉辦重大慶典時負責扮演會舞蹈的骷髏，而在王室葬禮上，他則是個會唱歌的啞巴。在所有榮任桂冠詩人的人當中，羅伯特．騷塞（Robert Southey）身手不凡，他把老是被公眾取笑奚落的參孫（Samson）迷倒，並俐落地剪掉他的頭髮。他還對色彩學頗有研究，讓全國上下沉浸在漆黑的痛苦之中，無人免疫。[1]

月桂
laurel
名詞

月桂冠，獻給阿波羅的植物，古人會以月桂葉編織成桂冠，並讓具有重要地位的宮廷詩人或勝利者擺放在眉毛之上（可參見前一辭條）。

法律
law
名詞

有一次，法律老爺坐在長椅上，
仁慈之母跪在他腳邊哭泣，
「滾出去！」他大吼，「妳這顛三倒四的女人！不要在我的面前哭泣，假如妳下次還這樣不知好歹，那不如現在就趕快給我滾蛋。」
接著正義走了過來。法律老爺又大喊：
「你算什麼東西，你已經被惡靈操縱了！」
「請你好好說話吧」，他回答道，
「法庭上的好友，請別這樣。」
法律老爺咆哮道：「滾開！大門在那，我根本沒見過你！」
—— G.J.

合法
lawful
形容詞

與審判的法官看法一致就稱為合法。

---

[1] 作者在此處將騷塞代入參孫情婦的事蹟，以此諷刺桂冠詩人。

181

律師
lawyer
名詞 | 善於以法律設置陷阱的人。

懶惰
laziness
名詞 | 下流階級無法享受的一種悠閒。

鉛
lead
名詞 | 一種藍灰色的重金屬，用來維繫情侶間的感情，對於愛上已婚女性的人來說特別有效。鉛也可以在發生爭辯時造成嚇阻作用，達成平衡。而在對立的國族主義分子發動爭端時，往往會使用到巨量的鉛。

讚美神聖的鉛！
你是舉世歡迎的偉大法官，
公正地裁決人類之間的紛爭。
你洞察事理，精準無誤，
直指議論的中心，一擊中的。
你穿透紛擾的大霧，消除人類的怨恨，
並讓醫師平息爭論。
萬能的金屬！如果沒有你，我們會撕裂對方的耳朵，
但是當我們聽見如蜜蜂般的吵鬧聲時，
我們就會和老穆倫堡（Muhlenberg）一樣，拔腿就逃。
當活人像小雞一樣逃命，
撒旦已經在用死人鑄造新的鉛彈頭。

學識
learning
名詞 | 得以區辨學者無知的知識。

講演者
lecturer
名詞 | 把手放在你的口袋，把舌頭放入你的耳朵，並折磨你耐心的人。

魔鬼辭典

遺產
legacy
名詞

某人餽贈的禮物，而他正走過眼淚紛紛的溪谷。

利奧詩體
leonine
形容詞

指行中字詞與行末押韻的詩，著名例子如貝拉・派勒・希利卡斯（Bella Peeler Silcox）[2]所寫詩句：

> 電燈的光線直直射入黃泉。
> 冥王星喊道：
> 「噢！時勢哪！噢！風尚啊！」
> （O tempora o mores!）[3]

請注意，希利卡斯女士恐怕不太了解希臘與拉丁文。此外，利奧詩體以詩人利奧（Leo）命名，這人顯然很開心能成為世界上第一個發現行中字詞可與行末押韻的人。

萵苣
lettuce
名詞

萵苣屬草本植物。美食家亨吉思・派利（Hengist Pelly）讚嘆說：「上帝創造此植物，以獎勵好人，懲罰惡者。善良的人憑其智慧找到適合烹飪萵苣的好方法，將萵苣和大量的油與美味佐料相拌，讓萵苣變得極致美味，食用者容光煥發。而惡毒的人則會把萵苣與芥末、雞蛋、鹽巴和大蒜混合在一起，還不放油；更可怕的，是將萵苣與帶有粗劣糖分的醋水混在一起。這種人把穢物吃下肚以後，往往會感到腸胃翻攪，痛苦難耐。」

---

2 作者以近似女詩人雅拉・惠勒・威爾卡斯（Ella Wheeler Wilcox）的音韻所捏造出的詩人名。
3 西塞羅（Cicero）彈劾凱蒂琳（Catiline）時所說的拉丁名言。

183

利維坦
Leviathan
名詞

約伯（Job）所描繪的海中巨獸[4]。有很多人認為利維坦是條鯨魚，不過史丹佛大學的魚類學家喬丹博士（Dr. Jordan）則認為牠不過是一種特大號的蝌蚪而已。若對蝌蚪歷史有興趣的讀者，不妨閱讀珍．波特（Jane Potter）的著名文學作品《華沙的坦德斯》（*Thaddeus of Warsaw*）[5]。

辭典編纂者
lexicographer
名詞

負責記錄語言發展情況的傢伙，實際上往往破壞了語言的自然成長，並僵化其可能性、強化文法秩序。通常當辭典編纂者出版製冊後，就會榮升「權威人士」，然而他的實際功能不過就是記錄而已，而非提供任何有用意見。可惜人們受到自然奴性的驅使，很快賦予辭典編纂者裁決的權力，並放棄自己的邏輯判斷，把辭典視為至高無上的權威。舉例來說，辭典編纂者老愛將某些美好字眼定義為陳腐過時，讓人們望之卻步，但事實上某些字詞不但有其功能性，而且遠較替代性字眼更為美好，辭典編纂者卻任其加速敗壞、凋零。相反地，有些具有遠見和膽識的作家，意識到唯有透過革新才能創造出語言，因此他們不但樂於為舊有字眼賦予新意，還勇於創造新的詞語。只可惜他們的做法不但沒有廣受歡迎，反倒遭人譏笑：「辭典裡根本沒有這樣用的吧！」

不過早在辭典編纂者（願上帝饒恕他）出現以前，許多作家便已創造了知名巨作。在英語的黃金年代，伊莉莎白時代的作家們往往出口成章，並出現像是莎士比亞與培根等曠世名家，彼時的英語甜如蜜、宛若勇者才能使用的語言，那時，哪見得什麼辭典編纂者的蹤影呢。恐怕，上帝根本還沒創造出辭典的創造者吧。如今，英語卻逐漸萎縮、腐朽。

---

4 編注：典出舊約聖經〈約伯記〉。
5 蝌蚪一字也可為男子名。

上帝說:「讓精神殞滅,歸於空無。」
轉眼間,辭典編纂者成群如蟻。
思想女神紛紛出逃,拋下了華美外衣。
辭典編纂者拾起思想外衣,
並將它們分門別類,歸納於辭典裡。
現在,深藏於樹林的思想女神呼喊:
「還我衣裳,我將重返光榮。」
辭典編纂者們查了查辭典,冰冷地回答:
「抱歉,它們已經過時無用。」
—— Sigismund Smith

說謊者
liar
名詞

尚未獲得委任權的律師。

自由
liberty
名詞

人類所想像出來的最珍貴資產之一。

起義的人民激昂得幾乎喘不過氣,
他們在皇宮外叫囂:「不自由,毋寧死!」
國王說:「如果你們要以死相脅,
那就讓我退位吧;我相信你們不會再有理由抱怨。」
—— Martha Braymance

馬屁精
lickspittle
名詞

一種功能性的角色,時常擔任報紙編輯的工作。作為一個編輯,他的形象往往近似於黑函者,雖然後者通常單獨行動,而且沒有團隊支持。諂媚比黑函中傷還可恨,就像詐騙比搶劫犯更為可惡。搶劫犯不會欺騙他人,但是詐騙者一有機會就想搶劫。

生命；生活
life
名詞

讓身體免於腐壞的精神調劑。我們每日都生活在死亡恐懼之中,但是等到我們確然死去的那天,就不會再有所惦念了。問題在於,「活著真的值得嗎?」這似乎是老掉牙的問題了,許多人對此長篇大論,滔滔不絕地闡述自己的觀點,他們還細心遵從養身之道,並享受在論戰中得勝的榮耀。

「活著還真沒意義,這就是人生的真相。」
正值青春歲月的傢伙輕易地做出結論。
他在壯年時期,仍舊沒有改變想法,
甚至到年邁之際,更視之為真理。
當他八十三歲時,被驢子踢了一腳,
他哇哇大叫:「快給我找最好的醫師!」
—— Han Soper

燈塔
lighthouse
名詞

政府建造的海岸建築物,用於點燈,以及時常用來作為政客的政績。

樹枝
limb
名詞

樹的枝條,或指美國女人的腿。

那女人買了一雙靴子,
賣鞋的幫她把靴子拉到不可思議的高度,
比那女人預期的還要高出許多。
這難道是聖經的告誡嗎?誰知道。
難道我非得這樣穿鞋才能避免別人隨口指責嗎?
其他人都是有罪的,唯有我置身其外。
每個人都有他的缺點,
而我的缺點,就是無罪的自由。
他人手中丟出的責難之石,根本毫無公義可言,
此外,我實在得說句真話,
那靴子不就是這樣設計的嗎?

當賣鞋的人為她穿鞋時,那女人做了個鬼臉,
她紅著臉跟他說:
「我想這鞋實在高到穿不了了,這讓我的腳很痛。」
賣鞋的人溫和地露出一個微笑,表情就像個小孩。
接著他看了看那鞋,臉上浮現悲傷的表情,
雖然他根本不在乎她是否會腳痛。
他撫摸她的腳趾,並用同等溫柔的態度說道:
「小姐,我覺得這不可能會讓妳腳痛啊。」
—— B. Percival Dike

亞麻布
linen
名詞

布料名。「製造絞索[6]時會浪費大量的亞麻。」行刑者卡爾科夫特(Calcraft)說。

訴訟當事人
litigant
名詞

企圖捨皮保骨的人。

訴訟
litigation
名詞

一種讓你以豬的面目進去,出來時卻變成香腸的機制。

肝臟
liver
名詞

一種鮮紅的大型臟器,由慷慨的造物者所提供。早期的文學解剖學家認為肝臟乃七情六慾之府,連葛斯寇納(Gascoygne)要談論人類的自然情感時,都直接稱呼「我們的肝部」。當然,現今的文學界人士已知人類情緒源自於心臟。肝臟一度被認為是生命的起源,因此,肝臟的名稱(liver)意近於我們賴以生活(live)之物。但是對鵝來說,肝臟只會帶來災厄,假如沒有肝臟,人類就不會拿它來製作史特拉斯堡鵝肝醬了(Strasbourg pate)。

---

6 原文中為 hemp,這個字兼有絞索和亞麻之意。

法學博士
LL.D.
名詞

拉丁文 Legumptionorum Doctor 的縮寫，指精通法律，對法律有著強大企圖心的人。有人對此字源頭抱持懷疑，認為原縮寫應為 LL.d，且純粹是為頒予富人的頭銜。在本書作者寫作之際，哥倫比亞大學正考慮賦予牧師新的頭銜，取代舊有的 D.D.（Damnator Diaboli[7]）。新的頭銜將是聖仙人掌（Sanctorum Custus），縮寫為 $$c。有人提名牧師約翰·撒旦（Rev. John Satan）可為新頭銜的候選者，畢竟他表裡一致，還不吝指出哈利·薩斯頓·派克（Harry Thurston Peck）教授熱愛響亮頭銜的醜態。

鑰匙和鎖
lock and key
名詞

文明與啟蒙的傑出發明。

房客
lodger
名詞

對《三一報》（*Trinity*）[8] 來說，此詞似乎前所未聞，他們更喜歡直稱睡客、床客與用餐客人。

邏輯
logic
名詞

思想與推理的藝術，用來徹底展現人類智能的限制與不足。邏輯的基礎在於三段論式的演繹推理，包括大前提、小前提以及總結三個部分。例如：
大前提：六十個人做一件工作的效率是一個人單獨工作時所得效率的六十倍。
小前提：一個人挖一個孔需要六十秒鐘。
結論：六十個人挖一個孔只需要一秒。
以上可稱為算術的三段論，由於此論述中邏輯與算術完美地結合，因此我們對此結論有相當程度的自信，也會因此得到更多好處。

---

7 此處 Damn 有糟糕透頂之意，而 Diaboli 則有惡魔的意涵；作者在此諷刺教會與神職人員。
8 編注：愛爾蘭三一學院的學生報紙。

魔鬼辭典

文字鬥爭
logomachy
名詞

以文字作為攻擊手段的戰鬥，刺穿的則是自尊的薄薄外皮。在這場戰鬥中，失敗者感覺不到失敗，而勝利者也與獎勵無緣。

> 很多學者都說，可憐的薩爾馬修斯（Salmasius）死於
> 彌爾頓（Milton）[9]的筆下。
> 天啊！我們無法得知這是真是假，
> 畢竟光是閱讀彌爾頓就讓我們心肌梗塞。

忍耐
longanimity
名詞

在報復的條件成熟前隱隱對欺辱逆來順受。

長壽
longevity
名詞

異於尋常地延長面對死亡的恐懼。

鏡子
looking-glass
名詞

一種可以展示稍縱即逝的人影，而使人頭腦清醒的玻璃平面。

很久很久以前，滿洲國國王有一面魔鏡，不管誰照這個鏡子，鏡中都會顯現國王身影。有位大臣一直深受國王寵愛，並總是得到諸多好處。一次，大臣和國王說：「拜託賜予我那面魔鏡吧，這樣即便不在您的左右，微臣亦可日夜瞻仰鏡中君王樣貌，聊表尊敬之情。」

國王聽寵臣這麼一說，龍心大悅，立刻派人將魔鏡送往大臣家中。過了一段時日後，國王不請自來，親臨寵臣家中，卻看見那面鏡子被堆在角落，徒積灰塵蛛網。國王震怒，揮拳打碎魔鏡，並因此受傷；身體的痛楚讓國王怒不可遏，將寵臣押入大牢，同時命令屬下將魔鏡修

---

[9] 英國詩人，著有史詩《失樂園》（*Paradise Lost*），該書取材自聖經〈創世紀〉，描述人類被逐出天堂樂園的悲壯故事。

復，搬回宮中，手下不敢不從。不過，當國王站在鏡子前的時候，發現鏡中顯像早已和過去不同，他看見一隻頭戴王冠的驢子，兩條後蹄包紮著血跡斑斑的繃帶。工匠以及許多之前曾經看過這鏡子的人，都曾經見著這頭蠢驢，只是他們不敢向國王報告。此事讓國王深受啟發，他以仁慈之心釋放了大臣，並把魔鏡安置在王位後方，公正謙卑地統治了國家許多年。某日，當他在王位上安詳離世，滿朝官員在鏡中看見了天使的光輝形象，直至今日。

聒噪
loquacity
名詞

患有此病的人喜歡在別人欲發言時暢談己見。

老爺
lord
名詞

在美國社會中，每個地位比賣水果的小販高的英國遊客都叫老爺，地位比老爺稍低的遊客則被稱作先生（sir）。該詞有時也會指稱上帝，不過有人認為，這種稱謂絕非出於敬意，而是純粹為了拍馬屁。

口語傳說
lore
名詞

藉由傳說故事或從大自然才能習得、無法透過正規學校獲得的知識。通常這些知識都會轉化為廣為流傳的民間傳說、神話或迷信的樣貌。貝嶺·古德（Baring Gould）所著之《中世紀神奇傳說》（*Curious Myths of the Middle Ages*）發現，許多地方的紛雜傳說其實都來自同一個古老源頭；好比「殺手傑克」（Teddy the Giant Killer）、「睡夢中的約翰莎普威廉」（The Sleeping John Sharp Williams）、「小紅帽與糖」（Little Red Riding Hood and the Sugar Trust）、「美女與布里斯本」（Beauty and the Brisbane）、「市議員艾菲斯」（The Seven Aldermen of Ephesus）、「瑞普·凡·費爾班克斯」（Rip Van Fairbanks）等。歌德（Goethe）著名的作品《魔

王》（*The Erl-king*）則與兩千年前的希臘傳說「人民和嬰兒」（The Demos and the Infant Industry）息息相關，該則故事更是「阿里巴巴與四十大盜」（Ali Baba and the Forty Rockefellers）傳說的其中一個變形。

損失
loss
名詞

喪失我們曾經擁有的東西，或是失去我們根本沒有的東西。以後者的觀點而言，我們可以說一個落選者「在競選中失利」，也可以說詩人吉爾德（Gilder）「喪失心智」，或以下面著名文句作為例句：

> 漢丁頓的骨灰埋在這裡，
> 他的逝去帶給我們許多好處，
> 因為他在生前濫用權力，
> 每當他有所得，我們就必有所失。

愛
love
名詞

一種臨時性精神疾病，透過婚姻或是讓患者遠離病源便能輕鬆治癒。這種疾病如同齲齒一般，只有生活在現代化社會的人們才會罹患此疾，而呼吸新鮮空氣、吃原型食物的野蠻人則對此聞所未聞。這種疾病有時相當致命，不過它對醫生的傷害恐怕比患者來得更為劇烈。

粗魯的
low-bred
形容詞

經飼養長大，而非透過教育。

傑出人物
luminary
名詞

為某一命題帶來榮耀的人；或是還沒有被報紙編輯大肆消費的人。

月球居住者
lunarian
名詞

月球上的定居者，該字眼和被月球寄居的人（lunatic，意為瘋子）不同。魯西安（Lucian）、洛克（Locke）和其他觀察家都有針對月球居住者提出己見，只不過意見分歧。舉例來說，布拉傑洛（Bragellos）認為他們在解剖學上和人類頗為一致，但是紐可姆（Newcomb）教授主張他們更像是居住在佛蒙特州山丘上的土著。

里拉琴
lyre
名詞

一種古老的刑具。今天這個名詞專門比喻寫詩的人，我們可以偉大詩人雅拉‧惠勒‧威爾卡斯（Ella Wheeler Wilcox）的憤怒詩句為證：

> 我帶著里拉琴坐在帕納薩斯山上，
> 彈奏那叛逆的琴弦。
> 愚蠢的牧羊人慵懶地拄著牧杖，
> 他慵懶欲睡，懶得觀看眼前美景。
> 我靜靜等待時機，醞釀情感，
> 等到時機一到，我將使出泰山之力，
> 用力撥響琴弦。
> 噢，等到琴聲轟鳴時，我的詩句也將如潮水般湧來！
> —— Farquharson Harris

M

權杖
mace
名詞

放在辦公室裡展示權威的一種木棍。一看這大木棍的形狀,就知道它是用來擺平歧見的。

詭計
machination
名詞

敵人用此防堵我們做出符合正義原則的決策。

> 詭計的好處顯然很多,並形成某種道德義務。
> 誠實的豺狼想到這點就心生厭惡,
> 萬不得已披上綿羊的外衣,
> 外交的藝術也因此更臻完美,
> 連撒旦都不禁恭敬行禮。
> —— R.S.K.

長壽者
macrobian
名詞

一個忘卻神靈,活得很老的人。歷史上出現過許多長壽者,好比瑪土撒拉(Methuselah)和老伯爾(Old Parr),不過還有些值得關心的長壽者,卻乏人問津。1753 年出生在卡拉布里亞的農夫克羅尼(Coloni)就活了相當長的一段時間,並宣稱看過許多天宙和平的日出瞬間。斯卡納維斯(Scanavius)說自己曾認識一位主教,對方表示自己活了很長的歲月,甚至記得上次自己差點被送上絞架的時候。1566 年,英國布里斯托的一名亞麻布商人宣稱自己活了五百年,而且在此期間,他未曾妄言。美國歷史上也不乏關於超級長壽者的故事。錢西·德普(Chauncey Depew)參議員長壽得比我們都要精明;紐約市的《美國人報》(The American)編輯也記得起他還在當流氓的時代,儘管記憶有些模糊。美國總統也

193

是夠長壽的,他已經老到親眼見證所有年輕時代認識的朋友都一一爬上了軍政高位,而且無一人有什麼真本領。以下詩句,就是由一名長壽者所構寫的:

> 我年輕的時候,這世界依然公平,美好而充盈著陽光。
> 空氣中滿是明亮氣息,流水如蜜,
> 人們的話語幽默而優雅。
> 政治家誠懇地表達己見,並且言行如一,
> 當聽見新聞報導時,你知道那多半是事實。
> 男人沒有在碎唸、咒罵、叫囂,
> 女人也不會妄發議論。
> 那時的夏季實在漫長,一整個夏天都有明媚陽光。
> 冬日同樣讓人欣喜,一聽到自然的召喚,
> 豌豆就從凍土中昂首。
> 現在的世界到底是怎麼回事?
> 新的一年剛剛開始,轉眼就到了年底,
> 就這樣一年過去,實在是見鬼了。
> 我年輕的歲月更為美好,時間緩慢地流淌,從容有序。
> 我不知道為何世界變得如此黑暗深沉,
> 生活都走了樣。
> 所有人活得苦不堪言。
> 這應該是氣象專家的陰謀吧,一定是的,
> 空氣已經不復過往:
> 當你深呼吸時,感到污濁,當你吐氣時,
> 感到一陣虛弱。
> 你關上窗,感到哮喘,
> 打開窗則感到渾身難忍、神經劇痛。
> 啊,這樣的新生活,無異於退化與墮落。
> 我想更有智慧的人,應該可見得更多邪惡。
> 當然有所失也有所得,
> 也許醜陋中藏著更巨大的幸福,它披著厚厚的偽裝,
> 尋常人目光短淺、無法洞察生活中的奧祕,
> 而在天使的眼裡,萬事一目了然。
> 老天啊,假如年老是份禮物的話,
> 那麼創造出年老的,肯定是上帝。
> —— Venable Strigg

瘋狂的
mad
形容詞

能獨立思考的人種，不隨波逐流，也不會接受折衷派的做法；小眾。簡單來講，與眾不同就是瘋子。值得注意的是，許多時候掌權者斥對方為瘋狂之徒，手中卻沒有任何證據足以顯示自己的清醒。舉例來說，本辭典的編纂者就沒有任何證據可以證明他比瘋人院的任何一個病患更為清醒，卻聲稱自己正在進行崇高的辭典編輯工作，儘管或許他根本就被關在一間瘋人院裡，兩手緊緊握著窗戶內的鐵欄杆，向那些無辜的圍觀者宣稱自己是諾亞‧韋伯斯特（Noah Webster）[1]。

馬利德蓮
Magdalene
名詞

抹大拉的居民。事實上抹大拉的馬利德蓮的故事根本是虛構的，他和聖路克（St. Luke）所說的那位懺悔女士完全是不同人。不管是美國政府或英國政府都同意上述說法，也因此在英國，馬利德蓮一字發音為馬德蓮（maudlin），並用以形容過度傷感。把馬德蓮稱作馬利德蓮、把瘋人院（bedlam）稱作伯利恆（bethlehem），英語使用者還真可以說是世界上最偉大的竄改者啊。

魔術
magic
名詞

把迷信變成金錢的藝術。至於其他能達到同樣偉大目的的藝術，才疏識淺的本辭典編纂者不敢作評。

磁鐵
magnet
名詞

受磁力影響的東西。關於「磁鐵」與「磁力」（magnetism）兩字的定義是從數千位傑出科學家的論述中誕生，他們關於磁鐵的偉大研究大大擴展了人類知識的範疇。

---

1 美國著名辭典編纂家。

宏偉壯麗的
magnificent
形容詞

觀察者目睹比原先視野更為宏大的事物時所產生的絢麗感受，好比觀看驢子耳朵的兔子，或是對蛆蟲來說，螢火蟲的光芒確實宏偉壯麗。

巨大
magnitude
名詞

大尺寸。所謂的巨大是一種相對性的概念，沒有什麼事物是絕對的巨大或絕對渺小。假如把世界上所有東西都放大一千倍，那麼沒有哪件事物會顯得比以往更大，但若是讓一種東西維持不變，那麼其他放大之物就會因此顯得更為巨大。如果我們能理解尺寸、距離、空間等都是相對概念的話，就不難理解太空人所面對的一切並不會比顯微鏡底下所看到的事物更為宏大。或許在超越我們理解範圍之外，宇宙根本就是原子的一小部分，這個原子又漂浮在某種動物生命之流當中。那些聚居在我們血細胞裡的微生物，若是仔細想想彼此之間那不可思議的距離，應該也會嚇得目瞪口呆吧。

喜鵲
magpie
名詞

性喜盜竊的鳥類，也因此有人認為喜鵲或許能夠學會說話呢。

少女
maiden
名詞

不被分類在女流之輩的年輕女性。她們無可理解的行為和觀點常常遭致他人犯罪。少女的分布地域極廣，幾乎無處不在，而且時常掛著憂傷的神色。儘管就美貌而言，少女難及彩虹，歌聲也無法與金絲雀相比，更何況金絲雀還比較沒有體重問題；不過並非所有少女都其貌不揚，當中也有人擅長彈奏鋼琴或思考，因此大大降低了厭惡感。

一名少女因失戀黯然神傷，
她坐在那裡輕唱甜蜜的哀歌，
「噢，我無法不去想那個足球隊球星，
他的肌肉賁張，還是球隊隊長！
他那吸引人的模樣，簡直是球場之王！
啊，我真的寂寞難敵！」
—— Opoline Jones

陛下
majesty
名詞

對國家與國王的稱號，此人受到大師、大臣、重要官員、帝國獨裁者以及尊貴的美國共和黨員一致的鄙視。

雄性
male
名詞

較常被忽略且微不足道的性別。在女人的眼裡，人類的雄性就是男人。而男人分為兩大類：好的養家者與壞的養家者。

作惡者
malefactor
名詞

人類進步的主要因素。

**馬爾薩斯
理論的**
Malthusian
形容詞

有關馬爾薩斯（Malthus）和其理論的一切。他深信可以使用人為方法節制人口數量，但必須真的付諸實行。最能執行馬爾薩斯理論的應該是猶太希律王（Herod of Judea），其他該論派的著名學者都不過是出張嘴而已。

哺乳動物
mammalia
複數名詞

脊椎動物，其雌性具有可哺育幼體的乳房，不過當此類動物進入文明社會後，就會把哺乳的工作交給護理師或是奶瓶。

財神
mammon
名詞

世界上最重要的宗教之神,其教派總部位於紐約市。

他發誓世界上所有的宗教都是垃圾,
唯有財神值得頂禮跪拜。
—— Jared Oopf

人類;男人
man
名詞

一種時常陷於妄想的小動物,誤以為自己無所不能卻老是忽略自己應當擔負的責任。人類最大的功用在於滅絕其他物種與人類自身,可惜的是,他們仍舊氣勢如虹地在加拿大以及其他可居住的區域大量繁衍後代。

混沌初開,人類新造,
萬事萬物極其美好。
上帝未曾劃分階級,
君王、祭司與農民平起平坐,
如今已不復聽聞。
然則,此共和國一枝獨秀,
保存美好舊制,萬民皆為領袖,
哪管衣衫蔽舊、饑寒顛踣。
黎民百姓皆能抒發己見,
擁護所屬黨派推舉之暴君。
某君不願投票,乃遭眾人唾棄。
愛國之士以松焦油塗抹其身,
於其前胸後背黏覆羽毛[2],
以示羞辱、以儆效尤。
群眾高呼:「汝應投票,選賢與能!」
他謙卑鞠躬,解釋自身罪惡行徑:
「諸位愛國之心,赤誠感天。
我本樂意投票,無奈棟樑之材未曾參選。」
—— Apperton Duke

---

2 過去西方世界用以懲罰女巫的刑術。

魔鬼辭典

鬃毛
manes
名詞

希臘與羅馬人屍身永存的部分。它們在所依附的肉體被埋葬或焚化以前總是鬱悶不樂,入土後好像也無能感到幸福。

善惡對立說
manicheism
名詞

古代波斯人的教條,認為善惡彼此長期鬥爭。當善落敗之後,波斯人便加入惡的一方。

瑪那
manna
名詞

可以在以色列曠野覓得的食物。當上帝不再賜予瑪那時,以色列人便定居下來以務農為生,並通常會以該地原住民的屍身當作肥料。

婚姻
marriage
名詞

一種社會團體,包含一位男主人與一位女主人,兩人皆是深陷其中的奴隸。

烈士
martyr
名詞

沒有那麼懼怕迎向死亡的人。

物質的
material
形容詞

確實存在的,與想像中存在的物質有所不同。

> 只有我知道、感覺到或看到的才是物質,
> 其他都為無形之物。
> —— Jamrach Holobom

陵墓
mausoleum
名詞

有錢人所能做的最後一件蠢事。

美乃滋
mayonnaise
名詞
| 法國人視為國教的東西。

我
me
I 的受格
| 「我」這個字在英文中有三種型態,一為支配型態、一為令人反感型態、一為受壓迫型態。一般情況下三位會結合為一體。

漫步
meander
名詞
| 以毫無目的的隨意方式前行。該詞源於特洛伊城外南邊約 150 呎的一條河流,該河道苦苦掙扎、左彎右拐,以免聽見希臘人與特洛伊人大聲吹噓自己的能耐。

勳章
medal
名詞
| 一個小小的圓形金屬片,用來獎勵某人的美德、功績或貢獻。

據有關報導,比斯馬克先生之前因為英勇救助溺水的人,而獲頒一枚獎章。當人們問他為什麼有那枚獎章時,他說:「我也曾經救過幾條人命。」
這意思是,他有時見死不救啊。

藥物
medicine
名詞
| 沿著包厘街(Bowery)丟出的石頭,期望打死百老匯街(Broadway)的一條狗。

魔鬼辭典

溫順
meekness
名詞

以異乎尋常的耐心預謀復仇。

> M代表殺死了許多埃及人的摩西。
> 摩西的溫順，像玫瑰花朵一般甜蜜。
> 他死後沒有留下任何功績，
> 但M代表殺死了許多埃及人的摩西。
> ——《字母表傳記》（*The Biographical Alphabet*）

海泡石
meerschaum
名詞

（海泡的字面意思為大海的泡沫，很多人卻以為這是一種材質。）一種白色的黏土，便於染色，並且能製成菸斗，廣受藍領階級的歡迎。不過製造商始終沒透露到底為什麼要把海泡石菸斗漆成咖啡色的。

> 曾經有個男孩（你可能已經聽過這傷心的故事），
> 買了一個海泡石菸斗，說要把它抽成焦褐色。
> 他成天待在家裡，不和任何人來往。
> 他成天抽著菸，吞雲吐霧，不問他事。
> 他的狗在院子裡哀號，後來在蕭索冷風中過世。
> 雜草在門前叢生，貓頭鷹在屋頂上築巢入夜。
> 「他已經出了遠門，不會再回來了。」
> 鄰居難過地說道。
> 他們最後破門而入，想趁機取財。
> 那叼著菸斗的男孩，已經死去。
> 他的臉和四肢都染上焦褐色。
> 「多麼美麗的雪白菸斗，」他們說，
> 「那煙卻把他燻成這番德性。」
> 這故事有著小小的寓意，我想你一眼就看得明白。
> 不要過度沉迷任何事物，否則你將輸得一乾二淨。
> —— Martin Bulstrode

愛撒謊的
mendacious
形容詞

過度沉溺於修辭的人。

商人
merchant
名詞

從事商業活動的人。不過他所追求的一切就是錢而已。

仁慈
mercy
名詞

行跡敗露的罪犯所渴望被施予的美德。

醫學催眠術
mesmerism
名詞

比催眠術（hypnotism）聽起來更好聽也比較不會令人起疑的同義詞。

大城市
metropolis
名詞

地方主義的重鎮。

千禧年
millennium
名詞

一千年。屆時所有的改革者都會被釋放出來。

心
mind
名詞

和大腦有關的一種神祕物質。心的主要功能就是搞清楚自己的性質，只可惜從未成功過，因為它無法以任何自身以外的東西來了解自身。有一個誠實的鞋商不知道「mens」意味著頭腦，他看見對街的競爭對手掛了一塊招牌寫著「mens conscia recti」（意指坦誠、無愧的心或頭腦），便有樣學樣地在自家門前掛了塊牌子，上面寫著「mens women's and children's conscia recti」（語意：男人的、女人的和孩子的是非全都知道。）

我的
mine
形容詞

我能取得的一切都是我的。

公使
minister
名詞

擁有極高權力與極少責任的官員。在外交方面，派居國外的公使體現的正是掌權者的敵意。一個人必須懂得花言巧語才能擔當公使，就不誠實的程度而言，他僅次於大使。

小的
minor
形容詞

較不惹人厭的。

吟遊詩人
minstrel
名詞

以前專指詩人、歌者或音樂家，現在則指有著難堪膚色以及可怕幽默感的黑人。

奇蹟
miracle
名詞

偏離常規、無法解釋的行動或事件。比方說在玩撲克牌時，手中握有四張國王和一張 A 的人打敗了握有四張 A 和一張國王的人。

惡棍
miscreant
名詞

最沒有生存價值的人。以詞源學看來，專指什麼都不相信的人，而該詞目前的意義可說是神學對英語發展所做出的最高貴的貢獻。

輕罪
misdemeanor
名詞

輕微觸犯法律，和職業罪犯相比實在不值一提，也無緣進入犯罪者地下社會。

他想用一點小犯罪打入罪犯的祕密集社，
他看起來態度自然大方，別人卻對他興趣缺缺。
工業鉅子毫無心思理會他，
金融巨賈完全沒把他放在眼裡，
而鐵路大亨甚至嘲笑他的地位低微。
他搶了一間銀行，希望人們對他刮目相看，
但他們仍然將他視為拒絕往來戶，只因他遭到逮捕。
—— S.V. Hanipur

短劍
misericorde
名詞

中世紀戰爭時所使用的匕首，士兵用此提醒沒有騎馬的騎士們，生命確實短暫。

不幸
misfortune
名詞

絕對會準時到來的報應。

小姐
miss
名詞

用來貼在未婚女性身上的標籤，意味著有待出售。小姐、夫人（**Mrs.**）和先生（**Mr.**）是英語中最難聽而且最沒有意義的三個詞。

分子
molecule
名詞

構成物質的一種不可分解的基本單位,它和另一種同樣不可分解的構成物質粒子(corpuscle)不同,而與另一種同類物質原子(atom)更為相似。關於宇宙結構的三大理論分別為分子論、粒子論和原子論。第四種理論的代表人物恩斯特‧海克爾(Ernst Haeckel)則認為物質是由以太(ether)所沉澱而成,而以太的存在也可經由凝聚與沉澱作用獲得反證。目前科學界正朝離子論(ions)發展;離子和分子、粒子與原子都不同,因為它是離子。第五派學說的掌門人則是一群笨蛋,不過他們的愚昧程度或許和前面四派人馬不相上下。

單子
monad
名詞

構成物質的一種不可分解的物質(請見「分子」一詞)。根據萊布尼茲(Leibnitz)相當淺顯易懂的理論來看,單子有形體卻沒有體積,有頭腦但自制不願意大放厥詞,可見萊布尼茲透過思想的內在力量理解單子。他把龐大的宇宙論擠壓在單子身上,對此單子毫無怨言,因為它是個紳士。雖說單子體積微小,卻擁有成為一流德國哲學家的潛能與智慧,真是個短小精悍的傢伙啊。我們不能把單子和桿菌一類的微生物混為一談,畢竟高倍顯微鏡無法觀察到單子,這說明了單子屬於完全不同的分類。

君主
monarch
名詞

一個擁有統治地位的人。從前君主握有生殺予奪的大權,而且很多人民也都領教過君主的暴行了。在俄國與東方,君主仍舊在公共事務以及砍人頭一事上具有極大的影響力,不過在西歐,君主將此類事務轉託給各部長,卻煩惱著自己是否有可能人頭不保之類的情況。

君主制政府
monarchical
government
名詞

與「政府」同義。

星期一
Monday
名詞

在基督教國家裡，星期一就是棒球比賽結束後的那一天。

錢
money
名詞

只有在與之告別時才會得到的一種祝福。金錢有時是文明社會的文化表徵，也是進入上流社會的入場券。

猴子
monkey
名詞

一種生活在樹上的動物，牠在動物進化系譜樹（genealogical trees）上來去自如。

單音節的
monosyllabic
形容詞

以一個音節構成的詞語。文學侏儒們向來嗜好創造無意義的單音節短詞，並且發出咯咯笑聲。單音節短詞與薩克遜人（Saxon）大有關聯，此類野蠻人總是創造出意義單薄的字眼，除了表達最基本的人類情感以外，根本是個內涵黑洞。

　　以薩克遜語書寫的人，
　　多半善用斧。
　　—— Judibras

閣下
monsignor
名詞

對基督教高層教士的一種稱呼。基督教創始人似乎過分高估了此詞所代表的相關利益。

紀念碑
monument
名詞

一種建造物,用來紀念沒有必要紀念或沒法紀念的人事物。

> 人們圍觀阿伽門農王的骨灰,
> 因為他的紀念碑早已被荒草湮滅。

不過,阿伽門農王的榮光並沒有因而消減。豎立紀念碑的習俗自有其歸謬法[3],對於那些無法在人世間留下任何痕跡的人,我們習慣使用紀念碑來維持人們對他們的記憶。

道德的
moral
形容詞

與該地變化無常的道德標準保持一致的態度。合乎該道德限制的人通常都有利可圖。

> 據說在遙遠的東方有座巨大的山脈,在山脈的一側某些事情被視為不道德的,在另一側卻被認為合乎道德。因此住在山頂的居民往往依照當天心情走向山的兩側,為所欲為,卻不會違反道德。
> ——《賈克的沉思》(*Gooke's Meditations*)

更多的
more
形容詞

原本已經太多了,卻還嫌不夠。

---

[3] 編注:一種論證方式,首先假設某命題成立,然後推理出與事實矛盾或荒謬難以接受的結果,從而下結論說某命題不成立。

老鼠
mouse
名詞

總會依著昏倒女性的足跡前進的動物。就像在古羅馬時期，人們將基督教徒關進獅子牢籠裡一樣，數世紀以前，在世界上最古老而知名的城市奧塔姆威（Otumwee），人們將女性異教徒丟進老鼠籠。奧塔姆威城唯一一位將著作流傳後世的歷史學者賈克克·諾特普（Jakak-Zotp）表示，這些烈士死前苦苦掙扎，淒涼過世。諾特普心懷惡意，甚至企圖為老鼠開脫，他認為有些不幸的女性是因為筋疲力竭而死、有些則是營養不良或是受到老鼠驚嚇導致追趕跌落而死。他宣稱老鼠喜愛逗弄這些女性，並相當鎮定地追逐著她們。

不過，俗話說：「羅馬歷史有九成都建築在謊言之上。」因此我們恐怕也不該太過輕信如此仇視可憐女性的民族歷史學家，畢竟有著陰險心機的人往往謊言連篇。

鳥銃手
mousquetaire
名詞

紐澤西地區流行的一種長袖套，不過也有可能是對火銃手比較粗俗的稱呼方式。

口
mouth
名詞

可以通往男人靈魂的通道，對女人來說，則是心的出口。

超然派
mugwump
名詞

在政治領域裡專指為自尊心所苦，沉湎於獨立自主之惡的人。該詞帶有輕蔑之意。

黑白混血兒
mulatto
名詞

兩個種族結合而生的小孩，通常黑白混血兒對雙方種族都感到恥辱。

魔鬼辭典

群眾
multitude
名詞

一大群人;政治智慧與美德的泉源。在共和國制度底下,他們正是政治家效忠的對象。俗話說得好:「謀士多,則事成。」假如多位具有同等程度智慧的人加在一起足以勝過任何單一個體的智慧,那就代表他們只需要共同合作,就足以成事的謀略。何以見得呢?以下的事實可以說明這個結論——群山的山脈顯然比作為組成的所有單一山峰都來得的高聳入雲。當一群人結合時,如果他們遵從其中最有智慧的成員,那麼所有人都會與他同等聰明;假如眾人違背他的意念,則表示該群體或許連所有成員中最愚蠢的那個人都不如。

木乃伊
mummy
名詞

古埃及人的一種,曾經被古文明視作藥物,現在則成為繪畫顏料。木乃伊也滿實用的,他能滿足博物館遊客的獵奇心態,這種奇異的好奇心只為高階動物人類所獨有。

> 據說人類正是使用木乃伊,
> 向諸神展示自己對死者的敬意。
> 我們劫掠木乃伊的墳墓,管他是惡棍或聖徒,
> 我們從他們的遺體提煉藥物,還用之製成繪畫顏料,
> 將木乃伊磨成細碎的粉末。
> 我們展示木乃伊的軀體,以獲得博物館入場費用。
> 他皺縮的遺骸多麼奇特,圍觀的人們毫不感到可恥。
> 諸神啊,請祢以韻詩告訴我們,
> 死者也有保存期限嗎?
> —— Scopas Brune

野馬
mustang
名詞

馳騁在美國西部平原,難以馴服的小獸。以英國社會來說,英國貴族的美國妻子也可稱為野馬。

| **密爾彌冬**
Myrmidon
名詞 | 阿基里斯（Achilles）的忠實部下，特別是那些在阿基里斯下位後追隨他的人。 |

| **神話**
mythology
名詞 | 原始民族關於其起源、早期歷史、英雄與神祇的所有信仰傳說，與後來所創造的歷史事實不大相同。 |

N

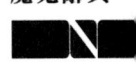

瓊漿
nectar
名詞

諸神在奧林匹斯山上飲用的美酒，其製作祕方現已失傳。但是現代的肯塔基人認為自己早已參透了其成分。

> 朱庇特大神喝下瓊漿，卻沒得到滿足，
> 於是祂又喝了點黑麥威士忌，
> 結果才一杯下肚就不省人事。
> ——J.G

黑鬼
negro
名詞

美國政治領域裡相當棘手的問題。共和黨員提出公式讓 n（黑鬼）= 白人，不過這等式得到的答案顯然並不讓所有人滿意。

鄰居
neighbor
名詞

奉主之命我們應當像愛自己一樣去愛的人，可是對方所做的一切都讓我們想違背神意。

裙帶關係
nepotism
名詞

為了符合黨的最高利益，讓自己的奶奶擔任要職。

牛頓學說的
Newtonian
形容詞

遵從牛頓所創立的宇宙理論。牛頓本人目睹一顆蘋果從樹上掉落，卻不知如何解釋其因果；但他的後繼者與弟子已經能推斷出蘋果落地的時間了。

虛無主義者
nihilist
名詞
除了托爾斯泰（Tolstoi）以外一概不信的俄羅斯人。托爾斯泰正是虛無主義的掌門人。

涅槃
nirvana
名詞
在佛教信仰中，賞賜給智者的一種快樂無比的死亡方式，但僅限那些能夠理解箇中真義的人。

貴族
nobleman
名詞
某些富有的美國人極度渴望享有的獨特社會階級，以及所屬的煩悶生活，因此上帝為他們創造了貴族。

噪音
noise
名詞
耳朵所能感知的惡臭；缺乏文明的聲響。同時為文明的主要產出物，也是鑑定文明的標誌。

提名
nominate
動詞
透過指派獲得豐厚的政治資產，讓指派人承擔反對派的污衊與唾沫。

被提名者
nominee
名詞
在私人生活被逐步限縮的情況下努力尋求公部門職位榮耀的謙卑男人。

非戰鬥人員
non-combatant
名詞
已去世的貴格派[1]成員。

---

1 基督教新教的一個派別。

胡說
nonsense
名詞

對本辭典的一切議論都是胡說。

鼻子
nose
名詞

臉部最前延的部位。古往今來，偉大征服者的鼻子都相當巨大。因此，幽默感無人能敵的傑特雅思（Getius）就曾說：「鼻子是殺戮的器官。」觀察者們發現，鼻子唯有在涉入他人事務時才顯得特別愉悅，因此有些醫學家推論，鼻子是沒有嗅覺功能的。

> 有個大鼻子男人四處走動，
> 每當他一接近，人們就逃之夭夭並且大聲喊道：
> 「誰有綿花讓我塞耳朵？他老愛把鼻子伸進別人的私領域啊！」
> 律師申請禁令，法官回答：
> 「否決！被告的臆測已經超越本法庭所管轄的範圍。」
> —— Arpad Singiny

惡名
notoriety
名詞

與人競爭公眾名聲後所獲得的聲譽。惡名是平庸之輩最容易獲得的名聲，是通往媚眾舞台的「雅各的梯子」（Jacob's-ladder），天使在此梯間上下穿梭[2]。

本體
noumenon
名詞

相較於有著模糊狀態的現象而言，本體為確實存在之物。要指認出本體確切的位置實屬困難，我們只能通過邏輯推理加以認識，儘管推理也是一種現象。如同路威斯（Lewes）所言，本體的發現與詮釋「為哲學開闢了無限廣闊的可能境界」。因此，我們應當讚嘆本體！

2 編注：典出聖經〈創世紀〉。

小說
novel
名詞

被延伸的短故事。小說和文學的關係好比全景圖藝術，由於故事太長無法一口氣讀完，因此製造了一個又一個的片段印象，讓讀者在一次次閱讀中一一遺忘。對小說而言，要達到非常全面的藝術感受幾乎是不可能的，畢竟讀者根本只能記得剛剛閱讀完的幾面內容。浪漫故事之於小說，則好比攝影之於繪畫。

小說的獨特之處在於其或然率，這點和攝影生硬的結果論完全不同，也因此呈現出獨特的視野。浪漫故事的作者往往滿懷想像，任文字穿梭於現實之外。而文學的三大要素正是想像、想像與想像。除了俄羅斯以外，小說的藝術可以說已經死亡；願小說的骨灰安息，有些小說的骨灰竟然還挺沉的呢。

十一月
November
名詞

進入疲憊的第十一個階段。

O

誓言
oath
名詞

在法庭上宣誓若作偽證將接受懲罰，以此企求對良心造成約束力。

遺忘
oblivion
名詞

當邪惡之人放棄掙扎，而厭倦之人也得到安息的情景；這是名氣最終的堆棄處，收藏偉大希望的地方；具有企圖心的創作者拋下傲慢面對自身作品，並且謙卑面對其他更優秀作品的時候。抑或是，沒有鬧鐘的大學宿舍。

天文台
observatory
名詞

天文學家用自己的假設推翻前人猜測的地方。

被蠱惑
obsessed
過去分詞

發狂的豬以及某些評論家所表現出的靈魂出竅狀態。在過去，過度著迷的情況似乎比今日普遍。阿拉斯特斯（Arasthus）曾經說過一名農夫在一周內每天被不同魔鬼蠱惑的故事，而到了周日，更有兩個魔鬼附於其身。許多人目睹這些魔鬼，他們遂行於農夫身邊的黑影裡，直到村裡的公證牧師將魔鬼驅逐。不過，魔鬼們也將農夫帶走，自此消失無蹤。曾經有個惡魔被萊斯（Rheims）大主教從一個女人身上驅趕出來，魔鬼在大街上流竄逃亡，後頭有將近一百名追兵，當它離開街區逃跑至郊區一帶，它猛地一跳，越過教堂尖塔，變成一隻飛鳥倉促離去。克倫威爾（Cromwell）軍隊的隨行牧師曾經為一

士兵驅魔，他的方法是將受蠱惑的士兵投進水裡，結果魔鬼浮出了水面；不幸的是，士兵並沒有浮出水面。

廢棄的
obsolete
形容詞

膽小的人不再使用之物。通常指稱口語中無人使用的陳舊字詞。每當辭典編纂者將某字詞認定為被「廢棄的」，部分愚蠢的作家就會排斥、抗拒該字詞，不過假若該詞字義完好且沒有當代新詞彙足以取代，那麼好的作家理當用之。事實上，一個作家對待廢棄字詞的態度才是衡量其文學造詣最可靠的方法，僅次於他對作品中角色的刻畫塑造。一本收集廢用字詞的辭典，不但包含了大量優美而富有表現力的創作材料，還能全面擴展才華洋溢的作家的詞彙力，即便他們本身或許算不上是聰慧的讀者。

固執的
obstinate
形容詞

在別人大力鼓吹與壓力之下仍舊無法相信事實的傢伙。

最典型的固執人格莫屬驢子，牠是所有動物中最具智慧的。

偶然的；
特殊情況的
occasional
形容詞

以無法預測的頻率折磨我們的狀況。不過，此字用在「應景詩」（occasional verses）一詞時，則代表了特殊場合如周年紀念、慶祝會或大型活動。雖然這種應景詩確實也挺折磨人的，不過這裡的「應景」（occasional）並非指在時間上發生的頻率。

西方
occident
名詞

位於東方以西的世界，以基督教徒為主，該族群是勢力龐大的偽善者，以謊言與謀殺為中心思想，並以「戰爭」或「商業」之名行之。這也是東方最重要的兩大行業。

魔鬼辭典

海洋
ocean
名詞

地球約有三分之二的領域為水域,而生活於地球的人類卻是沒有鰓的。

有攻擊性的
offensive
形容詞

當軍隊攻向敵軍時,所製造出的令人排拒的氣氛。

「敵方的戰術攻擊性強嗎?」國王問。
「滿有攻擊性的啊!」落敗的將軍回答。
「那些糟糕的傢伙都躲在掩體裡不肯現身!」

老的;
過時的
old
形容詞

當你與一般人的無能格格不入,就代表你老了。因時間流逝而失去榮景並讓多數人感到不舒服,就是過時,好比一本舊書。

「老書?見鬼去吧。」戈比說。
「書應該像麵包一樣天天出爐。」
大自然似乎贊同他的說法,
三不五時就推出一個全新的笨蛋。
—— Harley Shum

圓滑的
oleaginous
形容詞

油滑的、滑頭的。以色列人曾經描述威爾伯佛斯主教（Bishop Wilberforce）是「油膩、肥胖又滑不溜丟的人」。之後威爾伯佛斯主教被稱為「滑溜山姆」。我相信只要用心尋找,幾乎所有人都可以在辭典裡找到一個詞彙去形容敵手,教對方難以擺脫。

奧林匹亞的
olympian
形容詞

與色薩利（Thessaly）區域的一座聖山有關的。此地曾是諸神棲身之地,現在則堆滿發黃的報紙、啤酒罐與沙丁魚罐頭,遊客們的品味可說是不證自明。

217

> 傻笑的遊客們在米諾瓦神廟牆壁上塗鴉名字,
> 那可是奧林匹亞的宙斯呼喚雷霆之處。
> 遊客們污辱了神的品味。
> —— Averil Joop

預兆
omen
名詞

假如現在沒有發生任何事,那麼未來一定會有事發生的感覺。

一次
once
副詞

很夠了。

歌劇
opera
名詞

於另一個世界表現生活的戲劇,人們無法開口言說,只能歌唱;他們沒有任何情緒只有手勢,沒有人的姿態輪廓卻僅有態度。所有的表演都是模仿(simulation),其詞源是「simia」,即猿猴。而對歌劇演員來說,最好的學習對象正是不停嚎叫的大猩猩。

> 普通演員至少會模仿在外貌上與人相似的對象,
> 但歌劇表演者卻效仿黑猩猩。

鴉片
opiate
名詞

通往犯罪者路徑的大門;將你送往監獄的推手。

機會
opportunity
名詞

讓你一嚐失望感覺的機運。

魔鬼辭典

反對
oppose
動詞

用異議與障礙援助他者。

> 大概全世界只有他認為，性是相當崇高的舉動！
> 但是，老愛裝模作樣的男人啊！
> 別忘了，陳義過高只有死路一條。
> —— Percy P. Orminder

反對黨
opposition
名詞

在政治領域中防止政府硬幹的政黨，其手段就是讓政府凋零瓦解。

葛亞加倫國王曾赴海外留學學習政治之術，他選派一百位重量級的大臣作為國會議員，讓他們制定法律，徵收稅款。他把其中四十名大臣封為反對黨，同時命令首相協助他們履行職責，也就是反對國王的所有議案；然而，第一項法案獲得一致支持而通過。國王相當火大，他否定了國會的決定，同時警告反對黨，假如他們下次再不履行反對黨的職務，就會被砍下腦袋作為固執行事的代價。結果四十位大臣立刻切腹自殺了。

「現在我們該怎麼做呢？」國王問道，「沒有了反對黨，要怎麼建立民主呢？」

「睿智的國王啊，」首相回答說，「這些可惡的暗夜之犬完全沒有負起責任，不過事情也沒到無可救藥的地步。就讓蛆蟲代替他們行使責任好了。」

後來，首相命人將反對黨成員的屍體進行防腐處理，並且以稻草填充他們的屍身，接著將所有屍體放回席位上，再用釘子牢牢釘穩四肢。從此以後，每當審理法案時，都會有四十張反對票登記唱名，國家也因此壯大了起來。然而有一天，一項針對長肉瘤的人所徵收的肉瘤稅法案沒有通過，而投反對票的竟然是那些非反對黨的國會議員！這件事徹底激怒了葛亞加倫國王，結果，首相被處以死刑，軍隊入侵國會，並將國會夷為平地，而該國民有、民治、民享的政府也就此走向滅亡。

樂觀主義

optimism

名詞

認為所有事物都相當美好、所有壞事皆可看作好事，完全忽視真相實際上十分醜惡的信念。那些活在災厄之中的人總是抱持著樂觀主義，他們模仿所謂的微笑，齜牙咧嘴地展示自己堅定的信念。由於想法太過盲目，因此根本難以辯駁，這種心智錯亂唯有瀕臨死亡的時刻才能加以平息。這種毛病有遺傳性，但好在不具有傳染性。

樂觀主義者

optimist

名詞

堅信「黑就是白」的說法的人。

一個悲觀主義者請求上帝緩解他的痛苦。
「噢，你希望我恢復你的快樂與希望。」上帝問道。
「不，」悲觀主義者回答說，
「我只希望你創造出能證明快樂與希望是有意義的東西。」
「世界早已存在於此，」上帝說，
「但你必須仔細觀察，那些樂觀主義者也是會死的。」

講演術

oratory

名詞

運用言語與行動獲得信任的陰謀；讓暴君看起來較為溫和的化妝術。

孤兒

orphan

名詞

一個仍然活著卻被死亡剝奪善盡孝道的機會的人，這種悲劇若再伴隨些許感人的故事，就會讓所有人心中油然升起關愛之情。孤兒年幼時多半會被送進教養院，並且被教導學習理解自己悲慘的處境；他們在長大之後通常會擁有過度依賴與卑微的個性，並選擇以擦鞋匠或女僕為業，開始恣意竊奪他人的財物。

正統派

orthodox

名詞

穿戴著流行宗教之軛的牛。

表音法
orthography
名詞

用眼睛而非耳朵拼音的科學。管理瘋人院的人滿腔熱血但毫無智慧地傳授這門科學,並希望精神病患習得此術。自喬叟(Chaucer)[1]以來,瘋人院的管理者已經被迫改正態度,不過他們仍舊相當堅持己見,冥頑不靈。

> 拼字改革者在法庭上遭受指控,
> 法官說:「夠了——我們已經受夠你的折磨,
> 你可安心入墳。」

鴕鳥
ostrich
名詞

這是一種大鳥,因為本身的原罪,大自然沒有賦予牠第五個腳趾,而充滿熱誠的自然學者則從這缺陷中看出大自然的偉大匠心。鴕鳥的翅膀不具飛行功能,而博物學者們更坦率地指出,反正牠們也沒有飛行的必要。

否則
otherwise
副詞

表示「也不可能更好了」的意思。

結果
outcome
名詞

某種特定型態的失望。有些人自以為行動背後的智慧只能由其結果來決定,這真是蠢到無以復加的看法。事實上,行動背後的智慧端視行動者採取行動時的見識而定。

超越
outdo
及物動詞

製造敵人的方法。

---

[1] 編注:14世紀的英國詩人,其所處的時代使用的中古英語(1150-1500年)和古典英語(450-1150年)相比,在讀音、拼音、詞彙和文法都有很大的變革。

露天

out-of-doors

名詞

政府無法徵稅的天然環境。主要目的在於啟發詩人的靈感。

> 有一天我爬上山巔，為了觀看夕陽閃耀，然後，
> 當我看著太陽緩緩飄移時突然想到了絕妙的故事。
> 故事主角是一個老人和他的驢子，
> 驢子馱著老人走了千里，終於筋疲力竭摔倒在路途，
> 於是換成老人背著驢子前行。
> 月光緩緩灑落山頭，莊嚴地高掛東邊的山丘之上。
> 那巨大的銀月皎潔明亮，就像初次登場般閃亮。
>
> 接著我想到了一個笑話（笑到我眼淚直流），
> 有個懶女人在教堂門口閒晃，
> 為了要一睹剛結婚的新娘，
> 事實上，她正是婚禮的主角啊。
>
> 在詩人的眼裡大自然美妙無比，
> 能孕育出各式各樣的情感與想法。
> 我為那些無知無覺的傻瓜感到可惜，
> 他們永不理解大地、天空和海洋。
> —— Stromboli Smith

喝采

ovation

名詞

古代羅馬為歡迎重創敵軍的戰時英雄所舉辦的官方儀式，僅次於凱旋典禮。現代英語濫用了該詞，以為當任何人因衝動而對眼前人物表達敬意時，都可稱之為喝采。

> 「觀眾們熱烈喝采呢！」
> 男演員說道，不過我覺得他的說法很怪。
> 難道他認為單憑耳朵就能知道觀眾或評論家的想法嗎？
> 這個詞奇妙的拉丁字源，
> 更讓他的說法聽起來相當荒唐；
> 畢竟 ovum 一詞，意味著卵子。
> —— Dudley Spink

暴飲暴食
overeat
動詞

與「吃飯」同義。

> 嗨！美食家，縱慾無度的代表人物，
> 你豪氣爆食，卻毫髮無傷！
> 你能吞下眼前所有食物，
> 就證明了人類絕對勝過野獸。
> —— John Boop

過勞
overwork
名詞

那些一心想去釣魚的政府高官常常染上的疾病。

欠
owe
動詞

欠債、負債。這個字原本指的並非負債，而是所有權；「欠」（owe）其實和「擁有」（own）同義。對許多負債者來說，他們根本就分不清楚自己的資產與債務。

牡蠣
oyster
名詞

一種滑溜具黏性的水生貝類。男人們時常自以為很懂得生吞牡蠣，連內臟都下肚！而牡蠣殼則常常被分送給窮人。

P

疼痛
pain
名詞

因為肉體的損傷或是某種心理因素，好比目睹他人的好運，而產生的不適感。

繪畫
painting
名詞

保護平坦紙板或木板不受風雨侵襲的藝術，並將之展現給評論者觀看。從前，繪畫與雕刻時常在作品裡合而為一，古代人總是將雕像塗抹上各式顏料。現在唯有在畫家敲詐（chisels）[1] 贊助者時，我們才能欣賞繪畫與雕塑結合的瞬間。

宮殿
palace
名詞

重要官員擁有的昂貴華麗住宅。基督教大主教等高級神職人員的宅邸就是相當富麗堂皇的豪宅，相比之下，基督教創始者的棲身之地不過是田野或路邊，這麼一想，社會真的是進步了。

棕櫚樹；手掌
palm
名詞

一種變種繁多的樹，其中最常見也最吸睛的就是「渴望的棕櫚」（itching palm，有手癢之意）。「渴望的棕櫚」是一種高貴的植物，並能分泌肉眼不可見的神奇樹膠，當黃金或銀碰上「渴望的棕櫚」時，就再也無法分離。「渴望的棕櫚」結出的果實相當苦澀難吃，因此人們時常以行善之名將其果實分送給他人。

---

[1] 此字有敲打、敲詐等多重意涵。

魔鬼辭典

手相術
palmistry
名詞

根據敏堡邵（Mimbleshaw）的說法，手相術是騙取人們錢財的第九百四十七種方法，其實際做法是從對方彎曲的手掌紋路上判斷他的個性和命運。其實手相術並不全然是無稽之談，掌心的每條紋路都暗示著「詐騙」（dupe）。而要完成騙術的方式就是保持低調囉。

閻王殿
pande-
monium
名詞

以字面意思解釋，就是惡魔居住的地方。多數的魔鬼早已逃往金融或政治界，因此閻王殿目前充當演講廳讓改革者口沫橫飛地暢談。當他在大廳裡振振有詞時，從前那些魔鬼的回音總會出聲附和，讓改革者志得意滿，深信自己的觀點非凡。

馬褲
pantaloons
名詞

文明世界的成年男子穿在下身的一種服裝。馬褲外形為管狀，並且沒有任何折縫。據說馬褲的發明者相當幽默，知識分子稱之為長褲（trousers），而愚昧之輩則稱之為褲子（pants）。

泛神論
pantheism
名詞

主張「萬事萬物都是上帝」的觀點，與「上帝為萬事萬物」的說法恰巧相反。

啞劇
pantomime
名詞

避免語言暴力的戲劇敘事方式。這是所有戲劇表演中最不讓人厭煩的一種。

原諒

pardon
動詞

免除處罰,讓罪行獲得新的生命。忘恩負義之感往往更增添了犯罪的樂趣。

護照

passport
名詞

惡意強加給旅外公民的證件,藉此讓他作為一個外國人遭受冷淡的對待與忿恨。

過去

past
名詞

永恆時間的一小部分,我們對其所知甚少而且常常感到後悔不已。一條名為「現在」的不停移動的線區隔了過去與想像中的時間分隔,即「未來」。過去和未來這兩大時間段落彼此互相影響,卻又完全無涉。通常過去代表了悲傷、失望,而未來則照耀著歡樂與成功;過去充滿了淚水,而未來則滿溢著歡唱之聲。記憶蜷曲在過去的角落潦倒不堪,滿是塵埃,並默默低語懺悔;而在未來的明亮陽光下,希望之鳥展翅鵬飛,在迎向成功與安寧的處所歡唱。不過,過去正是昨日的未來,未來則是明日的過去,兩者同為知識與夢幻。

消遣

pastime
名詞

助長沮喪之情的手段。用以鍛鍊心智脆弱者的優雅方式。

耐心

patience
名詞

一種輕微的絕望,並常偽裝成某種美德。

愛國者

patriot
名詞

認為特定人士的利益高於整體利益的人;政客與霸權者玩弄與利用的對象。

魔鬼辭典

愛國主義
patriotism
名詞

任何希望自己名聲顯赫的人，都會點火燃燒的可燃性垃圾。在強森博士（Dr.Johnson）的辭典裡，愛國主義被定義為惡棍最終的後盾。帶著對這位開明卻卑賤的辭典編纂者應有的敬意，我斗膽認為愛國主義是惡棍們最強大的法寶。

和平
peace
名詞

在國際事務中，戰火稍歇時短暫互相欺詐的時光。

噢，那是什麼喧鬧聲，讓我的耳朵不能安寧？
那是人們滿懷希望的歡呼，是和平帶來的恐怖。
啊！宇宙的和平，人們苦苦追求它，
甚至願意奉獻全身。
假如他們真的知道該怎麼做，
或許也不用費太多力氣。
他們辛辛苦苦如鼴鼠般日夜思考這個難題。
噢，發發慈悲吧，我向上天祈禱，
拯救他們愛惹事生非的靈魂啊。
—— Ro Amil

行人
pedestrian
名詞

行車道的延伸，專供汽車輾壓。

家譜
pedigree
名詞

從生活在樹上還長著魚鰾的祖先發展到生活在郊區叼著雪茄的後裔，這已知的軌跡都可稱為家譜。

懺悔的
penitent
形容詞

正遭受或等待著懲罰。

227

完美
perfection
名詞

一種想像出來的狀態或特性,因其被稱為「傑出」的要素而異於實際情況;評論家的一種德行。

徒步遊歷的
peripatetic
形容詞

來回走動。與亞里斯多德的哲學有關,當他在闡述時,總是從一處移動到另一處,以免聽見學生們對他的質疑。不過他這麼做實在多此一舉,畢竟他的學生懂得並不比他多。

雄辯
peroration
名詞

名為演說的火箭的升空爆炸。雄辯確實令人目眩神馳,不過對於不想買單的聽眾來說,他關心的還是言談背後的操縱與心機。

毅力
perseverance
名詞

一種低階的美德,平庸之人憑藉它得到無名的成就。

「毅力啊!毅力!」講道者們喊道,
他們日以繼夜堅持不懈。
「別忘了龜兔賽跑的寓言啊,當其中一隻到達終點,那另一隻呢?」
為什麼要這麼問,另一隻沉睡在夢鄉,重新面對人生;
他放鬆身體,忘卻了目標與敵手,
以及長途跋涉的疲憊。
他歇息著,心神在林間徜徉,
這裡無拘無束,沒有狗吠,僅有枝頭露水。
他沉睡著,宛若聖山裡的聖人。
他才是真正在比賽中得勝的人。
—— Sukker Uffro

魔鬼辭典

悲觀主義
pessimism
名詞

樂觀主義用空洞的希望感四處招搖撞騙,臉上掛著令人作嘔的微笑。就在這種令人沮喪的情況下,悲觀主義出現了。

慈善家
philan-
thropist
名詞

通常指某些富有(且禿頭)的老紳士,他們經過了一番自我修練,學會在良心要他們掏腰包時齜牙咧嘴地微笑。

庸人
philistine
名詞

這種人的心智受到他所處環境的箝制,被思想與情感的潮流牽著鼻子走。他或許有點學問,經常過得很順心,儀態整潔,而且總是一本正經。

哲學
philosophy
名詞

很多條路糾結在一起,它們不知來自哪裡,又將通往何方。

鳳凰
phoenix
名詞

現代人對古典火鳥的想像。

留聲機
phonograph
名詞

讓早已死去的噪音重新獲得生命的討人厭玩具。

照片
photograph
名詞

沒受過藝術訓練的太陽任意在相紙上作畫的成果,它的作品比阿帕契人[2]稍好一點,但又略遜夏延人[3]一籌。

---

2 美國原住民部族。
3 北美大平原的印第安人。

顱相學
phrenology
名詞

透過顱骨向人索取小費的伎倆；主要內容是找到和挖出大腦，人正是因為這個器官才容易受騙。

內科醫師
physician
名詞

當我們生病時會把希望寄放在這些人身上，健康時則把我們的狗託付給他。

觀相術
physiognomy
名詞

透過觀察別人的面相與我們的臉之間的異同，來斷定其人格特質的技術。通常我們認為自己的面孔是完美的代表。

> 「觀相術根本是謊言，」那個傻瓜，莎士比亞說，
> 「我們不可能光看臉就能讀出別人的心思。」
> 觀相者看了看莎士比亞的面孔，說：
> 「這個男人的臉上毫無智慧！
> 他明白自己的臉洩漏了一切，
> 只好詆毀我們的藝術，為自己辯護。」
> —— Lavatar Shunk

鋼琴
piano
名詞

一種機器，用來放在大廳裡誘惑臉皮薄的訪客。按壓機器上的琴鍵就能讓聆聽者感到沮喪。

黑人小孩
pickaninny
名詞

年輕的黑人；或美國裔、非洲裔。黑人小孩又瘦又黑，而且毫無政治前途。

畫
picture
名詞

將某種在三維空間令人厭倦的東西用二維空間加以表現。

「看哪,這裡展示著道伯特(Daubert)的畫,栩栩如生。」假使此話當真,那麼那神祕的力量也可以將我帶走嘍。
—— Jali Hane

肉餅
pie
名詞

死神用來讓人消化不良的工具。

冷肉餅足以謀財害命。
——穆克爾醫師(Dr. Mucker)在某英國貴族的葬禮上的致詞

冷肉餅是一種讓人厭惡的美國食物。
正是因為它,我窒息而死,
遠離了親愛的倫敦。
——卡拉馬祖英國貴族的墓誌銘

虔誠
piety
名詞

人們對上帝的敬意,其基礎在於假設「上帝與人是相似的」。

豬玀領受了佈道和使徒書的教誨,
相信豬的上帝有著大咧嘴和鬃毛。
—— Judibras

豬
pig
名詞

這種動物憑其胃口成為人類的好朋友,不過由於眼光狹隘,牠始終只想當一頭豬。

侏儒
Pigmy
名詞

古代旅行者曾在世界各地發現此身材矮小的民族，但是自近代以來，侏儒只見於中非。之所以稱之為侏儒（Pigmy），是為了與塊頭巨大的高加索人（Hogmy）[4]有所區分。

朝聖者
pilgrim
名詞

被嚴肅對待的旅行者。所謂的清教徒先祖（Pilgrim Fathers）於1620年離開歐洲到達北美的麻薩諸塞，因為歐洲人禁止以鼻音歡唱聖歌，他們因此選擇來到北美，並在此隨心所欲地扮演上帝。

頸手枷
pillory
名詞

一種用來摧殘人性的刑具。具有嚴苛美德並過著無可挑剔生活的人所經營的現代報紙，就是以此作為範本。

盜版
piracy
名詞

未經任何愚蠢喬裝的商業行為，保留了上帝創造的原始模樣。

可憐的
pityful
形容詞

我們想像敵人在遇見我們之後的悲慘模樣。

憐憫
pity
名詞

因倖免而產生的失落感，是由對比所激發的。

剽竊
plagiarim
名詞

文學中發生的巧合，從丟臉開始，以榮譽告終。

---

4 編注：此處的 Hogmy 是作者仿照 Pigmy 自創的詞。相較於 pig，hog 尤指供食用的肉豬。

魔鬼辭典

瘟疫
plague
名詞

一種常見於古代對無辜者的懲罰，目的是藉此勸誡君王，眾所周知的例子便是摩西降下瘟災卻只苦了埃及百姓的「免疫的法老」（Pharaoh the Immune）。慶幸的是，如今我們知道瘟疫不過是大自然偶然地在表達毫無目的的抗議而已。

計畫
plan
及物動詞

面對充滿不確定性的結果，卻偏要左思右想找到實現它的最好方法。

陳腔濫調
platitude
名詞

大眾文學最精華與特別的部分；在煙霧瀰漫的文字迷宮中打呼的方法；千百萬個傻瓜集思廣益的智慧結晶；埋藏在僵硬文句中矯揉造作的情感；在過時真理中僵化的一切；毫無寓意的說教；一杯由道德與牛奶混合而成的清淡咖啡。無毛鳳凰的裸臀；在思想的海灘上陣陣抽搐的透明水母；母雞生完蛋後的咯咯啼叫聲；索然無味的警句。

柏拉圖式的
platonic
形容詞

與蘇格拉底哲學有關的。所謂「柏拉圖式愛情」（platonic），便是為性無能與性冷感之間的感情所取的愚名。

喝采
plaudits
名詞

群眾付給那些專門逗樂與榨乾他們的人的小費。

討好
please
動詞

為敲詐勒索上層人士所做的投資。

愉快

pleasure

名詞

最不令人討厭的沮喪形式。

平民

plebeian

名詞

在自身國家的血泊中僅玷污了雙手的古代羅馬人。平民與貴族不同,後者則是浸滿了鮮血。

平民表決

plebiscite

名詞

讓平民投票以確認君主的意志。

有主權的

pleni-
potentiary

形容詞

擁有全部權力的。全權大使作為一種外交官擁有絕對的權力,卻從無行使之日。

贅語

pleonasm

名詞

好比一大批詞語的軍隊護送一位思想的下士。

犁

plow

名詞

對只習慣筆耕的手發出怒吼的器具。

掠奪

plunder

動詞

奪走他人的財富,卻又不像小偷那樣保持體面與習慣沉默;公開將他人的財富據為己有,同時呼朋引伴為自己助興;從乙方那裡強行盜取甲方的財富,並讓丙方為自己錯失良機而惋惜不已。

魔鬼辭典

口袋
pocket
名詞

所有動機的搖籃以及良心的墳墓。女性身上是沒有這種設計的,因此她們的行動沒有任何動機。至於她們的良心則拒絕被埋葬,依然活蹦亂跳,並且不停地證明他人的罪過。

詩歌
poetry
名詞

在雜誌之外的世界所特有的表達形式。

撲克牌
poker
名詞

一種以小卡片進行的遊戲,但這種遊戲究竟有什麼意義,本辭典的編纂者毫無頭緒。

警察
police
名詞

能保護他人免於暴行,卻又同時參與暴行的武裝部隊。

禮貌
politeness
名詞

最容易被接受的偽善。

政治
politics
名詞

一種假裝因為不同原則而彼此較量的利益衝突;假公濟私的勾當。

政客
politician
名詞

一條在爛泥裡打滾的鰻魚,組織化的社會上層結構便是以這種爛泥為基礎建立起來的。鰻魚在蠕動時,誤以為自己尾巴的攪動使得整座大廈顫抖。相較於政治家,政客的吃虧之處在於太過活躍。

235

多重伴侶制

 polygamy

  名詞

一座用來懺悔或贖罪的教堂，裡面擺滿了悔過的長椅。和一夫一妻制不同的是，後者只擺有一張長椅。

人民黨黨員

 populist

  名詞

農業時代初期已成為化石的愛國主義者，是在堪薩斯州地底古老的紅色皂石間被發現的。這種人最特異之處在於耳朵長得特別寬，因此部分博物學者堅稱他們有飛翔的能力。不過追求獨立性思考的摩斯（Morse）與惠特尼（Whitney）教授則力排眾議，認為如果他們能飛的話，早就不會停留於此了。

輕便的

 portable

  形容詞

容易更換擁有者的事物。

> 他那一小筆地產既不是自己賺來的，
> 也不是前一位擁有者主動放棄的。
> 我只能說，這筆財產相當輕便。
> —— Worgum Slupsky

葡萄牙人

 Portuguese

  複數名詞

在葡萄牙當地土生土長的鵝，牠們通常沒有羽毛、肉質並不可口，即便用大蒜調味也是如此。

確信的

 positive

  形容詞

以說話大聲展現的某種錯覺。

實證哲學
positivism
名詞

這種哲學否認我們對「真實」的認知，並堅持人們對「顯見之物」一無所知。在提倡實證哲學上，康德（Comte）最長久，穆勒（Mill）最簡明，史賓塞（Spencer）則是最深奧。

後代
posterity
名詞

除去同一時代的競爭者，人類最大的敵手正是他的後代。

可飲用的
potable
名詞

適合飲用的。水據說是可飲用的；的確，有些人認為水是最天然的飲料，儘管他們也很清楚，只有在我們感到極度口渴的時候，才有辦法體會水的美好。水是治療渴癮的特效藥，除了非文明國家以外，每個時代的所有國家幾乎都曾努力嘗試發明水的替代品。沒有任何發明足以和水相提並論。懷疑全人類對水的厭惡並非出自種族自保本能是不科學的，而一旦沒有了科學，人類和蛇與蛤蟆也差不了多少。

貧困
poverty
名詞

讓改革之鼠磨利牙齒的銼刀。消滅貧窮的計畫多如繁星，相當於受貧困折磨的改革者和對貧困一無所知的哲學家的總人數。貧窮的受害者最與眾不同之處在於他們具備各種美德，並寄望有領導人物出現引導他們走向富庶。

祈禱
pray
動詞

請求上帝廢除宇宙間的所有自然律法，只為了讓一貧如洗的乞討者得到好處。

亞當以前的人
pre-Adamite
名詞

在創世紀以前就存在的一種缺陷人種,並活在我們難以想像的狀況之中。梅爾修斯(Melsius)相信他們居住在「虛無」(the Void)之中,且是某種介於鳥和魚之間的生物。除了知道他們為該隱(亞當與夏娃的長子)提供了一名妻子,並因此挑起後世神學家的紛爭以外,後人對他們可謂一無所知。

慣例
precedent
名詞

在法律界,慣例代表著在法規確立前就存在的決定、規章與做法,具有法官賦予它的任何效力與權威,其存在大大減輕了法官的工作,更讓法官感到心安理得。由於每一件事都有慣例可循,因此法官要做的便是忽視那些違背自身利益的細節,並強調合乎己意的證據。慣例的成立大幅改進了法庭的判決,使它從低級偶然的神裁法,發展成高貴並且可以人為控制的仲裁。

倉促的
precipitate
形容詞

吃飯前的狀態。

> 這罪犯凡事倉促,他總是以犯罪優先,
> 然後才是吃飯時間。
> —— Judibras

命定論
predestination
名詞

這種學說主張所有事物都按造物主的計畫發生。命定論與宿命論截然不同,後者主張上帝已經將所有事情都決定好,但並不肯定它們一定會發生。兩者間的區別導致基督教世界掀起了狂妄而巨大的論戰,更造成無數戰爭。我們應當謹記兩種論點的差異,並虔誠地同時信奉兩者,以避免災禍發生。

困境
predicament
名詞

給予言行一致者的報酬。

偏愛
predilection
名詞

幻滅前的準備階段。

前世
pre-existence
名詞

在創世過程中被忽視的要素。

偏好
preference
名詞

誤以為某個選擇優於其他選擇的情感或心境。

> 有位古代哲學家強調生並不見得比死美好，
> 在他闡述自己的學說時，
> 門徒問他為什麼不去死一死呢？他回答：
> 「因為死也不見得比生更好，死更為漫長。」

史前的
prehistoric
形容詞

屬於遠古並存放於美術館的事物。在使謊言千古通用的技巧誕生與實踐之前就存在的東西。

> 他生活在史前時期，
> 那時世界荒誕無常，變化多端。
> 後來史詩女神來到人間，
> 她按照順序記下所有重大事件。
> 從史書上他看不出任何謬誤，
> 因為上面全是她拋給我們的謊言。
> —— Orpheus Bowen

成見
prejudice
名詞

缺乏實際根據、飄忽不定的見解。

高級教士
prelate
名詞

教堂的高級神職官員,他的薪水優渥,算是天堂的貴族,上帝跟前的紳士。

君權
prerogative
名詞

君王行惡的權利。

長老會教徒
presbysterian
名詞

深信教會當權者應被稱為長老的人。

處方
prescription
名詞

醫師對於如何能延續病患現狀並且平安脫身所做的猜測。

現在
present
名詞

永恆的一部分,將失望之鄉與希望的國度區分開來。

可看的
presentable
形容詞

醜陋地追隨當時當地的潮流。在布拉布拉嘎(Boorioboola-Gha)一帶,男性最體面的裝扮就是在腹部塗上鮮豔的藍色並在臀部掛上一條牛尾巴。如果是在紐約,他高興的話可以不塗顏料,不過每到太陽下山以後,則必須佩戴用綿羊毛染黑的兩條尾巴(燕尾服)。

魔鬼辭典

主持
preside
動詞

引導一個團體至符合預期的方向。在新聞文體中也會用來形容演奏樂器,例如「他演奏短笛」(He presided at the piccolo)。

> 主持人手拿小抄,神情嚴肅地宣告:
> 「這次演奏氣勢磅礴、可謂前所未見,
> 由我們的市民布朗主奏,技術精湛、悅耳動聽。」
> 主持人說完,將紙張攤平在桌上,
> 赫然發現最上方寫著:
> 「總統布朗的世紀演奏會。」
> —— Orpheus Bowen

總統職
presidency
名詞

美國政治賽局上一頭油膩膩的豬。

總統
president
名詞

某一小群人的領袖——關於這群人,可以肯定的是他們廣大的同胞並不希望他們當中任何一人擔任總統。

> 如果總統有其神聖意義,
> 作為純樸而正直的旁觀者,
> 看啊,像我這樣的名人顯要,
> 沒有選民會拒絕投下一票!
> 值得信任的能人終將注定成為總統,
> 歡呼吧!我將張大耳朵,
> 廣納民意前進。
> —— Jonathan Fomry

推諉者
prevaricator
名詞

尚處於幼蟲期的說謊者。

241

價格
price
名詞

價值,外加討價還價時的良心折磨。

大主教
primate
名詞

教堂主掌者,特別指靠著非自願捐款維持的國家教堂。英國大主教為坎特伯雷大主教(Archbishop of Canterbury),一位和藹可親的老先生。他生前住在蘭貝斯宮,死後則在西敏寺占有一席之地。他已死去許久。

監獄
prison
名詞

既提供懲罰又有獎賞的地方,詩人們使我們確信:

「石牆無法構成監牢。」

不過呢,如果石牆再加上政治敗類與正義魔人聯合起來,就真的有苦頭吃了。

二等兵
private
名詞

一位從軍的男士,他的背包裝著一根陸軍元帥的官杖,他的希望則填滿了阻礙。

象鼻
proboscis
名詞

大象演化至今沒有習得使用刀叉的能力,因此以象鼻充當用餐工具。通常人們以象鼻戲稱男性生殖器官。
當人們問起怎樣知道大象要去遠行時,機智的米勒(Jo. Mileer)露出譴責的眼神看著煩人的提問者,心不在焉地回答:「當牠格格不入的時候。」接著便從懸崖邊投海了。最著名的幽默家就此死無葬身之地,沒有留給人類任何智慧遺產。他的成就無後人能及,唯一稍微可與之相提並論的則是著有《小姐的日記》(The Ladies' Home Journal)的愛德華·波克(Mr. Edward Bok),其單純甜美的個性頗受尊敬。

魔鬼辭典

自動推進武器
projectile
名詞

（如火箭等）結束國際爭議的最終手段。過去要解決類似爭端通常只能靠肢體衝突，最主要的原因在於當時的邏輯僅能創造出類似劍、矛之類的武器。隨著軍事的發展，人們變得愈來愈謹慎，自動推進武器也隨之興起，愈是勇敢的軍隊就更是善於運用此類兵器。然而這類武器的最大缺點在於使用者必須在發射時親臨現場。

證詞
proof
名詞

看來相當可信的證據。兩個證人的證詞會比一個證人的證詞更為可靠。

校對人員
proof reader
名詞

允許排版人員把文章變得晦澀難懂的惡棍，藉此彌補他讓你的作品讀起來愚蠢無比的過失。

財產
property
名詞

沒有特定價值但是能用來對付他人貪欲的事物。亦指能夠滿足某人占有欲卻讓他人失望的物品。它是人們短期貪求的目標，卻是長期漠不關心的事物。

預言
prophecy
名詞

一種先出售信用，於未來交貨的藝術與業務。

前程
prospect
名詞

對未來的展望，往往令人卻步；一種禁忌的期待。

> 吹啊！吹啊！辣毒的風，
> 錫蘭般的香氣飄拂過唇邊，
> 美好前程無可限量，
> 僅存的只有死亡。
> —— Bishop Sheber

243

神助的
providential
形容詞

人們以此自稱,以獲取額外利益。

裝正經的人
prude
名詞

隱藏在嚴謹言行舉止後面的婊子。

出版
publish
名詞

在文學領域中,指準備好接受評論家的毒舌折磨。

推
push
名詞

這是助人獲得成功的兩個主要因素之一,尤其是在政治領域。另一要素則是「拉」(pull)。

庇羅主義
Pyrrhonism
名詞

以創始人古希臘哲學家庇羅為名的古老哲學。庇羅主義絕對不相信該主義以外的任何學說,不過現代的庇羅主義學者甚至連庇羅主義也加以懷疑。

Q

皇后
queen
名詞

當國王在世時,她是實際的領導者;當國王去世後,王國以她的名義統治,此時的她卻只是一個傀儡。

鵝毛筆
quill
名詞

由鵝所提供的刑具,通常使用在驢子身上。時至今日,鵝毛筆早已無人使用,不過現代也有類似的發明物就是鋼筆,但會使用鋼筆的仍舊是驢子。

顫抖;箭筒
quiver
名詞

一種輕便的鞘,供古代政治家與土著律師裝進自己單薄的見解。

> 他從顫抖中挑選適合的論據,
> 面對好議的羅馬人提出的問題。
> 發現毫無解答。
> 接著他直接刺向敵人的肝臟。
> —— Oglum P. Boomp

不切實際的
quixotic
形容詞

擁有如唐吉訶德般不可思議的勇氣。但此等人物多半無法理解此字眼背後的美好與卓越,以致鬱鬱寡歡,甚至埋怨唐吉訶德的名字拼音太過古怪。

> 太過無知的人會認為哲學一無是處,
> 而西班牙文也沒有必要學習!
> —— Juan Smith

治安法官團
 quorum
  名詞

由一幫自行其是的人所組成的審議機構。在美國參議院中，治安法官團由經濟委員會與白宮信使共同組成；在美國眾議院，其成員則是眾議院發言人與魔鬼。

引言；引證
 quotation
  名詞

錯誤地重複他人話語的行為；被一錯再錯地重複的言論。

> 為了讓引述更加真確，
> 他灌下了好幾杯酒，
> 接著神聖地發誓自己將會被永久地詛咒，
> 我啊！我啊！
> ── Stumpo Gaker

商數
 quotient
  名詞

一種數字，可以顯示某個人的錢財落入另一個人的口袋裡幾次──通常該數目代表了被轉手的次數。

R

烏合之眾
rabble
名詞

在共和國制度底下,代表在欺騙性選舉中負責行使最高權力的人。烏合之眾類似阿拉伯預言中的聖人西莫爾格(Simurgh),只要他什麼都不做,便是無所不能的(這個詞充滿濃濃的貴族氣息,以至於我們很難從現代的日常用語裡找到對應的字詞,不過它基本上的意思可以說是「飛翔的豬玀」。)

拉肢刑具
rack
名詞

用來說服被邪惡信仰所蠱惑的人的工具,協助對方認清真理。不過拉肢刑具從來沒有真正發揮其效用,所以現在已經不太被人們看重了。

地位
rank
名詞

自我在人世的重要性排名。

> 他在法庭占據高位,其他貴族不明背後緣由,
> 因此紛紛詢問。
> 「因為,」有人回答道,
> 「沒有人像他那麼會諂媚皇室。」
> —— Aramis Jukes

贖金
ransom
名詞

購買不屬於賣方也不屬於買方的事物,一種最不划算的投資。

貪婪
rapacity
名詞

不以勤勞為基礎的節儉，對於權力過於吝嗇。

兔子
rarebit
名詞

即威爾斯乾酪[1]（Welsh rabbit），那些毫無幽默感的人總會堅稱與這與兔子無關。難道我們還需要解釋「蟾蜍在洞」（toad in a hole，意指約克夏布丁）裡面沒有蟾蜍，「里茲德黑金融」（ris-de-veau a la financiere，意指小牛高湯醬）也不是小牛送給女銀行家的微笑啊。

無賴
rascal
名詞

價值觀和大家不太一樣的傻瓜。

惡行
rascality
名詞

當智者行惡或是愚人暴躁妄行時的結果。

魯莽的
rash
形容詞

對他人忠告的價值毫無知覺。

理性的
rational
形容詞

屏棄妄想，只仰賴觀察、經驗與反省的錯覺。

---

[1] 編注：為來自英國的三明治料理，通常會在麵包舖上起司與其他調味料加以烘烤。雖然名稱中有兔子（rabbit）一字，但與兔肉沒有任何關係。Rarebit 被認為是 raabit 的變體。

響尾蛇
rattlesnake
名詞

人類被征服的兄弟。

剃刀
razor
名詞

高加索男性用此道具整理儀容，蒙古男性以此確認自己的男子氣概，而非洲裔美國人則用剃刀證實自己的價值。

範圍
reach
名詞

人類手掌可及之處。有可能滿足的區域。

> 這是和山一樣古老的真理，
> 只有透過人生和經驗可以了解這番道理。
> 窮人會得的都是最悲慘的疾病，
> 他伸手可及之處盡是滿滿阻礙。
> —— G.J.

讀本
reading
名詞

我們所閱讀之物。對美國人來說，讀本就是印第安納小說、方言小故事和塞滿俚語的笑話本。

> 看一個人讀的書，就知道他的智慧與教養程度；
> 觀察他因何發笑，大約可知其後的人生發展。
> 啊，獅身人面像從來不笑也不讀書，
> 難怪它沒什麼腦袋。
> —— Jupiter Muke

激進主義
radicalism
名詞

把明日的保守主義投入到今日的事務裡。

| 鐳
radium
名詞 | 可以放射出熱能並把科學家變成傻瓜的礦物質。 |

| 鐵路
railroad
名詞 | 眾多的機械裝置之一,能讓我們離開現在所在之處,抵達另一個也沒多好的地方。這種功能使鐵路深受樂觀主義者喜愛,因為它讓人得以滿懷希望地四處移動。 |

| 搖搖欲墜的;
無主見的
ramshackle
形容詞 | 建築的某種狀態,或是指一般美國人。大多數的美國公共建築都屬於此類,儘管一些早期的美國建築師相當熱愛諷刺型建築。目前在華盛頓整修的白宮增建案則採多力克神廟式,這些建築物相當驚人,每塊磚頭造價都高達一百美元。 |

| 寫實主義
realism
名詞 | 模仿蟾蜍之眼所見,描繪自然風景;其美好程度堪比鼴鼠繪製的山景,或蠕蟲親手創作的故事。 |

| 現實
reality
名詞 | 瘋狂哲學家的夢境。假如有人想化驗幽靈的成分,那麼現實就是殘留在餐碗裡的殘渣。現實是完全真空的核心。 |

| 真正地
really
副詞 | 很明顯地。 |

| 後方
rear
名詞 | 以美國軍事領域來說,後方專指和國會有著密切關係的將領。 |

魔鬼辭典

推理
reason
不及物動詞
在慾望的天秤上衡量各種可能性。

理由
reason
名詞
對偏見的喜好。

有理智的
reasonable
形容詞
能被我們的意見左右；願意接受勸阻、藉口與託詞的。

反叛者
rebel
名詞
一個想建立新的暴政體系卻以失敗告終的人。

回憶
recollect
動詞
追憶過去，並且著手添加新的細節。

和解
reconci-
liation
名詞
雙方敵意的暫時中止。全副武裝的休戰期，好挖掘深埋土壤中的戰死者。

重新考慮
reconsider
動詞
為自己做出的決定尋求正當理由。

重新計算
recount
動詞
在美國政治當中代表著再次投擲骰子,好讓結果符合投骰者的心意。

娛樂
recreation
名詞
可用來解除疲勞的特殊性沮喪。

新兵
recruit
名詞
新兵就是穿著和一般老百姓不同的制服,但是走起路來卻又異於真正士兵的人。

> 他從農場、工廠或路邊走來,
> 他行走著,不管進攻或退守,
> 都帶著絕佳的氣勢,
> 唯獨他的兩隻腳總是歪歪扭扭。
> —— Thompson Johnson

教區長
rector
名詞
在英國國教中,這是教區三位一體的三成員之一,其他兩位是教區牧師和副牧師。

贖罪
redemption
名詞
罪人為了避免懲罰,謀殺遭他們冒犯的神靈。贖罪是我們神聖宗教中的基本教義,任何相信贖罪說的人都不會毀滅,他們將得到永生,並在永生中理解贖罪之道。

> 我們必須提醒人們所犯的罪,
> 並找些方法讓他們贖罪;
> 雖然這很困難,不過我們的工作如同天使,
> 淨化他們的罪過。
> 我不懂得贖罪之道,
> 我認為最好的方法,是將罪人釘死在牆上。
> —— Golgo Brone

補償
redress
名詞

無法令人滿意的賠償。
在盎格魯薩克遜時代，如果有人認為自己被國王冤枉了，那麼他可以在證明自己所受的損害後，用鞭子抽打國王的銅像，不過事後他也同樣會被抽打一頓。後者的儀式將由專業處刑人負責執行，這確保了原告在選擇鞭子時能有所節制。

紅面佬
red-skin
名詞

北美印第安人，他們的皮膚並非紅色的，至少表面上看起來啦。

多餘的
redundant
形容詞

過剩的，沒有必要的。

> 蘇丹大王說：「我有證據證明這條不信神的狗根本沒有活著的必要。」
> 大臣帶著奇異的神色說道：
> 「他的頭看起來確實是大到有剩。」
> —— Habeeb Suleiman

> 德布斯先生是位多餘的公民。
> —— Theodore Roosevelt

公投
referendum
名詞

讓審議中的法規交由公民決定，以便了解他們的看法荒謬到何種程度。

反省
reflection
名詞

透過這種心理活動，我們得以明白我們與昨日事件的關係，從而避免那些未來我們也不大可能再碰到的危險。

| 改革
reform
動詞 | 能使反對革新的改革者滿足的行動。 |

| 避難所
refuge
名詞 | 能保護身處危機之人的任何事物。摩西和約書亞曾經提供過六個避難所——貝澤爾、戈蘭、拉摩斯、卡德什、舍肯、希布隆，讓那些因為疏忽而惹禍上身的人可以前往避難，以擺脫死者家屬的追蹤。這種聰明的設計既可以提供逃跑者鍛鍊身體的機會，也能讓追捕者充分享受獵捕的樂趣。這般與古希臘早期的葬禮競賽相似的儀式著實美妙，還能撫慰死者的靈魂。 |

| 拒絕
refusal
名詞 | 謝絕某件求之不得的事情，好比老處女拒絕了多金帥氣的追求者，或是大財團婉拒了高官的提議，抑或是毫無悔過之心的國王抗拒牧師給予的赦免，種種例子多不勝數。若依照結果的差異，我們可將拒絕劃分為以下幾類：絕對的拒絕、有條件的拒絕、暫時性的拒絕與女性化的拒絕。有些詭辯家甚至認定最後一種拒絕具有肯定意味。 |

| 王位
regalia
名詞 | 透過珠寶或服飾所打造，富有古老歷史的特殊地位。好比亞當騎士、滿口胡言的先知、現代人猿掌權者、聖潔聯盟、金趾或趾骨、惡棍神聖會、聖王的祕密結社、黃狗騎士與聖婦會、東方神明與西方教徒黨、不幸兄弟會、長弓戰士、喇叭湯匙護衛聯盟、打老婆怒血俱樂部、華麗聖團、電鍍祭壇崇拜者、神抗者、費華蒙無可抵抗者、受驚嚇的孔雀展翅者、神廟魔法者、希度里安幫派、奶油貿易之神、瘋人院、長疣男子兄弟會、閃光教派、恐怖女子、吸睛合作社、伊甸爵士、好戰信徒會、家犬冠軍協會、神聖群居者、堅決的樂觀主義者、狂豬會社、謊言者聯盟、公爵的祕密水罈、預防流行病學會、飲酒之王、禮貌者聯合會、神祕超動會、賤貓團、飢餓與價值王團、南方之星之子以及木盆與劍之先鋒會。 |

宗教

religion 名詞

希望與恐懼的女兒,她向無知者解釋不可知之事。

「你有信仰嗎?小伙子。」蘭斯大主教問道。
「抱歉,」羅歇布里安回答,「我為此感到羞愧。」
「那你為什麼不成為無神論者呢?」
「不可能!我同樣為無神論感到羞愧。」
「如果是這樣的話,先生,你應該加入新教啊。」

聖物盒

reliquary 名詞

專門用來存放聖物的容器,例如:絞死過耶穌的十字架碎片、聖人的短肋骨、巴拉姆的驢子的耳朵、喚醒彼得進行懺悔的公雞的肺等等。聖物盒通常以金屬打造,並且附帶一把大鎖,以防存放物脫逃,並在不合時宜的情況下創造神蹟。

據說為聖母報喜的天使翅膀的某片羽毛曾經在聖彼得大教堂的一次佈道中脫逃而出,讓所有做禮拜的教友鼻腔發癢,一個個從睡夢中驚醒過來,所有人都激動地打了三個噴嚏。此事和「聖人行動」(Gesta Sanctorum)有所關聯,當時坎特伯里大教堂的教堂司事被擺放在圖書館內的聖丹尼斯頭顱[2]所驚嚇。面對保管人的嚴厲譴責,他宣稱自己只不過是在尋找丟失的軀體,如此荒唐輕浮的行為激怒了主教,於是他公然開除其教籍並投入斯陶爾河,換上另一個來自羅馬的聖丹尼斯頭顱。

名望

renown 名詞

一種介於臭名與榮名之間的聲響,它比前者較為可以忍受,又比後者難以容忍一些。這玩意通常是由一個充滿敵意又不體恤他人的人所授予的。

---

2 編注:聖丹尼斯為法國的基督教徒與殉教者,據傳他被斬首後仍拾起頭顱繼續傳教。此處則是藉之諷刺信仰可以為假。

> 我彈奏豎琴的每根琴弦，卻發現現場沒有任何聽眾。
> 接著，豎琴伸出尖刺觸碰了我。
> 如果不是受到此等召喚，我不會在深夜裡瘋狂彈奏，
> 如此等待榮光。
> —— W.J. Candleton

償還
reparation
名詞

對所做惡事的賠償，扣除自做惡時感受到的快感。

巧辯
repartee
名詞

在反駁對方時謹慎地加以羞辱。那些排斥暴力卻又生性渴望攻擊他人的紳士們最善於此術。在唇槍舌劍的戰鬥中，北美印第安人的戰術正是巧辯。

後悔
repentance
名詞

懲罰之神的忠僕與追隨者，此情感常常伴隨著一定程度的自新。然而，自新絕不代表停止犯罪。

> 派內爾閣下，如果你想避免地獄的痛苦，
> 就必須加入教會。
> 何必啊！信仰會將你拉出煉獄，
> 扔進其他靈魂帶來的折磨。
> —— Jomater Abemy

複製品
replica
名詞

藝術品的複製品，尤指那些由原作者親自複製的，而另一個藝術家製作的複製品則稱為拷貝（copy），兩者有所區別。即使兩種複製品的製作技藝一模一樣，複製品的價值卻更為高昂，因為人們認為它比表面上看起來更為美妙。

魔鬼辭典

記者
reporter
名詞

以猜測構築通往真理之路，同時又以字句的狂風暴雨將之摧毀的作家。

「你啊，知道的比我多多了，而且口風很緊，也絕不會把事情攬在身上！」
那位記者漫不經心地說著，他握著筆的手正在製造那落落長的「訪談」呢。
—— Barson Maith

休息
repose
不及物動詞

停止惹事生非。

代表
representative
名詞

在國家政治的世界裡，代表指的是下議院議員，但到了另一個世界往往看不出他有多大機會獲得提拔。

被上帝屏棄
reprobation
名詞

在神學概念裡指的是那些在娘胎裡就被送入地獄的凡人。上帝屏棄說的倡導者為法國宗教改革家喀爾文，他懷著悲哀的真摯心情相信有些人注定毀滅，但有些人注定會獲得救贖。這種悲哀多少為他宣傳自己學說時感到的歡愉蒙上了一層陰影。

共和國
republic
名詞

在這種國家裡，統治者正是被統治者，只存在著一種公認的權威，由它實施非強制性的服從。共和國的公共秩序乃是奠基於人們繼承自祖先但日益減弱的服從天性，這些人的祖先被真正地統治著，他們之所以屈服，是因為不得不這麼做。共和國的種類有很多，就如同專制政府與無政府狀態之間也有很多等級。共和國源自於專制政府，並將以無政府狀態告終。

257

安魂彌撒
requiem
名詞

為死者舉行的彌撒儀式，一些不怎麼出名的詩人使我們深信，在心愛之人的墳墓上方，會有微風在輕聲哼唱。有時候為了給儀式添增不同凡響的驚喜，詩人們也會吟唱輓歌。

居住的
resident
形容詞

無法離開的。

辭去
resign
及物動詞

為某種利益放棄某些榮譽；為更大的利益放棄較小的利益。

> 據傳倫納德・伍德（Leonardo Wood）簽下了聲明，宣布辭退所有頭銜、軍事地位以及一切尊貴的身分。以他的舉動為高尚的榜樣，國家謙虛地聽任其辭退，宣告他就此不再是基督徒。
> —— Politian Greame

果斷的
resolute
形容詞

朝著我們執意的方向一意孤行。

體面
respectability
名詞

禿頭與銀行帳戶所生的私生子。

防毒面具
respirator
名詞

倫敦居民掩護口鼻用的面罩，他們藉此過濾整個宇宙，接著才讓它進入肺裡。

緩刑 respite 名詞	暫時不處決已被判刑的暗殺者,好讓行政長官確認檢察官本身的嫌疑。此外,令人坐立難安的期望突然破滅也稱得上是另一種緩刑。 阿爾特吉爾德(Altgeld)躺在慘白的病床上, 魔鬼在他的耳畔等待。 「噢,殘酷的主人,我祈禱能讓我的病痛平息, 就算只有短暫的一刻也好。」 「別忘了,我曾經拯救過你那些住在伊利諾州的好友,讓他們遠離痛苦。」 「他們太慘了,在永不停止燃燒的火焰中像條蠕蟲般緩緩爬行。」 「沒錯,我為你的苦痛感到抱歉,我會讓你的疼痛減緩。」 「沒有啊,我的苦痛持續了好久,不見你的安慰。 我甚至快記不得你是誰了。」 寂靜降臨在永恆之間; 當惻隱之心降臨地獄,天堂都會隨之震動。 「甜蜜的惡魔,只要能讓我休息,就算待在地獄休息也好。」 「可憐的靈魂啊,你就和那些人一樣,到時就會哀求著返回人間。」 阿爾特吉爾德感到一陣寒風吹來, 惡魔將他送往了天堂。 —— Joel Spate Woop
光輝的 resplendent 形容詞	就好比一個頭腦簡單的美國人在自己的小窩裡稱王。他深信自己對全世界無比重要,世界是圍繞著他旋轉的。 多明尼加爵士佩戴著燦然無比的勳章,儘管根本沒有人知道他是誰。 ——《課堂記事》(*Chronicles of the Classes*)

承擔
respond
不及物動詞

回答，或是意識到自己對賀伯特·史賓塞（Herbert Spencer，英國社會達爾文主義者）所討論的「外在共存物」（external coexistences）有點興趣。好比像「癩蛤蟆」一樣蹲在夏娃耳邊的撒旦，「承受」了天使的長矛對他的挑釁。所謂的「承擔賠償費」則是指為贍養原告的律師做出貢獻；順帶一提，這對原告來說真是求之不得。

責任
responsibility
名詞

一種可以輕易推卸給上帝、命運、鄰居或運氣的沉重負擔。在占星術盛行的時代，人們會運用星星為自己開脫。

> 啊，假如夏娃沒有去動那顆蘋果，
> 世界的一切都會不大一樣。
> 唉，有多少年紀輕輕的小伙子，
> 肩負了為思想權威盡忠的責任，
> 或者在榮耀的沙場上，
> 玩一場玫瑰色的小遊戲，
> 結果卻被不幸的星星給打敗。
> 他喊著：「小崽子！全都拿去吧！」
> ——《強壯的乞丐》（*Sturdy Beggar*）

償還
restitution
名詞

以餽贈禮物或遺產的形式出資建立大學或公共圖書館。

償還者
restitutor
名詞

捐款人或慈善家。

以牙還牙
retaliation
名詞

建造法律殿堂的主要基石。

報應
retribution
名詞

一場混合了火焰與硫磺石的暴雨,無情地打在正直者和某些沒來得及趕走正直者的不義者身上。

以下詩句為賈波神父為一位流亡的國王而做的,這位令人尊敬的詩人神父似乎想向讀者們暗示:當報應之神來臨時,輕率地與祂碰面有多麼不明智。

> 什麼!多姆・佩德羅（Dom Pedro）,
> 你想回到巴西享受最後的寧靜?
> 你怎麼知道自己會如願以償?
> 暴亂才發生不久,而親愛的人民正殷切盼望,
> 掐住你的喉管,讓你像隻老鼠般前後擺盪。
> 你知道帝國本就無情無義,
> 但難道共和國的人民就不會給你報應?

起床號
reveille
名詞

向酣睡的戰士所發出的信號,提醒他們離開夢中的戰場,起床的時候到了,他們得帶著發青的鼻子接受點名。美國軍隊獨創地將此字發音為 rev-e-lee,這些同胞為此賭上了他們全部的生活、不幸與各種神聖的恥辱。

啟示錄
Revelation
名詞

聖徒約翰所撰寫的名作,他在這本書裡隱瞞了他所知的一切。至於「啟示」本身,則是由毫不知情的注釋者所完成的。

崇敬
reverence
名詞

這是人對待神的態度,也是狗對待人的態度。

評論；複習
review
及物動詞

要好好表露你的智慧（雖然智慧沒有皮也沒有骨頭，但確實存在）。
在工作時，盡量查閱書籍，大聲唸出，最重要的就是就是唸出來而已。

革命
revolution
名詞

在政治領域中專指突發的非法暴亂。從美國歷史來看，則指由總統制政府（administration）代表內閣（ministry），這種變更使得美國人民的福利與幸福水平整整提升了半英吋。革命往往伴隨著大量流血事件，不過這是值得的——但這是對革命的受益者而言，他們很不幸地失去了流血的機會。法國革命對今日的社會主義者來說絕對功不可沒；當革命者拉動可以牽動人民骨頭的絲繩促請革命時，這對暴君所奠定的法律與秩序可說是產生了致命的威脅。

棍卜者
rhadomancer
名詞

以所謂的「魔杖」在傻瓜口袋裡探測貴金屬的人。

下流話
ribaldry
名詞

挑別人毛病的言論。

針砭
ribroaster
名詞

針對他人毛病一針見血的言論。針砭是相當古雅的用詞，甚至有人說早在15世紀喬治亞斯·寇朱特爾（Georgius Coadjutor）就曾在預言中使用該詞。他是當時最善於挑剔別人毛病的作家，事實上，多數人認為寇朱特爾正是吹毛求疵學派的始祖。

米湯
rice-water
名詞

當今最受歡迎的小說家與詩人時常使用這種神祕飲料調節人們的想像，麻醉他們的良心。據說米湯有止痛與讓人沉睡之功效，且必須在午夜的悲傷沼澤旁由胖巫婆負責熬煮。

富有
rich
形容詞

富有意味著獲得信任，也意味著常常要為清點懶惰者、無能者、奢侈者、嫉妒者與倒楣者的財物而煩惱。這是地獄對「富有」的普遍定義。而對人世間的居民來說，「富有」意味著心地善良、充滿智慧。

財富
riches
名詞

一種由上帝恩賜的禮物。

「這是我心愛的兒子，我衷心愛他。」
—— John D. Rockefeller

財富是對辛勤與美德的讚賞。
—— J.P. Morgan

許多人積攢的錢財全部被握在一個人的手裡。
—— Eugene Debs

這些對財富的完美定義讓深受啟發的本辭典編纂者做不了更多有意義的補充。

嘲笑

ridicule

名詞

故意針對某人而說的話語,意在表達此人缺乏發言者所具備的尊嚴。嘲笑可以透過圖文、聲音甚至單純的笑聲來達到目的。人們常引用夏福特斯伯（Shaftesbury）的話,他宣稱嘲笑是檢驗真理的標準——這種觀點相當可笑,畢竟很多嚴肅的謬誤承受了數個世紀的嘲笑,但時至今日卻依舊被人們廣泛接受。比方說,有什麼謬誤比所謂「嬰兒值得尊敬」的說法,遭受過更加猛烈的嘲笑呢？

權利

right

名詞

做人或做事自然會擁有的法權,好比當國王的權力、欺騙鄰居的權利、得麻疹的權利等等。起初,人們普遍相信權利乃是由上帝賦予的,我們可以在非民主進步國家外的基督教國家見得如下的例子：

國王到底有什麼權力統治國家？
我們有辦法制裁其政府或權力嗎？
國王同驢子般頑固,
誰有辦法忍受他面露驕傲地待在寶座上。
國王擁有的確實是神聖的權力吧？
不管發生什麼事,上帝都應該為這塊土地負責！
這裡本是完美之境,
如果事實證明蠢蛋或流氓可以破壞上帝所賜之地,
那麼我必須不帶惡意地說,
上帝也犯了輕忽之罪。

正直
righteous-
ness
名詞

這種美德最早是在奧克半島的潘蒂多人（Pantidoodles，詞中的 doodle 有傻瓜之意）身上發現的。從奧克半島回來的傳教士曾企圖把「正直」引進歐洲國家，不過這種美德的宣傳似乎成效不彰。我們可以從洛利主教（Bishop Rowley）僅存的文句一探究竟：

> 此時此刻，正直不僅僅是心靈的純潔，也不是舉辦宗教儀式或是遵從法律的一切規範。一個人光是虔誠和公正是不夠的，還必須讓其他人也遵照此原則行事。為達此目的，強迫正是再好不過的手段。由於我的不公正可能會傷害另一個人，而此人的不義又會損害第三者的利益，因此顯然我有義務先阻止他人的不義行為，爾後才能維持自身的正直。所以為了當個正直的人，我有義務遏制鄰居的惡行，即便動用武力也在所不惜。唯有如此，我才能變得性情更好，才能在上帝的庇護之下克制自己，不做任何傷天害理之事。

韻
rime
名詞

詩句句尾保持聲音相似、彼此呼應的詞，通常都非常刺耳。押韻詩是一種詩體，它與散文不同，往往單調煩人。此外，韻（rime）也常常被故意拼成 rhyme。

詩匠
rimer
名詞

一種時常被忽視、輕蔑的詩人。

> 詩匠撲滅心中對詩的熱愛烈火，
> 停止了朗誦，感覺也化為烏有。
> 於是訓練有素的狗四處奔走，
> 唱出詩匠胸中燃燒的激情。
> 著迷的土地升起一輪沉醉的月亮，
> 心神不定地試圖理解歌聲的含義。
> —— Mowbray Myles

暴動

riot

名詞

由清白無辜的旁觀者提供給軍人的熱門娛樂活動。

安息

r.i.p

名詞

一種漫不經心的縮寫（原詞應為拉丁文 requiescat in pace，息止安所），對死者表達百無聊賴的關心。根據博學的德瑞格醫師（Dr. Drigge）的研究，所謂的息止安所真正的意思是「背部覆塵」（reductus in pulvis）。

儀式

rite

名詞

遵照法律、習俗、戒律而舉辦的宗教或準宗教儀禮，只要心夠虔誠，就有可能擠榨出真摯的精油。

儀式主義

ritualism

名詞

上帝擁有的一座德式花園，在這裡祂可以自由地以直線移動而不會破壞草地。

路

road

名詞

一條帶狀細長的土地，沿著它可以離開令人生厭之地，抵達另一個同樣讓人火大的地方。

> 條條道大通羅馬，而從羅馬啊，感謝仁慈的上帝，讓我至少有條路可以回家。
> ——禿頭波雷（Borey the Bald）

魔鬼辭典

搶劫犯

robber
名詞

心地坦蕩、性格爽快的男人。

相傳伏爾泰（Voltaire）曾和幾個夥伴一同旅行。某天晚上他們安歇在路邊的小旅館裡，周遭環境讓人不禁觸景生情。晚餐後，大夥輪流說些關於搶劫的故事助興，輪到伏爾泰的時候，他說：「曾經有個負責管理農會的會長。」其他人慫恿他繼續說下去，他回答：「故事說完了。」

虛構故事

romance
名詞

無須忠於原貌的虛構幻想。在小說裡，作者得和所謂的「可能性」搏鬥，就像一匹被拴住的馬兒。而在虛構故事裡，作者的思想可以任意奔馳，跨越一切界線——全然的自由、無拘無束且不受任何箝制。如同卡萊爾（Carlyle）所說，小說家不過是個可憐蟲，只能作為一介傳聲筒；他可以創造角色與情節，但不可能天馬行空地描繪現實中不可能發生的事，儘管他的整部作品就是個不折不扣的謊言。至於為何他甘願自我折磨，「拖著腳上沉重的腳鍊苦苦行走」，他八成可以寫個十本大作加以闡釋，只可惜這些作品的智慧之光微弱如燭火，無法照亮黑暗。世上確實有許多厲害的小說，是偉大的作家們「嘔心瀝血」才完成的，然而到目前為止，最激勵人心的虛構故事還是非《一千零一夜》莫屬。

絞索

rope
名詞

一種逐漸被廢棄的工具，用來提醒暴亂者們，他們也是會被送上絞刑台的。通常絞索會被套在受刑者的脖子上，並就此終結他的一生。如今絞索已被更複雜的電力裝置取代，用來套在人體的其他部位。不過這種新裝置很快地也會遭到廢用，因為另一種名為「說教」的刑具正逐步取而代之。

| 演講臺；鳥喙；艦首 rostrum 名詞 | 拉丁文，指鳥嘴或是艦隊前端。在美國，該詞意指讓競選者口沫橫飛地發表己見的高臺，以展露平庸的智慧、美德與威力。 |

| 圓顱黨 Roundhead 名詞 | 英國內戰期間議會派分子。之所以稱呼為圓顱黨是因為他們習慣蓄短髮，而敵方卡瓦利爾派（Cavaliers）則都長髮飄逸。這兩派人馬之間有著諸多歧異，不過最重要的還是對髮型的品味所引發的生死紛爭。卡瓦利爾派為保皇黨黨員，因為懶惰的國王認為放任頭髮滋長遠比清洗脖子更為方便。而多以理髮師與肥皂製造商為本業的圓顱黨派則認為留長髮會威脅到他們的生意，因此怒氣沖沖地把矛頭指向國王。時至今日，圓顱黨和卡瓦利爾派這兩個死敵的後代髮型早已沒有任何差異，只可惜昔日的深仇大恨仍舊沒有消減，僅僅被英國式的禮儀縟節埋藏在深處罷了。 |

| 垃圾 rubbish 名詞 | 無用之物，像是宗教、哲學、文學、藝術以及流傳於波爾普拉斯（Boreaplas）南部的科學。 |

| 毀滅 ruin 動詞 | 摧毀。特別是摧毀少女對貞節的信念。 |

| 蘭姆酒 rum 名詞 | 籠統地說，就是會讓戒酒者徹底發狂的烈酒。 |

謠言
rumor
名詞

最常被用來暗殺知名人士的武器。

> 你無比鋒利,任何盾牌都無法抵擋,
> 你無堅不摧,任何勇士都奔逃無望。
> 多麼有力的謠言啊,我別無他求,
> 只望你給我神力,讓我把仇敵送上西天。
> 他將對來自黑暗中的敵手莫名驚恐,
> 他戰戰兢兢的手惶然握在劍柄上,
> 我致命的舌頭無比溫柔而狠毒,
> 一句流言就暗示了最古老的邪惡,教他防不勝防。
> 原諒我為他的倒楣歡呼,
> 請再賜予我力量,將仇人送往天堂。
> —— Joel Buxter

俄羅斯人
Russian
名詞

擁有高加索人身材與蒙古人靈魂的人種。韃靼口味的催吐劑。

S

安息日
Sabbath
名詞

一種每周一次的節日,上帝花了六天時間創造天地,並在第七天被逮捕,安息日正是為了紀念此日。對猶太人而言,信守安息日是摩西十誡中的戒律之一,按基督教的說法就是:「謹記安息日,並且逼迫你的鄰居徹底恪守安息之戒。」對上帝來說,把安息日訂為每周最後一天似乎更為恰當,但是基督教先賢們卻偏偏認為應該訂在每周的第一天。安息日是個無比神聖的日子,即便在安息日仍舊勞動的地方,人們依舊相當尊敬安息日,我們可以以摩西第四戒律為證:

> 你可以在六日之內為能做的一切操忙,在第七天時,則該用砂石打磨甲板並把鏈條清洗乾淨。

現在的甲板已無須使用砂石打磨了,不過鏈條仍得好好擦洗,這使船長有機會表達對神聖儀式的虔誠之心。

聖職制度
sacerdotalist
名詞

深信牧師就是牧師的人。目前教會面對的最艱鉅的挑戰就是否認此法則,就像是把新古典主義者扔進聖公會教堂的血盆大口一般吧。

聖事
sacrament
名詞

一種莊嚴的宗教儀式,人們為之附加了種種權威和深意。古羅馬有七項聖事,但是新教教會不像羅馬教會那般出手闊綽,他們只負擔得起兩種聖事(這兩種聖事的神聖度自然不比羅馬教會)。一些更小的教派甚至根本不知聖事為何物,而如此鎦銖必較無疑將受到詛咒。

神聖的
sacred
形容詞

為某種宗教目的而供奉並具有敬神性質的；能激發莊嚴思想與情感的，例如西藏的達賴喇嘛、賽隆的猩猩寺、印度的牛、古埃及的鱷魚、貓、大蒜、穆夫提的穆希（the Mufti of Moosh）以及咬過諾亞的狗，都是一例。

> 所有的東西要不是神聖的，就是猥褻的。
> 前者為教堂帶來收益，後者則與惡魔脫不了關係。
> —— Dumbo Omohundro

玩沙者
sandlotter
名詞

抱持丹尼斯・吉爾尼（Denis Kearney）[1] 政治觀點的脊椎門哺乳類動物，是舊金山惡名昭彰的政客，常把支持者聚集到城鎮空曠處，對他們大放厥詞。這類無產階級領袖最終都注定被當權的敵手所拯救，並悄悄度過優渥的餘生。不過在倒戈前，玩沙者曾把一部憲法強加給加州，這部法典不但語句不通，而且根本就是罪惡的熔爐。

安全離合器
safety-clutch
名詞

用來避免電梯或籠子意外墜落的自動機械裝置。

> 我曾在電梯井中看見一個垂死的男人，
> 他身旁堆滿了死屍。
> 目睹如此慘況，我悲痛地呼喊：
> 「你在那裡太危險了啊，小心你的脖子！」
> 奄奄一息的男人面露苦笑，雲淡風輕地說：
> 「我不會為此感到恐懼，這樣的情況已經持續超過兩個禮拜了。」
> 為了進一步了解目前的狀況，我打量他的四肢，
> 他的手腳各自意圖不軌，並且撒下漫天大謊；
> 他的手腳互相掩護，為彼此作證，無行惡事。

---

1 編注：來自愛爾蘭的加州勞工領袖，活躍於 19 世紀末期，以蔑視中國移民的種族主義觀點而聞名。被稱為「非凡政權的煽動者」，經常發表冗長而刻薄的演講。

我這麼形容他，無非是想顯示他的慘烈境況，
不過這並非我的初衷。
這恐怕是我所知最可怕的故事了，
在電梯井裡分崩離析的男人。
現在，這故事是個寓言，
所謂的電梯井只是象徵，
而那個墜落的男人並沒有墜落。
我認為，所謂的作家實在不該欺瞞，
更不可以欺詐的語言，贏得桂冠。
對那些想在政治圈打混的人來說，
電梯可以帶人上升到光明顯赫之境，
假使，他有足夠的政治才華。
布萊恩上校確實有點才能（也難怪他被整了），
他被槍彈射中，並且掙扎著脫身。
接著，上頭的繩索斷了，他痛苦萬分地跌落人間。
這裡沒有人會對他表示憐惜，
畢竟人們痛恨惡毒的政客。
雖然他存活了下來，但是根本沒人知道他的故事，
也沒人在乎。
這首悲傷的詩告訴我們：
「一定要時常潤滑離合器。」
—— Porfer Poog

聖人
saint
名詞

時常經過修訂和編輯加工的死去罪犯。

據奧爾良公爵夫人說，老不死的馬歇爾‧凡爾洛依（Marshal Villeroi）自幼認識聖法蘭西斯‧薩爾斯（St. Francis de Sales），每當他聽到別人讚美薩爾斯是聖人，他就會說：「我很高興有人認為他是聖人。他嘴巴老是不乾淨，玩牌也常出老千。不過除此之外他還算是個紳士，雖然頭腦不大靈光。」

淫穢
salacity
名詞

通俗小說的常見特質，尤其在那些女作家或少女撰寫的小說中特別常見。她們為這種淫穢特質取了個名字，還認為自己正在開拓未知的文學新領域，並將會有所斬獲。假使她們不幸活得夠久的話，想必會痛不欲生，恨不得把自己所有的作品燒毀撕爛。

蠑螈
salamander
名詞

原指居住在火中的爬行動物，後來則指具有人形且不畏火燒的神靈。據信，蠑螈已經絕種了，最後一條蠑螈是被艾比・貝洛克（Abbe Belloc）用聖水殺死的。

石棺
sarcophagus
名詞

古希臘時期人們以會吃肉的石頭打造棺材，這種石棺具有吞噬屍體的特性。而現在的送葬者所選用的石棺，自然是一般木匠打造的產品。

撒旦
Satan
名詞

造物者所犯的可悲錯誤之一，他總是披著斗篷、手拿斧頭現身。原本撒旦是一名天使長，後來行徑日益張狂，最終被逐出天堂。在從天堂被驅逐到人間的路途上，他低頭沉思，接著掉頭對造物者說：「我有一個請求。」
「說吧。」
「我知道，人要被創造出來了，他會需要法律。」
「你這傢伙，你處處跟人作對，從開天闢地以來就對人類充滿怨恨，現在居然想請求為人類設立法律的權力。」
「不好意思，我想請求的，是請讓人類自己制定法律。」
這就是人間法律的由來。

厭膩
satiety
名詞

當你大快朵頤之後，對空盤子所產生的情緒。

諷刺作品

satire

名詞

一種過時的文學作品，專門拿來陳述作者痛恨之人的醜陋與缺陷，行文多半相當粗糙。在美國，諷刺文學向來是病態而不穩定的存在；諷刺文學的靈魂是機智，可惜這正是我們美國佬最缺乏的東西，我們以為是諷刺的幽默，其實本質上只是一點點包容和姑息。此外，儘管美國人「被造物主賦予了」[2]無數蠢行與罪孽，但多數人根本對此渾然不覺；因此，諷刺作家普遍被看作是性情乖張的混蛋，每當某個被諷刺者提出抗議，全國上下就會群起攻之。

敬，諷刺文學！
那是木乃伊吐露的死亡言語，
作家們早已死去並受到詛咒——
他們的精神永存地獄。
如果聖經的精神永存，
那麼你們就不該在進步派人士的手裡死去。
—— Barney Stims

森林之神；
色情狂

Satyr

名詞

希臘神話人物之一，是少數能在希伯神話找到對應者的人物（利未記，xvii，7）。森林之神最初是酒神狄俄尼索斯（Dionysius）身邊的隨從，是個生性放蕩、耽於逸樂的傢伙。祂的形體歷經多次變化，並且有了許多改進。人們常常把森林之神和農牧神（Faun）搞混，後者是羅馬人創造出來的更為優雅的神話人物，其外型比起人更像一頭羊。

醬汁

sauce

名詞

文明與開化的醒目標誌。一個不懂得製作醬汁的民族身懷一千種罪惡；而相較之下，懂得熬煮醬汁的民族只有九百九十九種罪過。每當一種醬汁被發明並且廣受歡迎時，就會有一種罪愆得到悔改與寬恕。

---

[2] 編注：原文為 " endowed by their creator "，典出美國《獨立宣言》。

格言

saw
名詞

一種陳腐而廣受歡迎的諺語（可用作比喻，也可當作日常口語）。格言之所以得此稱呼，是因為它可以切開那些死腦筋的頭顱（saw 也有鋸子的意思）。以下就是幾句舊格言的新用法：

- 現在省一分，將來浪費一分。（原諺語：省一分等於賺一分。）
- 從這人開的公司，看得出他是怎樣的人。（原諺語：看一個人交的朋友，就知道他是怎樣的人。）
- 笨工匠才與罵他笨的人爭吵。（原諺語：笨拙的工匠總怪罪其工具。）
- 一隻鳥兒在手，勝過牠可以帶來的其他東西。（原諺語：一鳥在手，勝過二鳥在林。）
- 別人沒有邀請，無須前行。（原諺語：遲作總比不做好。）
- 模範易選，模仿難。（原諺語：身教勝於言傳。）
- 假如還會得到很多別的東西，半塊麵包比一塊更好。（原諺語：一點麵包總比什麼都沒有好。）
- 對困境中的朋友說話要三思而後言；值得做的事情不如求人去做。（原諺語：說話越少，補過越快；言多必失，少說為妙。）
- 少笑為妙。（原諺語：誰能笑到最後，就是最開心的。）
- 誰評論魔鬼，就會被他聽到。（原諺語：剛說到魔鬼，他就現身了。）
- 在兩種罪孽之間，最好選擇罪孽較小的。
- 在老闆接到大訂單時罷工。
- 只要有志，注定失敗。

聖甲蟲
scarabaeus
名詞

古埃及人的神聖甲蟲，與美國人熟悉的金龜子相似。古埃及人認為牠象徵永恆，但恐怕只有上帝才知道為什麼要賦予牠如此神聖的色彩。這種甲蟲慣於把卵產在糞堆裡，可能因此獲得祭司們的好感，也許將來有一天我們也會對此心懷敬意。不過老實說，比起埃及的聖甲蟲，美國金龜子的地位較低，而美國教士也同屬更低的檔次。同「scarabee」。

他一失手跌落在大橡樹旁。
他曾在遙遠之處旅行，
他希望讓她明白，名為薩拉班德（saraband）的舞蹈，
不過他卻唸成聖甲蟲（scarabee）。
他整個下午都說自己在跳聖甲蟲舞，
而她，他所熱愛的她，卻微笑不語。

啊，那身體清晰可見，並在月光下凍結，
他為了聖甲蟲而死去。
回憶來得太遲。
命運啊！

人們將他安葬於此，他沉睡著等待白日。
這兩個雙關語讓人睜大眼睛，臉色發白，
人們悲愁地望著他的墳墓，緩緩離去。
為了聖甲蟲而死啊！
—— Fernando Tapple

魔鬼辭典

放血
scarification
名詞

中世紀篤信宗教者的苦行之一。這種苦修形式偶爾需要用刀劃開身體，有時則需要燒紅的烙鐵。根據阿森琉斯・阿賽堤卡斯（Arsenius Asceticus）的說法，假使苦行者不畏劇痛，不惜讓容貌受點小傷的話，放血儀式其實尚在身體可以接受的範圍內。只不過，就像其他原始苦行方式一樣，放血修行儀式也逐漸被捐款等善行給取代。據說捐贈巨額財產修建圖書館或大學帶給修行者的劇痛，遠比尖利的刀子或燒紅的鐵塊來得劇烈，痛感也更為持續；因此，捐款絕對是更為體面的修行方式。然而，捐款苦行也有兩種嚴重的缺憾：牽涉利益，還會玷污正義。

君王權杖
scepter
名詞

君王的權威象徵。原本君王用此木杖教訓身旁弄臣，若想否決提案時，就以此木棍痛打大臣，讓他們身骨破裂。

短彎刀
scimitar
名詞

相當鋒利的劍，有些東方人十分嫻熟此藝，令人稱奇。我們可從 13 世紀日本一位作家的散文中窺知一二：

從前有個日本天皇下令處死一位大臣，在斬首儀式完成十分鐘後，天皇陛下詫異地發現那個應被處決的大臣平靜地向他走來，他早該在十分鐘前就失去性命的呀！

憤怒的天皇大喊：「一千七百條不可思議的龍啊！難道我不是下令你在三點鐘，在市集接受劊子手的處決嗎？現在已經三點十分了！」

「千萬個榮譽之神的愛子啊！」被判死的大臣回應道，「您所言千真萬確，與之相比真理也會變成謊言。但陛下，您像陽光般的意念卻被可恥地褻瀆了。我高高興興地跑去，並在市集等待。劊子手帶著亮晃晃的彎刀前來，接著輕觸我的脖子一下就走了。百姓忿忿不平地朝他丟石子，畢竟我實在不受人民喜愛啊。我來覲見陛下，就是希望您伸張正義，將這名愚蠢的劊子手處死。」

「那個黑心的劊子手屬於哪個軍團？」天皇問。

「他屬於英勇的第九千八百三十七行刑團，我知道這男人。」

「把他帶過來。」天皇喊道。不到半小時，劊子手就出現在御座之前。

「你這三條腿的野狗，沒有手指的傢伙！」天皇大聲怒吼：「你本該服從皇命將他處決，為何只讓刀子輕輕滑過他的脖子？」

「仙鶴與櫻花之王啊，」劊子手恭敬地回應道，「請您讓那大臣用手擤擤鼻子吧。」

大臣聽命用力擤了鼻子，像隻大象般發出如雷聲響。旁觀者都期待他的頭顱會在用力過猛之下倏然斷裂，可是卻什麼事也沒發生。大臣安然無事。

所有人的目光轉向那劊子手。他頓時臉色發白，猶如富士山之雪。他雙腿打顫，呼吸也因恐懼而急促。

「長著稻穗尾巴的銅獅啊！」他哭喊道，「我的武士道已被羞辱。我被毀了。我砍那傢伙時力氣不足，是因為我在揮舞彎刀時，不小心把自己的脖子割斷了。月亮之父啊！我這就退席而去。」

說完他抓住自己的髮髻，提起自己被割斷的頭顱走到御座之前，謙卑地擺放在天皇腳邊。

剪貼簿
scrap book
名詞

一種由笨蛋編輯而成的書。很多小有名氣的人都很喜歡在手邊保有一本剪貼簿，用來搜集關於自己的報導，或者也可以請他人代勞。以下來自阿伽曼儂‧麥蘭臣‧彼得（Agamemnon Melancthon Peter）的句子，讓我們可以一探自大狂們的存在：

親愛的法蘭克，你自稱保留了一本剪貼簿，
裡面塞滿了各式各樣對你的褒獎與報導。
你把那些印成鉛字的嘲笑，
一條條貼在自己的脖子上，
以為那些作家們的大聲狂笑，
正好證明了你的榮耀。

> 每當你把圖片貼上，我彷彿看到喜劇作家開始創作，
> 刻畫下你古怪滑稽的猶太臉龐。
> 拜託，借我你的剪貼簿吧！
> 雖然我不怎麼聰明，也不懂藝術，
> 但我願見證你要承受的耳光，
> 假使上帝也有手掌。

隨手書寫者
scribbler
名詞

觀點總是自相矛盾的專業作家。

聖經
scripture
名詞

屬於我們基督教的神聖經典，至於其他宗教經典都充滿了謬誤與褻瀆字眼。

圖章
seal
名詞

加蓋在文件上證明其真實性和權威性的標記。圖章有時會加蓋在文件所附的蠟塊上，有時則直接蓋在文件上。某種意義來說，加蓋圖章是一種古代遺風，古人向來喜歡在重要文件上刻寫神祕字句或符號，使得文件具有一種獨立於其權威性之外的魔性。大英博物館典藏的古代文件中，有許多與祭司或聖職人員有關，上頭常有一些使文件生效的星型符號，以及意味不明的縮寫大寫字母，這些符號和字母似乎等同於今日的圖章。現代所有荒謬與無意義的習俗與儀式，都源於遠古的特殊風俗，但同時也有一些流傳在古代的無腦行為隨著時間的推移，漸漸地進化成有用的東西。好比「真誠」（sincere）一字源於 sine cero，意指沒有蠟的；專家學者對於此字的原意見分歧，有人認為這代表該信沒有附加神祕記號，也有人認為，這意味著該信沒有附加正式的封蠟戳記，而有被偷窺的可能。兩種看法都各自衍生出相應的推測。

至於法律文件上時常出現的 L.S. 縮寫則代表代印處，也就是原應戳印之處；有鑑於現代人早已沒有加蓋戳印的習慣，這八成就是從前的保守上流社會自以為異於禽獸的做法吧。代印處一字似乎可以當作普里比洛夫群島（Pribyloff Islands）的座右銘，委婉表達其附屬於美國領土的主權地位。

拖曳網
seine
名詞

針對環境引發非自願性變化的網。用來捕捉魚的網，往往做得堅實而粗糙；而用來捕捉女人的網，則質地精細並綴有雅緻的小型寶石。使用後者捕捉女性自然比前者容易得多。

> 惡魔拋出以小石編成的網（上面綴滿昂貴石頭），
> 將網撒向人群，並計算成功捕獲的結果。
> 幾乎所有的女人都上鉤了，多麼神奇啊！
> 但是當惡魔把大網往背上拋去準備離開時，
> 所有的女人又從網中脫逃了。
> —— Baruch de Loppis

自尊
self-esteem
名詞

一種近乎錯誤的評價。

不言而喻的
self-evident
形容詞

對某個人自身而言相當明顯，但其他人根本無從理解的。

魔鬼辭典

自私的
selfish
形容詞

只顧自己,卻沒想到別人也是利己主義者。

參議院
senate
名詞

擔負重責並背負前科的老年紳士團體。

連載小說
serial
名詞

在雜誌或報紙進行長期刊登的文學作品,通常內容都是編出來的。為了不讓沒讀過前面章節的讀者疑惑,每期連載的開頭都會附有「前期提要」,再附上「後章概要」,因為多數人根本沒打算往下閱讀。說不定將整部連載小說濃縮成一篇大綱會是最好的做法。

已故的詹姆斯・鮑曼(James F. Bowman)曾經和一位不具名的天才友人一起為周刊撰寫連載小說。他們並非同時而是輪流撰稿,當鮑曼寫完這期故事後,友人再接續寫下一篇文章,不斷地輪迴,期許世界末日永遠不會來臨。可惜的是,有天兩人鬧翻了,隔天周一早晨,鮑曼驚訝地發現友人將故事斷然終結,並深感痛悔。他把小說裡的所有角色安排到船上,連同整艘船一起沉入大西洋的無底深淵,成了故事最終的歸宿。

單獨所有
severalty
名詞

分離的,例如土地的單獨所有便是由一人獨享土地所有權,而非與他人共享。部分印第安人如今被認為已經受到足夠教化,懂得將土地據為私有而不是作為村落共同的財產,並轉賣給白人以換取蠟珠或馬鈴薯威士忌。

> 看啊!那可憐的印第安人,心神不寧地。
> 他見過死亡、地獄並把墳墓拋在腦後;
> 這些簡樸的人們一直居住於此——

281

他的簡單家當成了被人掠取的目標,
人們用詭計奪取他們的財富,
三不五時地想說服他交出財產!
他怒火難熄、渾身痛楚,
他們用「土地單獨所有」的華美字眼欺騙了印第安人。
最後,所有人都被殺害,吃乾抹淨,
這些占據了土地的人,就此定居下來!

警長
sheriff
名詞

美國郡級司法長官,在西部或南部各州,他們最大的任務就是捕捉和處死流氓無賴。

約翰‧艾默‧派特邦‧卡吉(這麼長的名字真讓人抓狂),
簡直罪無可赦。
很多人都說:「我發誓,天底下沒有比隔壁的約翰更惡劣的人!」
他犯下的罪行無數,還不允許有人與他一樣惡劣。
假如他發現其他惡棍,就會在半夜伺機除掉對方。
即便村民眾聲懇求,他仍硬是要把屍體掛在樹上,
任其在樹頭隨風飄蕩。
也有些時候,他們聽聞有倒楣的人被約翰殺害,
而約翰甚至會為此得意洋洋。
約翰在這拘謹又規矩的小鎮裡橫行無阻,
「太可惜了,」鄰居說,「他如此目無法紀,
怎麼沒變成無政府、主、義、者呢?」
(他們老喜歡用結巴的方式表達對這字眼的厭惡)
「這樣好了,」他們接著說,「這惡徒約翰應當把無法者都殺了。」
「現在,以神聖信物為證,」
所有的男人都拿出之前絞刑時用過的繩索,
「以繩索、火炬與利益為名,以信物為證,我們不能再讓約翰傷害我們,他將擁有微小的自由,
滿足渴望犯法的心。」
於是經過一致決議,他被任命為「警長」,
人們皆為此獻上祈禱祝福。
── J. Milton Sloluck

賽蓮女妖
Siren
名詞

舉世無雙的音樂天才,因沒能勸阻奧德修斯(Odysseus)放棄海上漂泊生活而聞名。賽蓮女妖可以用來比喻任何滿心期望卻裝作毫不在乎,最終真的一無所獲的女人。

俚語
slang
名詞

人猿的語言,並且廣為流傳。有些人喜歡用耳朵想事情,再用舌頭表達思想,他們自以為創造了新詞彙,所作所為卻和鸚鵡差不了多少。在上帝的眼光看來,他們根本就是沒腦的傢伙。

碎屑
smitharen
名詞

碎片;碎裂的部分;剩餘物。這個字有很多種用法,不過在以下詩句中似乎運用得最為巧妙,描述了一位女性改革家反對女性騎腳踏車,因為那會把她們「送往魔鬼所在之處」。

> 轉動的輪子不帶任何聲響——
> 少女們坐在高處,帶著罪惡的愉悅之心,
> 隨著輪子飛轉,拋卻了責任,卻奔向惡魔所在之處!
> 她們又唱又笑,車鈴的清脆聲響響徹清晨!
> 她們的車燈照亮了夜晚的巷弄街道,
> 行人紛紛閃避。
> 夏洛蒂小姐舉起了手,站在腳踏車踏板上,
> 哎呀呀,噢噢噢,
> 她的風濕病不藥而癒,
> 她滿是怒氣的脂肪燃燒了起來。
> 她阻擋了通往憤怒之途,
> 撒旦的魔力遭到蔑視。
> 車輪無聲無息地飛轉,
> 閃著紅色的燈、藍色的燈和綠色的燈。
> 是什麼在地上啊?
> 那是夏洛蒂小姐的碎屑啊!
> —— John William Yope

詭辯
sophistry
名詞

我們用來稱呼敵手話術的用詞。他們的話術與我們相比起來，不但不真誠，也缺乏智慧。詭辯正是部分希臘哲學家傳授的智慧、謹慎、科學與藝術。總歸一句話，人原本無所不知，卻在詭辯與話語迷霧中丟失了一切。

> 他把對手提出來的事實甩在一邊，
> 用詭辯之技上場搏鬥；
> 然後，他宣稱對方的論點根本狂妄無知，充滿謬誤。
> 這不是真的吧！就像死去男人的胸膛被狠狠踐踏，
> 他像逃避踐踏一般毫無重量地輕輕躺著。
> —— Polydore Smith

巫術
sorcery
名詞

這是政治影響力的古老原型與範本。不過在古代，巫術並沒有受到絕對的尊敬，某些時候巫師甚至會被虐待或處以死刑。據奧古斯丁‧尼可拉斯（Augustine Nicholas）所說，從前有個可憐的農民被指控施行巫術，人們以酷刑逼迫他招供；他在忍受了一些輕微的虐待後坦誠罪過，並天真地詢問行刑者，對巫術一無所知的人是否也有可能成為巫師。

靈魂
soul
名詞

一種精神性存在，自古以來，靈魂一詞早已激發出無數精彩辯論。柏拉圖認為在前世（雅典人之前）清楚目睹永恆真理的人，於此生重獲生命後，就會成為哲學家。柏拉圖本人也是個哲學家。至於前世對神聖真理缺乏思考的靈魂則會使人成為暴君與篡位者，例如狄厄尼修斯（Dionysius）就曾威脅要砍掉眉毛濃密的柏拉圖的頭。當然，柏拉圖絕非第一個以提倡某種哲學對付仇敵之人，也不會是最後一個。

知名著作《至樂》(*Diversiones Sanctorum*)的作者說道：「人們向來喜歡爭論靈魂在身體中所處的位置，我個人認為腹部正是靈魂的棲身之所。關於這點我們可以非常簡單的例子來證明，那就是貪吃的人向來是最虔誠的。《聖經》中曾說貪吃者『使他的肚子成為神靈』(make a god of his belly)，有肚腩之神的陪伴，他怎能不虔誠、不時時祈禱呢？誰能比貪吃者更切身理解神力？我深信，靈魂與胃袋確實是二位一體的神聖存在。這也是普羅馬修斯的信仰，只不過他竟然否認靈魂的不朽。普羅馬修斯宣稱肉體死亡以後，靈魂的可見物質實體會和其他器官一同腐朽；然而，他對靈魂的非物質部分卻一無所知。這種非物質的靈魂往往被稱為「食慾」，可以免遭死亡的劫難而長存下去；當它抵達另一個世界時，將因其生前的功過接受賞罰。那種對大眾市場和公共食堂的不潔食物相當熱絡的「食慾」，在進入另一個世界後會被打入永恆的飢餓深淵，至於彬彬有禮但嗜食鷸鳥、魚子醬、甲魚、鯷魚、鵝肝醬等基督教美食的「食慾」，則因為早已砥礪靈魂，將在另一個世界繼續享用稀罕昂貴的美酒，以慰藉他們對神聖的渴求。以上就是我的信仰。不過我得痛苦地坦誠，我所尊敬的神聖教皇閣下與坎特伯里主教大人大概不會支持我的信仰吧。」

| 鬼怪作家 |
| spooker |
| 名詞 |

對於超自然現象，尤其是鬼怪的所作所為深感興趣的作家。在我們的時代最傑出的鬼怪作家應為威廉・豪威爾斯（William D. Howells），他把一群相當體面與恪守秩序的鬼怪介紹給心地善良的讀者們。某教區學校的董事會主席讀了豪威爾斯的鬼怪故事後，成天擔心農場裡的鬼怪是否在此出沒，心神不得安寧。

故事
story
名詞

敘事文學作品,通常都是杜撰的。不過對於以下幾個故事的真實性,人們似乎不太感到懷疑。

· 有天晚上,紐約的魯道夫·布洛克(Rudolph Block)用餐時,發現旁邊正巧坐著知名評論家派西佛·波洛(Percival Pollard)。
「波洛先生,」他開口說,「雖然我的新書《死牛傳記》是以匿名方式發表的,但是你一定讀得出來是我寫的吧?但為何你卻批評說這本書的作者是本世紀最大的蠢蛋?你覺得這樣的評論公平嗎?」
「我很抱歉,」評論家和藹地回答,「我以為這樣說大家就知道是誰了。」

· 莫洛(W.C. Morrow)先生原本住在加州聖荷西,熱愛撰寫恐怖故事。他寫的文章恐怖到會讓讀者感覺有隻冰冷的蜥蜴順著自己的背脊往上竄,最後藏在自己的頭髮裡。那時的人們相信鎮上住著歹徒凡思奇的鬼魂,他生前被吊死於此鎮。當時的聖荷西鎮陰森可怕,照明也是個問題,就算說這裡對黑夜一往情深也不為過。在某個特別漆黑的夜晚,兩位紳士走在該鎮特別冷僻的地方,為了給彼此壯膽,他們一路上大聲談笑。突然間,遇見了小有名氣的記者歐文。
「噢,歐文,這麼晚了你怎麼會在這裡?你不是說你很怕凡思奇的靈魂四處走動嗎?既然這麼怕他,怎麼不乖乖待在家裡?」
「親愛的朋友,」那名記者用秋風呻吟般陰鬱的聲音回答道,「我很怕待在家裡啊。我口袋裡有本莫洛的小說,讓人真不敢待在有燈光的地方。」

· 海軍少將施萊(Schley)與眾議院議員喬伊(Charles F. Joy)站在華盛頓和平紀念碑旁,討論著「成功是否亦為失敗」。原本很沉穩的喬伊突然喊道:「你聽!我聽過這演奏,我記得是桑陀曼的樂隊啊。」
「我沒聽到什麼樂隊的聲音。」施萊說。

「嗯,這麼說來,我其實好像也沒聽見。」喬伊說道,「可是我遠遠見到邁爾斯將軍朝著大街走來,他威風的模樣老是讓我聯想到銅管樂隊。我們必須掌握自己思考時的來龍去脈,免得錯置對象。」

當施萊細細咀嚼此番言論的哲理時,邁爾斯將軍氣勢不凡地走來,那樣子令人屏息。在隱形的銅管樂隊尾隨邁爾斯將軍一同離去時,兩人才從震懾之中驚醒過來。

「他看起來好像挺自鳴得意的。」施萊說。

「沒錯,」喬伊語帶同意地說,「反正他也沒其他事可做。」

- 著名政治家錢普·克拉克(Champ Clark)曾住在距離密蘇里捷比克村約一哩路遠的地方。某天他騎著最愛的驢子進城,把驢子拴在陽光明媚的路邊,走進酒吧,不喝酒的他只是想過來串個門子。不久,有個鄰居走了進來,看見克拉克說:

「錢普,最好不要把驢子留在大太陽底下吧。牠鐵定會被烤焦的,我剛剛經過時牠已經飄出焦味了。」

「噢,牠沒事啦,」克拉克一派輕鬆地說,「牠已經是老菸槍了。」

那鄰居喝了杯檸檬汁,搖了搖頭,堅持克拉克的做法肯定會出問題。

這人其實心懷不軌。前天晚上,附近馬棚發生了火災,死了好多匹馬,其中有匹小馬被燒到焦黑難辨。此時外頭幾個小伙子把克拉克的驢子調包,換成那匹燒焦的小馬。接著,其中一人走進了酒吧。

「酒保,拜託你,把那驢子清走吧,牠發出焦臭味了耶。」他客氣地說。

「什麼啊,」克拉克插嘴道,「那頭驢子有全密蘇里最好的鼻子,如果牠都不嫌臭,你囉唆什麼。」

當酒吧鬧成一團時,克拉克走出店外,而他的驢子早就變成焦黑馬屍。然而,年輕小伙子的玩笑似乎沒逗樂克拉克,他一副心事重重的樣子。當晚,當克拉克走路回家時,發現自己的驢子好端端地在茫霧中的月光下站著,這令他想起了海倫火湖(Helen Blaze)[3],於是騎驢飛奔,逃離家園。

---

3 據傳此湖中有許多會漂動的小島,船夫們時常深感困惑。

・軍校校長沃斯普頓將軍（H.H. Wotherspoon）養了一隻詼諧可愛的狒狒。其理解能力非比尋常，但外形上卻不怎麼討喜。某天下午當沃斯普頓將軍回到住處時，驚訝地發現亞當（身為達爾文主義者的將軍為狒狒取的名字）一直沒睡，正在等他回來。亞當身上穿著主人的全套軍服外套、佩戴著軍章。

「你這該死的史前人類！」這位偉大的將軍吼道，「熄燈號早就吹過了，你怎麼還不睡？幹嘛穿我的軍裝？」

亞當站了起來，像其他同類一般趴在地上，牠爬到桌子旁邊，拿了一張名片，那是先前來拜訪的巴瑞將軍所留下的東西。沃斯普頓將軍看了看房間裡的空酒瓶和雪茄菸蒂，猜想巴瑞將軍在等待時受到亞當的熱情款待。將軍對亞當深表歉意，接著就回房睡覺了。第二天巴瑞將軍碰到他時，說：

「對了，老傢伙，昨晚回家時才想到我忘了問你，那些上等雪茄是哪買的？」

沃斯普頓將軍一聲不吭，掉頭走人。

「抱歉，抱歉。」巴瑞將軍跟在他身後說道，「我開玩笑的啦，我在你房間待了十五分鐘後，就知道那不是你本人了。」

成功
sucess
名詞

一種對自己的友人來說難以饒恕的罪行。在文學或詩歌裡，成功的要素其實相當簡單。賈波神父曾經用以下詩句精彩地加以羅列，而出於某種神祕的原因，詩的題目是「約翰・喬伊斯（John A. Joyce）」。

詩人若想出名，就必須帶上一本書。
思索萬物必以名言佳句，並纏上一條深紅圍巾，
超然於塵世之外，梳起側分油頭。
當思想愈淺薄，肚皮就愈鼓；
如果頭髮留得夠長，也就不用為沒帽子發愁。

魔鬼辭典

投票
suffrage
名詞

用選票表達意見。被視為殊榮與義務的投票權意味著為別人選定的對象投下擁戴的一票,這麼做會得到必然的嘉獎,而拒絕投票者則會被冠上「不履行公民義務」的罪名。不過,這些不履行公民義務的人也不會得到任何懲罰,畢竟沒有人足以擔任起訴者。就算真有這樣的起訴者存在,假使起訴者也有罪,那麼他就無權在輿論的法庭上發言;若起訴者無罪,那他便能從對方「不履行公民義務」的罪孽中獲得好處,因為當一人放棄投票權時,就等同於另一人所投下的一票更具份量。所謂的婦女投票權,則代表女性有權投票給男人要她們支持的對象。這種權利以女性的責任為基礎,而此種性別權利又相當有限。那些渴望擺脫裙襬束縛而投下一票的女人,一旦受到皮鞭的威脅,定然會立刻放棄此項權利。

諂媚者
sycophant
名詞

用鬼祟的方式纏著偉大的人,並且時刻提防遭撐走或喝斥的人。這種人往往有份編輯工作。

> 精瘦的螞蝗四處尋找依託,一旦叮上就不再鬆口,
> 直到牠黝黑的身軀被污血撐破,
> 才暴食而死,墜地以終。
> 卑鄙的諂媚者也是如此,
> 在發現他人弱點時張開血口,
> 興奮地緊咬不放,像隻螞蝗般狂飲吸噬,
> 不同之處只在於他永遠不會罷休。

三段論法
syllogism
名詞

一種邏輯公式,由大前提、小前提和矛盾組成(可參見「邏輯」(logic)條目。)

氣精

sylph

名詞

在空氣仍被視為一種元素，還沒有被工廠污煙、陰溝臭氣等其他現代文明產物污染以前，氣精是存在於空氣中的可見之物。氣精與土地神、森妖、火蛇等緊密相連，後三者則分別存在於地上、水中與火中，但現在卻成了對人類有害之物。氣精和天空中的飛禽一樣，有雄性與雌性，不過此雄雌分類似乎沒有任何實際目的，畢竟沒有人看過氣精繁衍後代，即便它們真有子孫，也一定是藏身於人類無法觸及之處。

象徵物

symbol

名詞

用來代表另一事物的東西。很多象徵物不過是「殘存物」而已，並且沒有任何實際功用。它們唯一存在於世的理由，只是因為我們從祖先那裡繼承了製作它們的癖好，好比有著紀念碑功能的骨灰罈，以前它們是真的拿來存放死者骨灰的。現在的人們無法不去塑製骨灰罈，但可以為它另取一個名稱，藉此掩蓋我們的無奈。

象徵的

symbolic

形容詞

與象徵物及其用法或詮釋有關的。

　　他們說令人悔悟的是良心，
　　但我認為後悔是來自腸胃。
　　因為每當惡人犯下罪行，
　　我都發現他們的肚子鼓起，
　　料想他那富有同理心的腸胃，
　　出了什麼可怕的毛病。
　　我確實相信，吃下劣質晚餐的人才是真正有罪。
　　亞當正是吃了不該吃的蘋果，
　　所以理應受到該死的詛咒。
　　不過，那終究只是個象徵，
　　真正的原因是亞當患了疝氣。
　　—— G.J.

T

T，英文字母中的第 20 個字母，古希臘人竟然把它唸作 tau。在遠古的字母表裡（英文字母由此演變而來），T 就像是一種簡陋的開瓶器，當它單獨使用時代表「tallegal」，而學問淵博的布朗瑞博士（Dr. Brownrigg）把它譯為「tangle foot」（粗糙的威士忌酒）。

定價套餐
table d'hote
名詞

當餐廳對自己的責任不屑一顧時的表現。

> 老丑角剛剛結了婚，帶著新娘到餐桌前，
> 開始死命地填飽自己的肚子。
> 他低啞著喉嚨喊道：「我對你很不錯吧！」
> 「對啊，」被忽略的新娘回答：
> 「你點的是定價套餐嘛。」
> ——諸位詩人

尾巴
tail
名詞

動物脊椎骨的一部分。它已經超越了自然的界線，而獲得獨立的存在地位。人類打從出生時就沒有尾巴，並為此感到不自在，這一點我們可以從男性的燕尾服和女性的裙襬獲得實證。而人們老愛在原本應該長出尾巴的位置綴上裝飾，也證明了我們曾經擁有尾巴。這種裝飾癖好似乎在女性身上特別明顯，因為女性對老祖宗最有感情，而且此情綿綿無絕期。蒙博杜爵士（Lord Monboddo）所描述的長有尾巴的男人對很多人而言不過是想像中的產物，但這或許也是受到了史前猿人祖先異乎尋常的影響。

拿
take
及物動詞

獲得某物，通常是透過武力，但偷偷摸摸地進行效果更好。

說話
talk
及物動詞

在沒有誘惑的狀況下放縱自我，順從直覺但又毫無目的的舉動。

關稅率
tariff
名詞

對進口商品的課稅比率，專門用來保護國內製造商應對其消費者的貪婪。

人民的公敵為了煤礦價格低聲哭泣，
地獄剛巧遭到了併吞，成了新的南方之國。

「我沒有其他選擇，」他說，
「我只能盡可能地取得免費的煤，這樣做自然比較聰明，不過逼我一直壓低價格的原因還不只如此；不管是我的鍋爐商或其他人，都承受磨難。
他們還剩什麼呢？
雖然我也私心地想對他們好一點，但我可不能為此付出太多代價啊。
關稅高得可怕，連魔鬼都會開始偷竊吧！
我已經毀了，也做不了誠實的生意，
惡棍馬上就要侵門踏戶，報紙也開始流傳消息，
馬上就要將我淹沒。
酒保拿出能讓我欺騙自己的酒水，
醫師開的藥不見成效，
也治不了我的狀況，他只想趕快收取診費。
神父的教導對我而言毫無用處，
而政客們儘管行為和我如出一轍，
卻還做出了許許多多不實的承諾。

這都是壓垮我的最後一根稻草,
我只能發出不斷被忽視的哭聲,
根本沒有人聽聞我的抗議,
隨著可笑的舞蹈一直跳下去,我將會成為聖人!」
現在,那些聖人和共和黨員們發出嚎叫,
加入商業戰局,惡魔們露出了面孔!
魔鬼和政客們激烈廝殺爭辯,
直到民主黨員們感到絕望、孤獨,
並開始等待遲來的希望。
惡魔開始轉向,逃開選擇合作抗敵的兩黨;
不過,在神聖尊貴的關稅面前,無人得以鬆懈,
他們最終決定為每個墮落至地獄深淵的反叛新教徒課以重稅。
—— Edam Smith

技術性而言
technically
副詞

曾經有個叫赫姆的男人因為誹謗鄰居犯了謀殺罪遭英國法庭傳喚。赫姆的說詞如下:「湯瑪斯・霍特拿了把菜刀朝廚師腦袋中間砍去,廚師的頭顱一半掉往左肩、一半掉往右肩。」結果法庭判決將霍姆無罪釋放,因為學識淵博的法官們認為,赫姆的話並不等同於指控謀殺,因為他們無法斷言廚師是否死亡,所謂「廚師之死」不過是種推論而已。

沉悶
tedium
名詞

無聊,厭煩者的心境。關於此字的起源眾說紛紜,不過權威學者賈波神父認為,此字顯然源於拉丁文的古老聖歌〈主啊,我們讚美您〉(*Te Deum Laudamus*)的前兩字。

絕對禁酒者
teetotaler
名詞

完全拒絕烈酒的人,有時是徹底的拒絕,有時是勉勉強強地拒絕。

電話
telephone
名詞

魔鬼的發明。由於電話的問世,想要把某些討厭鬼拒之千里之外是不可能的了。

望遠鏡
telescope
名詞

望遠鏡之於眼睛好比電話之於耳朵,它能使遠處無用的細節盡情地折磨我們的雙眼。不過好在望遠鏡不會有惱人的鈴聲提醒我們迎向苦楚。

緊握
tenacity
名詞

當人拿到錢幣時手掌所呈現的狀態。人往往在獲得大權時將緊握姿態發展到極致,這將是政治生涯中相當重要的決鬥態勢。以下生動的字句來自加州一位頗負名望的仕紳,描述了他的經驗:

> 他的雙手緊握,沒有東西能從他的指縫中溜走。
> 就算從濕漉漉的水槽裡抓出滑不溜丟的鰻魚,
> 他也能緊緊抓牢,不讓牠移動分毫!
> 好在,他不是使用雙手呼吸,
> 不然他恐怕會想將一切據為己有,直到最後。
> 你可能會說,那又有什麼不好,
> 只怕他會過於貪婪,連吐氣都不放過!

神智學
theosophy
名詞

混合了宗教、神祕學的一種古老信仰。現在的神智學論者以及佛教徒深信人在世上會轉生多次,而且每次都擁有不同的肉身,藉以完成靈魂的修行。簡單來說,一次的生命不可能讓我們達到智慧與良善。若要臻於完美,那麼根據神智學論者的說法,靈魂也會在一次又一次的學習中,如同其他事物一樣,藉由無盡砥礪變得更加完美。有些比較隨便的神智學者則將貓咪排除在外,畢竟貓咪看起來永遠都不會比去年更聰明懂事一點。史上最肥胖臃腫又最偉大的神智學者則是布萊夫斯基女士(Madame Blavatsky),她當然沒有養貓。

294

緊身衣褲

tights
名詞

一種舞台服裝，目的在於為新聞主播表達歡欣鼓舞之意。一開始大眾對這種服裝沒什麼興趣，直到莉莉安‧羅梭（Lillian Russell）拒絕作此裝扮以後，大眾才開始注意到緊身衣褲的存在。很多人猜測羅梭拒絕的理由，其中以波琳‧赫爾（Pauline Hall）小姐的想法最有趣也最有見地。赫爾小姐認為羅梭小姐之所以拒穿緊身衣褲是因為她的大腿令人失望。這個猜測雖然不被男性所接受，但是大腿的美醜話題確實深有哲理！奇怪的是，在羅梭小姐的緊身衣褲爭論中，好像沒有誰認為其原因有可能出自老一輩人常說的「端莊」。現代人對此詞恐怕所知甚少，用我們現有的貧瘠詞彙似乎也無法解釋其意。不過，某些藝術研究在沉寂一段時間後往往又會復興，有些藝術甚至自己復活了。身處在復興的時代，我們絕對有理由相信有天可以重拾過往人們所感受到的「羞怯」，並以噓聲歡迎羞恥心重新亮相。

墳墓

tomb
名詞

冷淡之屋。多數人都認為墳墓有其神聖性，不過當死者安息多年後，似乎撬開墳墓又不是什麼罪過的事了。著名的埃及學專家霍金斯博士（Dr. Huggyns）表示，一旦墓中人完成氣化過程，挖掘墳墓也不見得是在褻瀆死者，因為此時往生者的靈魂早已徹底蒸發進入天堂。這種合理的說法貌似受到多數考古學家的認可，並使得考古學這門出於「好奇心」的科學獲得了尊貴的地位。

酗酒
tope
動詞

狂飲、濫飲烈酒、豪飲、暢飲。以個人來說，酗酒往往招來非議，但是酗酒的民族卻常被視為最文明和最具威脅性的民族。當嗜酒如命的基督徒遇上節制有度的伊斯蘭教徒時，後者就如同青草遇上鎌刀一般紛紛倒地。在印度，十萬名大啖牛排、豬排，狂飲白蘭地和蘇打水的英國人竟然能駕馭二億五千萬名茹素、戒酒的亞利安人。想當年，嗜飲威士忌的美國人是多麼優雅地讓滴酒不沾的西班牙人拱手讓出自己的財富啊！從狂戰士（Berserkers）掠奪西歐沿海並醉醺醺地倒在每一個被自己征服的港口至今，世界早已面目全非，只有一點恆久不變，那就是全世界的酗酒民族都善於爭戰，他們熱愛戰爭勝過正義。

烏龜
tortoise
名詞

一種動物，上帝創造烏龜是想激發艾伯特·德萊梭（Ambat Delaso）的文學創作靈感：

致我親愛的烏龜：

我的朋友，你一點都不優雅，
你走路搖晃笨拙，如同爬行。
你一點也不美麗，你的腦袋像蛇，
縮進縮出，實在有幾分醜陋。
睡覺時，你把四肢藏在殼裡，
那副模樣會讓天使們哭泣。
是的，你不美麗，但我相信，
你的硬殼賦予了堅強的個性。
你具有巨人般的筋骨與韌性，
堅強與力量正是最偉大的美德。

不過，原諒我這麼說，
你沒有靈魂（但願偉人們都擁有靈魂）。
也許正因為如此，老實說，
我真希望我變成你，你變成我。

也許將來某一天世界毀滅，
你的子孫可以重建更完美的世界。
由於靈魂的誕生與成長，
你的後代將成為世界的君王。
因此我要向你表達敬意，祝賀你擁有新的大地。

可能性之父啊，請接受人類毀滅前的朝拜！
在未知的遙遠之境，我夢見烏龜坐在王位之上。
我看見國王們敬畏律法，
紛紛把腦袋縮在自己的殼裡。
國王身上的脂肪自然不少，
但仍有其他長處值得驕傲。
總統先生向來從善如流，絕不會排斥異己，
也不會向武裝或和平的龜王開砲
（若要這麼做也是徒勞）。
烏龜的子民們認為沒有必要，讓社會動盪不安。
於是生活爬行如龜，充滿沉思默想。
不管在教堂或政府，人們都會說：「慢慢來啦！」

啊，烏龜，多麼美好的夢，
我夢中的烏龜政體多麼奇妙！
願你能從伊甸園趕走亞當，
慢悠悠地實現夢中的理想。

樹
tree
名詞

一種高大的植物，大自然創造的懲罰裝置。由於自然的不公不義，大部分的樹根本不結果，或者只會結出毫無價值的果實。能夠自然開花結果的樹是文明的慈善事業，以及公共道德的重要環節。在嚴苛的美國西部與較為纖細的南方（分別以白人、黑人為代表），樹果雖然不宜食用，卻很符合公眾的口味，就算無法出口，也能對公共福利事業有所助益。最早發現樹之正當性的並不是在樹上吊死罪犯的用私刑者（確實必須承認，這種用途比不上作為燈柱或是橋的梁架），我們可以在比他早出現兩個世紀的莫樂斯特（Morryster）的文章中發現：

> 我專程來一睹果果樹，那裡我聽見有人在悄聲低語，
> 卻沒有看到任何特別之物，只聽聞一段談話：
> 「這樹現在尚未結果，不過等到時機成熟時，
> 所有的枝椏都垂掛著對國王的侮辱。」
> 後來我才知道所謂的果果，就是我們說的惡棍。
> ——東方行旅者

審判
trial
名詞

一種用來證明法官、律師與陪審團清白的訊問調查活動。為達此目的，必須指控被告有罪，以便與上述人士的清白無辜形成對比。若指控成立的話，被告就不得不承受某種巨大的痛苦，而上述有德行的正義人士則會因其禍不及自身而感到欣慰，並因此感覺到自身的價值。

在現代，被告身分多為人類，特別是社會主義者。而在中世紀時期，走獸、爬行動物和昆蟲都曾被送上審判台。當時化身為人或能夠施行巫術的野獸會被正式逮捕並經歷控訴與判決，最終或由專職劊子手處以死刑。糟蹋糧田、果園的昆蟲也會被傳訊，由律師帶上民事法庭，在出示證據、經過辯論和判決之後，假如昆蟲之輩仍舊執迷不悟，就會被押送到高等宗教法庭，在那裡接受嚴厲的詛咒並革除教籍。

相傳在托雷多街上有幾隻撒野的豬從總督的兩腿間竄過，結果惹惱了總督大人，他立刻簽署逮捕令，並隨即處決了野豬。在那不勒斯小鎮，曾有頭驢子被判處火刑，不過此判決令似乎沒有執行。據達多西奧說，中世紀的法庭紀錄記載了許多審判豬、牛、馬、公雞、狗、山羊等牲畜的案例。據信審判動物是為了改善牠們的行為並提高道德準則。1451年，出沒於伯恩附近池塘的螞蟥遭到起訴，在海德堡大學全體員工的授意下，勞桑主教（Bishop of Lausanne）下令將部分螞蟥帶到行政長官面前，結果所有的螞蟥不論出庭與否，都被命令必須在三天內離開牠們肆虐之處，同時為「招來上帝的詛咒」表達悔過。在卷帙浩繁的螞蟥案紀錄中，並沒有任何資料證明螞蟥最終是否勇敢地接受了懲罰，抑或是退出了那場蠻不講理的審判。

旋毛蟲病
trichinosis
名詞

豬對支持食用豬肉者的回報。

猶太哲學家摩西・孟德爾頌（Moses Mendelssohn）生了重病，被送去給某基督教醫師診治。當時他診斷孟德爾頌染上了旋毛蟲病，不過卻技巧性地換了一套說法。
「你必須趕快改變飲食習慣，」他說，
「你必須每天吃至少六盎司的豬肉。」
「豬肉？」孟德爾頌哭喊道，
「豬肉，我絕對不想碰那種東西。」
「你說真的嗎？」醫生低沉地問道。
「當然！」
「很好，那我會好好治療你。」

三位一體
trinity
名詞

某些基督教派信奉的複合一神論——三個不同的神合而為一，等同於一神。多神教信仰中低階的神靈，例如惡魔和天使並不具備此合而為一的能力，因此祂們必須單獨尋求人類的崇拜或聽取懺悔。三位一體說為神聖的基督教最高貴的教義之一。由於它難以被人理解，基督教一神派論者否認其正確性，也因此暴露了自身對宗教基本原則的謬見。在宗教上，我們僅相信自己不能理解的教義，以及那些與前者不相牴觸的可理解的教義；也因此，種種無解往往被視為是已知的一部分。

史前穴居者
troglodyte
名詞

尤指舊石器時代居住於岩洞中的人類，他們拋棄樹窩，但沒有學會建造房屋。曾有一群穴居者和大衛王共同住在阿都南岩洞之中。當時住在穴洞的有「痛不欲生的人、負債者與憤世嫉俗者」——簡單來說，也就是猶大國的所有社會主義者。

停戰
truce
名詞

和「友誼」（friendship）同義。

真理
truth
名詞

這是表面現象與欲求的奇妙結合體。尋求真理可說是哲學的終極目標，也是人類心智大腦最原始而古老的思考活動，並且將永遠持續下去直至末日來臨。

誠實的
truthful
形容詞

愚蠢而無知的。

托拉斯
trust
名詞

在美國政治中專指龐大的公司體系，裡頭絕大部分的成員是勤儉的工人，其次是絕望的寡婦，再來是看護人以及受法庭監護人看管的孤兒。此外，也有形形色色的犯罪者與流氓。

火雞
turkey
名詞

一種在宗教紀念日成為祭品的巨鳥，用來檢驗人們對神明的虔誠與感恩。順帶一提，火雞肉十分美味。

兩次
twice
副詞

太常發生的。

鉛字
type
名詞

有害的金屬小片，儘管鉛字對這本無與倫比的辭典而言相當重要，但它們仍有摧毀人類文明的嫌疑。

舌蠅
tzetze fly/
tsetse fly
名詞

一種非洲昆蟲,其叮咬一般被認為是治療失眠最有效的自然療法,不過也有些患者更偏好仰賴善於催眠的美國小說家。

U

無處不在
ubiquity
名詞

具備此能力的人或物能同時存在於多處,不過這和太陽或神的無所不在有點不同,後者代表無時無刻地出現在所有地方。但對中世紀教會而言,他們似乎搞不清楚兩者間的差異,並因此混淆造成了多起流血事件。有些路德教徒堅信耶穌的肉身無處不在,這些人被稱作「無處不在論者」(ubiquitarians)。很顯然地,這種信念最終遭致詛咒,因為耶穌的肉體分明只存於聖餐之中,儘管聖餐儀式可以在多處進行。在當今時代,人們似乎不能理解無所不在的意涵,比如說博伊爾・羅氏爵士(Sir Boyle Roche)認為人不可能同時出現在兩地,除非是鳥。

醜陋
ugliness
名詞

諸神贈與某些女性的才能,使其無須具備謙卑的美德。

最後通牒
ultimatum
名詞

在外交辭令中,指做出讓步前的最後一項要求。

當接到奧地利政府的最後通牒後,土耳其政府內閣立刻集會商量對策。
「噢,先知之子,」教長對常勝陸軍統帥說,
「我們有多少堅不可摧的士兵?」
「那些虔誠的信仰者啊,多到像森林中的林葉一般茂密。」陸軍統帥一邊翻閱記事一邊回答。
「那我們有多少精實戰艦可讓那些基督教豬玀聞風喪膽呢?」教長接著問海軍統帥。

「月圓大叔啊,他們多到像海浪的泡沫、沙漠的沙粒與天上的繁星!」
整整四小時後,教長的粗肥眉毛依舊緊皺,顯然有在沉思,計算戰爭的種種可能發展。最後他說:「各位天使之子,我心已定,我建議土耳其烏力馬(Ulema)[1]按兵不動。以真主之名為誓,會議就此解散。」

非美國的
un-American
形容詞

惡劣的;不可忍受的;野蠻的;未開化的。

塗油禮
unction
名詞

塗油的宗教儀式。所謂臨終塗油禮就是用主教祭神的聖油塗抹臨死者的數個身體部位。據馬伯瑞(Marbury)所言,曾經有個邪惡的英國貴族接受臨終塗油禮,當儀式結束後才發現被塗抹的根本不是聖油,更糟的是,當時手邊並沒有多餘的聖油。臨死的貴族大發雷霆吼叫道:「難道我死後將會受到詛咒?」「孩子,」牧師說,「這就是我們的煩惱啊。」

理解
under-
standing
名詞

讓人類能因為屋頂的有無而分辨房屋(house)與馬(horse)的大腦分泌物。洛克(Locke)與康德(Kant)對人類理解力的本質與律則做了詳盡的論述;洛克騎在房屋上,而康德則住在馬兒身子裡。

> 他的理解力異乎尋常地敏銳,
> 總是能夠將感知與經歷的一切細細描述。
> 不管是在牢中或獄外,
> 他都會把靈感一一捕捉並寫下長篇字句,
> 最後,他停筆於瘋人院,開始著手編纂成冊,
> 所有人都讚嘆,這作家太偉大了,前所未見。
> —— Jorrock Wormley

---

1 編注:穆斯林的學者或宗教、法律的權威。

一神論教徒
unitarian
名詞

否認三位一體神學的教徒。

宇宙神教教徒
universalist
名詞

將地獄留給其他信仰者的教徒。

文雅
urbanity
名詞

紐約以外所有大城市居民所具備的禮儀。文雅最常見的表現形式在於說出「請你諒解」（I beg your pardon），通常說這句話的人總是不顧他人的權益妄膽而為。

> 有個磨坊主人坐在山丘上發呆，
> 突然間他出了神，
> 天上突然降下一顆醜陋的人類肝臟！
> 噢，那男人的磨坊瞬間被搗毀。
> 「請你諒解，」某人說，
> 「我不知道這會造成損害。」
> —— Swatkin

慣用法
usage
名詞

文學三位主神中的第一主神，第二主神則是「因襲」，第三主神則是「俗套」。若勤奮的作家對此神聖的三位一體充滿虔敬之心，就一定能寫出如時下流行風潮一般長久的作品。

怕老婆病
uxoriousness
名詞

發生在男性身上的反常愛情，讓人迷戀自己的太太。

V

勇猛

valor

名詞

混合了虛榮心、責任感與賭徒般希望的狀態。

「你們幹嘛動也不動？」
發出衝鋒號令的將軍大聲咆哮，
「給我衝啊，士兵們，現在出發！」
「報告將軍，」那位失職的旅長回覆說，
「有人勸告我，太早洩漏我軍士氣會導致與敵方的衝突啊。」

虛榮心

vanity

名詞

傻瓜能夠送給最親近的驢類的禮物。

人們總說孵不出蛋的母雞，啼叫起來總是最為尖厲；
有些學識淵博的母雞則聲稱人類只喜歡舞文弄墨、大嚼舌根，整天吵鬧不休，虛假奉承，
盡做無意義的事。
我想，人類與母雞相差無幾。
看啊，那軍樂隊指揮多麼神氣！
他身穿金色軍裝，臀部閃閃發亮，
頭戴高聳軍帽，人模人樣。
他華麗而勇敢，果斷而堅強，
嚴厲地指揮軍樂隊，彷若萬民之王。
不過這男人最大的優點啊，
是他既不會荷槍上戰場，也不會發射子彈。
—— Hannibal Hunsiker

| **美德** virtues 複數名詞 | 戒酒、戒菸等等。 |

| **謾罵** vituperation 名詞 | 僅有笨蛋能夠理解的諷刺。 |

| **選舉** vote 名詞 | 摧毀一個人的自由意志與國家的儀式與象徵。 |

W

W 來自兩個 V，也是所有字母中從其他單音節字母演化而來的。羅馬字母比古希臘字母來得更具優勢的其中一個原因，就是前者可以更輕易地拼出簡單的希臘字詞，好比愛皮克斯瑞安比可斯（epixoriambikos）。不過呢，許多重要學者仍然認為兩種字母的演化淘汰實與古希臘之沒落以及羅馬帝國的強勢崛起有關。當然，毫無疑問的，簡化 w 這個字，好比使用哇（wow）這個詞，確實讓我們的文明更為進步呢。

華爾街
Wall Street
名詞

連魔鬼都對自身邪惡感到窘迫的地方。華爾街根本是流氓的大本營，此地鼓舞了所有失意的竊賊、強盜，他們寧可進入華爾街，也不願上天堂。就連偉大而善良的卡內基（Andrew Carnegie）先生都抱持著同樣的信仰。

> 卡內基勇敢地宣戰：「所有的經紀人都是寄生蟲！」
> 卡內基啊卡內基，你的失敗近在眼前。
> 帶著你虛假的口號滾回位在大霧之中的老家吧，
> 別再吹奏你的蘇格蘭風笛，
> 扔掉你的蘇格蘭花裙和羽毛墜飾吧。
> 班‧蘭孟（Ben Lomond）正把兒子從華爾街喚回！
> 在你手上還有錢的時候（還真希望你捐贈給我呢），
> 趕快退出金融之戰吧，免得你的信用虧損、耗盡財源。
> 卡內基啊卡內基，像你這樣的金融之王，
> 實在不該放任你的舌頭肆虐！
> ──無名者

戰爭
war
名詞

和平的藝術所衍生出的附加產物。最具有威脅性的政治情勢則是國際和平。那些熱愛歷史的學者老是被教導要防患於未然,比方說「在和平時期應為戰爭做好準備」,這句話代表所有事物都有其盡頭,變動才是世間唯一不變的法則。和平的土壤裡總是滋養著好戰的種子,並且慢慢地成長茁壯。忽必烈正是在建造了逍遙宮以後,開始感到「遠方傳來了祖先預示的戰爭之音」。

最偉大的詩人柯勒律治(Coleridge)會講述這個寓言自是有其深意的。願我們少唱一些軍歌,多多心存懷疑,才能為國家帶來安全。戰爭往往在夜間悄然襲來,而大唱和平之歌,剛好提供了這種黑夜。

華盛頓人
Washingtonian
名詞

美國波多馬克河畔的居民之一,他們放棄管理自己的特權並安於政府統治之下。為求公平起見,在此必須言明,他們這麼做絕不是自願的。

> 他們剝奪他投票的權利,
> 卻賦予他爭取溫飽的自由(假使他賺得到錢),
> 可憐的人啊,他叫喊著「老闆」,
> 祈求對方可以憐憫他,
> 讓他不再為了討生活而四處流浪。
> —— Offenbach Stutz

脆弱
weakness
名詞

潑婦的威力所在,憑藉著脆弱感,她們得以操控男性,使他遵照她的意願行事,而毫無違逆之力。

天氣
weather
名詞

某一瞬間的氣候。天氣將永遠是人們的日常話題，儘管其重要性根本渺茫難度。人們之所以熱愛談論天氣，是因為他們從祖先那裡繼承了此癖好，畢竟天氣對於那些生活在樹上的祖先來說異常重要。政府成立了一個又一個的官方氣象局，這證明連現代政府都擺脫不了居住在叢林裡的野蠻祖先的影響。

> 我曾經用人類最銳利的眼神望見深居在大牢裡的氣象局長，他滿口謊言、惡性難改，
> 成了死牢裡最沒有指望的囚犯。
> 當我以熾熱的眼光注視著他，他從死牢裡直起身子，
> 若早知牢獄的折磨，他何嘗不想擁抱真理。
> 他頭腦昏沉地望著天花板與四周，
> 接著在一塊石棉布上潦草書寫，
> 借助地獄的永恆之火，我看見如下字句：
> 「多雲，轉冷，有雪，不定向風，局部有雨。」
> —— Halcyon Jones

婚禮
wedding
名詞

讓兩人結為一體的儀式，其中一人將化為無形，好讓婚姻變得可以忍受。

狼人
werewolf
名詞

曾經是人，現在也偶爾是人的狼。所有的狼人都有著邪惡天性，為了滿足其獸慾，必得顯露出野獸的面孔。不過有些狼人會在巫術施作下化身為人，這種狼人最愛的餐點就是人肉。

有幾個巴伐利亞農人曾在晚上親手捉拿一隻狼。他們把狼的尾巴拴在樹幹上，就返家呼呼大睡了。第二天早上當他們起床一看，狼已消失無蹤；農夫們完全摸不著頭緒，跑去找地方上的牧師，對方說狼早已化身為人，逃之夭夭。「下次要是你們再捉到狼，」好心的牧師建議，「記得用鐵鍊拴住牠的腿，第二天早上就會見到一個路德教徒啦。」

大麻	北美印第安人口中的災難;意想不到的痛苦。
whang-depoote-nawah 名詞	如果你問我這等大笑從何而來? 為何齜牙咧嘴地大笑,還發出拖長的唇音, 上頜扭動的怪音,以及鼓動如帆的橫隔膜, 有如大海風浪般搖盪,又像地毯般瘋轉。 我就會告訴你: 靈魂的大笑來自精神深處,尚未爆發的無底深淵, 咯咯笑聲源源不絕地湧出, 像是湍急河流一樣連綿不斷, 好讓身邊的所有人知道,我的心情如此愉悅溫暖。 如果你再問我,為什麼精神的深處, 精神的深淵會爆發出如此齜牙咧嘴的大笑, 我會告訴你,因為純白的心, 因為誠實的舌頭,因為真誠的印第安人, 因為威廉‧布萊恩(William Bryan)發現了大麻! 他站在沙丘,後方是起重機,沼澤深度及膝, 起重機在他背後運作著,他的脖子扭曲著, 連同帳單、連同威廉、連同所有的一切下葬。 當他縮著脖子,肩膀是否高高聳起? 當起重機運作不休,北風慘澹地吹拂, 人們咒罵為何威廉不能早早死去, 那麼燕子呢?小鳥呢? 牠們早已不見蹤影, 僅有推土機在灰慘絕望之中挺立於沼澤旁, 這沒有朋友的威廉啊,他明白自己找到了大麻啊!
小麥 wheat 名詞	一種穀類作物,在歷經種種工序之後,可以從中取得威士忌酒,或做成麵包。據說,按照個人的平均量計算,法國人吃的麵包比任何民族都還來得多。這是理所當然的,因為只有法國人才懂得怎麼讓小麥變得美味可口。

白的
white
形容詞

與「黑的」同義。

寡婦
widow
名詞

被基督教世界集體嘲笑的可憐之人，儘管體貼寡婦本是基督最為人稱道的特點之一。

酒
wine
名詞

發酵過的葡萄汁。基督教婦女聯盟稱之為「酒精」（liquor），或蘭姆酒（rum）。酒啊，可是上帝賜給男人僅次於女人的最好的禮物。

機智
wit
名詞

美國幽默家最缺乏的才能，以至於他們的文句枯燥無味。

女巫
witch
名詞

1. 醜陋可憎的老女人，她與魔鬼有著某種裙帶關係。
2. 美貌迷人的年輕女子，就其邪惡程度而言，惡魔都得敬她三分。

戲謔語
witticism
名詞

尖銳而聰慧的語句，很少人會發現戲謔語通常都是抄襲而來，有些討厭鬼稱之為「笑話」。

| **女性**
woman
名詞 | 一種經常生活在男人周遭的動物,具有易於馴化的本質。很多老派的動物學家稱讚道:「這種發育不良的動物在從前與世隔絕的生活中習得了溫馴的特質。」但後世的博物學家顯然不知以往的封閉社會狀態,他們否認女性的馴良美德,並且大聲宣稱女人早在開天闢地的時期,就已發出隆隆的怒吼聲。雌性動物分布在地球上所有可住區域,專供狩獵動物追捕;北起格陵蘭群島的芬芳山間,南至印度的道德沙灘。我們不該稱女性為「狼人」,畢竟女性更近似貓科動物。女人動作輕盈而優雅,尤以美國女性最為突出;她不但雜食,還能教會她不要開口發言。
── Balthasar Pober |
|---|---|
| **蛆蟲之肉**
worm's meat
名詞 | 當我們回歸塵土之後,所遺留的狀態。通常用來存放蛆蟲之肉的建築物往往比存放物來得更為長久,儘管此建築物也終究會遭到毀壞。人所做的最愚蠢的事,就是為自己修建一座墳墓了。墳墓無法為死者增添哀榮,相反地,它知道所有隨之而起的努力都將歸於徒勞。

勤奮的傻瓜啊!讓人傻眼!
你多麼努力為最後的歸宿而奔忙,
只可惜地下陵寢再怎麼富麗堂皇,
住在其中的人也無緣欣賞。
造壙如此之深、造牆如此之高,
不管墳墓如何偉壯,荒草無情,所有的努力終將白費。
蔓草從土裡竄出,讓墓石化為碎片,
長眠墓中無知無覺,醒來滄海已成桑田。

時間飛快流逝,連死者都難以置信,
大理石墓碑迅速腐朽,你若此刻甦醒,
一邊伸伸懶腰,一邊打著呵欠,
你真會懷疑自己從沒閉過眼睛。 |

> 直到最後的最後，連時間都消亡如雲煙，
> 你的墳墓憑什麼獨存於世間？
> 作為石頭上的一枚斑點，獨自在墳墓中沉眠，
> 究竟能帶來多大的享受呢？
> —— Joel Huck

崇拜
worship
名詞

作為人的上帝對作為神的上帝的誓詞。這是一種謙卑的情感，並懷有幾分自豪。

憤怒
wrath
名詞

比一般的怒氣（anger）更纖細的情緒，用在更為高貴的人或重大場合。例如我們常說「上帝的憤怒」（the wrath of God）或「天譴的日子」（the day of wrath）。古人視國王的憤怒為神聖舉止，其憤怒和祭司之怒一樣，往往透過神靈表達出來。特洛伊戰爭之前的希臘人深受阿波羅（Apollo）的折磨，他們跳出了克里賽斯（Chryses）的憤怒油鍋，卻又陷入阿基里斯的憤怒火坑。然而，不論他們歷經多少劫難，唯一的罪犯阿伽門農王卻沒有遭到火燒，也沒被油炸。擁有相似命運的還有大衛王，他在點數人民時觸怒了耶和華，結果害得七萬民眾遭殃，失去了寶貴的性命。現在的上帝無比慈悲，這位人口普查官兢兢業業地工作，不知災難為何物。

X

雖然 X 的存在在字母中只顯得多餘，但它卻具備了頑強的生命力，使得字母改革家對之莫可奈何，看來該字母注定要和英語一起長存下去了。X 是十美元的神聖代號，至於在聖誕節的縮寫（Xmas）與基督教徒的縮寫（Xn）中，它象徵了耶穌之名的首字母（Xristos），而非人們總是聯想到的十字架外形。假如這個字母真的代表十字架，那它象徵的應該是聖安德魯（St. Andrew），他曾被牢牢地釘在十字架上，來證明自己的信仰。而在心理學代數中，X 又代表女人的心。總之，以 X 開頭的詞都是古希臘字彙，在這本標準英語辭典中將不再一一闡釋。

Y

洋基
Yankee
名詞

對歐洲人而言，此字指稱美國佬；在美國北方各州，指稱新英格蘭人。而美國南部則沒有人知道這個詞。

年
year
名詞

一段包含了三百六十五次失望的時間單位。

昨天
yesterday
名詞

年輕人的嬰兒期、男人的青年期，以及老年人的所有過去。

> 昨日啊，
> 我早該知道自己正站在一切的巔峰，俯視萬物，
> 中年的我望向一切蒼涼，
> 西方是陌生的遠景，神聖的光影延伸至遠方。
> 我聽見沉穩的聲音在朦朧中說著，
> 未完成的預言和女巫和怪物。
> 四周盡皆暮色沉沉，透露出陰森的氣息，
> 啊，昨晚的我的靈魂正熊熊地燃燒著，
> 我躲在時鐘的暗面，直到男人的正午時分！
> 現在，以上帝之名，
> 我斥責這無用的時光，讓我在猶豫不決之間擺盪，
> 此生，我將不會再次碰觸夢想與希望。
> —— Baruch Arnegriff

據說，上述詩人在臨終前曾經由七位醫師同時照料。

牛軛
yoke
名詞

一種工具的名稱，也是英語中最能明白解釋婚姻關係的字詞之一。要找到理由拒絕婚姻關係實非難事。

青年
youth
名詞

充滿無限可能的時期，正是在此時期阿基米德找到了支點，卡桑德拉（Cassandra）獲得了追隨者，七個城市為養育荷馬的榮譽而爭奪不休。

青春是真正的繁榮王朝，地球上絕對的黃金時代。
此時，無花果生在荊棘上，
豬玀們養尊處優，身上的鬃毛盡是絲綢，
牛隻四處為所有人家提供鮮乳。
正義不曾鼾聲大作，所有惡棍皆不得好死，
在嚎叫聲中，被送往地獄！
—— Polydore Smith

Z

小丑
zany
名詞

古老義大利戲劇中的重要角色，總會滑稽地模仿劇中的主要丑角，可說是模仿「模仿者」的人，只因丑角本人已是劇中嚴肅角色的模仿者。小丑可說是幽默感的始祖，在今日是人們不願相識的對象。我們可在小丑身上看見創造力以及被傳承下來的幽默感。另一類出色的現代小丑則是副牧師，他模仿教區長，教區長又模仿主教，主教又模仿大主教，大主教則模仿魔鬼。

贊比亞島民
Zanzibari
名詞

東非海岸蘇丹贊比亞島的居民，其性格好戰，並以數年前的外交風波著稱於世。當時美國駐外外交官在海岸沙灘占據了一戶豪宅，該外交官與其家人禁止附近居民在海灘上洗澡，引來不少非議，不過當地居民仍舊我行我素。某天，有個女人漫步到海灘旁並準備寬衣解帶（一雙拖鞋），外交官怒不可遏，用獵鳥槍射殺了那名女子；不幸的是，那名女子竟是國王的愛妃。

熱情
zeal
名詞

折磨年輕與未經世故者的神經錯亂症；一種在散漫懈怠發作前的極度激情。

當「熱情」找上「感恩」尋求回報，
他避而遠之地喊道：「噢，我的上帝！」
「你想要什麼啊？」上帝回答，並且彎下了腰。
「可以彌補皇冠裂痕與血漬的藥膏。」
—— Jum Coople

頂點
zenith
名詞

天空中的一個高點,處在一個站立的人或長在土裡的白菜的正上方。或許有人認為躺著的男人或鍋裡的白菜沒有所謂的頂點可言,部分博學之士則認為身體的姿勢是非物質的,這些人被稱作「水平主義者」,他們的死對頭則是「垂直主義者」。水平主義者的異端邪說最後被阿拉伯哲學泰斗賽諾巴斯(Xanobus)摧毀,他在一次議論中把一顆割下的人頭丟到哲學家腳邊,逼問對方頂點何在,同時告訴他們那具無頭屍被吊在屋外的桅杆上。水平主義哲學家們大驚失色,那可是他們領袖的腦袋,結果所有學者紛紛向哲學之王賽諾巴斯表示,他們願意擁護他的任何主張。從此,水平主義哲學便從世界上消失了。

宙斯
Zeus
名詞

古希臘諸神之首,羅馬人尊稱祂為朱庇特(Jupiter),而美國人則稱祂為神、黃金、流氓或狗。據那些遊走至美國沿海和曾經深入美國大陸的探險家們說,上述四個名稱可以代表很多性格殊異的神明。不過,佛朗普(Frumpp)曾經在其論究永世長存信仰的經典著作中堅稱,美國原住民皆為一神論者,他們所供奉的不是任何其他神靈,而是他們自己,以多種神聖的名義崇拜自身。

以之字形前進
zigzag
及物動詞

以詭異曲折的方式前進,從一邊拐向另一邊,就像一個人背負著白人原罪行走一般(此字源於冰島語,原意不明)。

> 他走得歪歪扭扭,
> 從一邊歪斜到另一邊。
> 因此,為了安全地閃過他,
> 我只好躄手躄腳地走過。
> —— Munwele

動物學
zoology
名詞

關於動物王國以及萬物之王——蒼蠅的歷史和科學。一般認為動物學之父為亞里斯多德,至於動物學之母則似乎沒有著落。動物學中最傑出的專家為布豐(Buffon)和奧立佛‧戈德史密斯(Oliver Goldsmith),拜讀兩位的大作《動物通史》(*L'Histoire generale des animaux*)與《動物史》(*A History of Animated Nature*)後我們得知,家中所養的乳牛每隔兩年會換一次角。

國家圖書館出版品預行編目 (CIP) 資料

魔鬼辭典 / 安布羅斯．比爾斯 (Ambrose Bierce) 著；李靜怡譯. -- 三版. -- 新北市 : 遠足文化事業股份有限公司，2024.08
320 面；14.8 × 21 公分
譯自：The Devil's dictionary
ISBN 978-986-508-308-3（平裝）

874.6　　　　　　　　　　　　　　113010385

通識課

魔鬼辭典【華麗新裝版】
The Devil's Dictionary

作者	安布羅斯・比爾斯（Ambrose Bierce）
譯者	李靜怡
副總編輯	賴譽夫
資深主編	賴虹伶
責任編輯	徐昉驊（二版）、王育涵（二版）、賴虹伶
封面設計	傅文豪
版型設計	汪熙陵
排版	簡單瑛設
行銷企劃	張偉豪、張詠晶、趙鴻祐
行銷總監	陳雅雯
出版	遠足文化事業股份有限公司
發行	遠足文化事業股份有限公司（讀書共和國出版集團）
地址	231 新北市新店區民權路 108 之 2 號 9 樓
郵撥帳號	19504465 遠足文化事業股份有限公司
電話	(02) 2218-1417
信箱	service@bookrep.com.tw
法律顧問	華洋法律事務所 蘇文生律師
印製	呈靖有限公司
出版日期	2024 年 8 月 三版一刷
定價	380 元
ISBN	978-986-508-308-3（紙本）；
	978-986-508-305-2（PDF）；978-986-508-306-9（EPUB）

書號 0WTZ6008

著作權所有・侵害必究 All rights reserved
特別聲明：有關本書中的言論內容，不代表本公司／出版集團之立場與意見，文責由作者自行承擔。